더 자유롭게, 더 자기답게

사랑은 두 번째가 아름답다

오치아이 케이코 지음

이 미 영 옮김

한마음사

戀は二度目からおもしろい

by Keiko Ochiai

ⓒ 1981 Printed in Japan

◎ 책머리에

더욱 자유로운 당신 자신의 인생을!

이 책을 '여성론'이라고 부르기에는 다소 저항이 있다.

여자라는 존재를 필요 이상으로 의식하는 '여성론'은, 나 자신을 '여자'라고 하는 새장에 가두는 꼴이 되지 않을까?

이 책을 '연애론'이라고 부르기에는 다소 저항이 있다.

확실히 연애는 인생에서의 멋진 에피소드이긴 하지만, 연애만을 의식하는 인생 따위, 나는 딱 질색이다.

이 책을 '결혼론'이라고 부르기에는 다소 저항이 있다.

결혼은 사람 수만큼이나 있는 갖가지 사랑의 형태, 사랑의 표정 중의 한가지 형태이지, 모든 것은 아니므로.

이 책을 '인생론'이라고 부르기에는 다소 저항이 있다.

산다고 하는 이 가슴 두근거리는 행위를 '론'으로 완결 짓고 싶지는 않다.

인생의 표본 따위는 단 하나도 있을 리 없다.

중요한 것은, 당신이 당신의 인생을 사는 것이고, 분명 그 속에 산다는 것의 진정한 해답이 있을 터이므로.

그렇다면 이 책은 도대체 무엇인가?

굳이 이름을 붙여본다면,

'보다 자유롭게 살자!'고 하는 '자유에의 권유'라고나 할까?

산다는 것은 각각의 당신이 당신 자신의 손으로 모든 것을 선택해 나가는 것이라고 하는 '선택에의 권유'일지도 모른다.

기성의 세상사에 구애받지도 얽매이지도 말고, 상식에 눈이 어두워지지도 말고, 자기의 가치관으로 세상을 헤쳐 나가자고 하는, 나로부터 당신께 보내는 메시지라고 해도 좋겠다.

일도 연애도 결혼도 출산도 양육도, 그중 하나밖에 할 수 없다는 강박관념은 이제 훌훌 털어 버리자. 어제보단 더 큰 욕심꾸러기가 되자.

단 한번뿐인 내 인생......

세상의 체면 따위에 신경 써봐야 무슨 소용이 있겠는가?

당신의 인생을 살아갈 수 있는 것은 당신밖에 없지 않은가?

당신을 외부에서, 그리고 내부에서 속박하는 사슬을 과감히 끊어버리고 이제 한 걸음 내딛어 보자.

제 일보는 매우 큰 용기가 필요할지도 모른다.

그렇지만 한 걸음 내딛고 보면, 어제와는 다른 경치가 그 자리에 펼쳐져 있음을 깨닫게 된다.

일보 내딛고 나면 그때부터 걱정할 필요는 없다.

당신은 모처럼 자력으로 얻은 경치를 버리고 새장으로 돌아가려고는 하지 않을 것.

자아, 당신 자신에게 다시 한번 말해보자!

"나는 나. 나는 나. 나는 이 세상에서 유일무이의 존재. 내 인생은, 나의 모든 것은 내 스스로 결정한다. 이것은 바로 나의 인생, 내가 선택한 인생이므로!

저 자

차   례

8

서문—나 자신을 사랑하듯이 그 사람을 사랑할 수 있는가?

인생은 대역이 통하지 않는 스테이지

I'm nuts about me.——나는 나에게 열중한다.

당신이라는 존재가 이 세상에서 유일무이(唯一無二)한 '당신 자신'인 이상, 다른 어떤 사람도 '당신 자신'을 대신 살아줄 수는 없다.

인생은 대역이 통하지 않는 단 한번뿐인 스테이지. 주역은 당신, 프로듀서도 역시 당신이다.

더욱 나 자신에게 열중하자.

더욱 나 자신을 사랑하자.

나 자신의 현재와 나 자신의 내일을 소중히 여기자.

누군가를 사랑하기 전에, 누군가를 사모하기 전에, 나를 사랑하고 나를 사모하는 것에서부터 시작해보자.

나는 나일 뿐이고, 이 세상에 단 하나밖에 없는 유일무이한 존재이므로.

누군가에게 열중하거나 또는 그 대상이 되는 것도 인생에서의 멋진 에피소드이다. 누군가를 사랑하거나 누군가에게 사랑 받는다는 것도 엑사이팅한 일이긴 하다.

그렇지만 스스로 자기에게 열중하는 것만큼, 스스로 자기를 사랑하는 것만큼 엑사이팅한 것은 없지 않을까?

평생을 같이 붙어 다녀야 할 나 자신에게 미움을 느낀다거나 조금도 사랑할 수 없는 것만큼 슬프고도 불행한 일은 없다.

더군다나 자기를 사랑할 수도 없는 사람이 어떻게 자기 이외의 사람──친구이든 남편이든 연인이든──이나 그 사람의 인생을 사랑할 수 있겠는가?

I'm nuts about me.──나는 나에게 열중한다.

이것은 결코 소녀취미적인 나르시시즘이 아니라 자기 인생을 스스로 매니지 앤드 컨트롤할 수 있는 독립된 인간의, 긍지와 관대함으로 충만한 메시지이기도 하다.

나 자신에게 열중할 수 있는 사람, 나 자신을 사랑할 수 있는 사람은 자기와 관계가 있는 모든 사람이나 사상(事象), 사물을 능동적으로 사랑할 수 있는 사람이라고도 할 수 있을 것이다.

연인 또는 인생의 반려도, 일도 어린아이도, 성별을 불문한 동료와 친구도, 기쁨은 물론 슬픔이나 분노까지도, 그것이 자기의 인생과 관련이 있는 것이라면, 모두 받아들이고 모두 사랑할 수 있는 사람이다.

비록 그것이 한 그릇의 스파게티이든, 한 권의 책 속에서 발견한 대수롭진 않으나 분명 자기가 발견한 한 줄의 글귀이든, 한 장의 코튼 블라우스이든, 한 잔의 차가운 백포도주라 해도 그 모든 것을 사랑할 수 있는 사람이라도 말할 수 있는 것이 아닐까?

그와 동시에 사회를 좀먹는 부정이나 편견, 차별에 과감하게 맞서 싸울 수 있는 사람이라고도 할 수 있겠다. 왜냐하면 '그녀'는 자기를, 그리고 자기 이외의 사람들을 사랑하고 있으므로. 사랑하기 때문에 휴머니스틱한 시점에서 부정이나 편견, 차별에 분노를 느끼는 것이다.

종래, 예절이나 윤리교육은 '타인을 사랑하라' '타인에게 친절을 베풀라'고 하는, 우선 타를 중시하는 표현에서 시작되었다.

타인을 사랑하는 것도 타인에게 친절을 베푸는 것도 물론 중요한 일이다. 그러나 그것이 공허한 표어로 그친다면 이처럼 시시한 것도 또 없다. 타인을 사랑하라고 설교하기 전에, 어째서 우선 '너 자신을 사랑하라'고 말하지 않는가?

사람은 나 자신을 사랑하는 것을 통해서 타인에의 사랑을 배워나간다. 나를 사랑할 줄 모르는 사람이 사랑의 의미를 어떻게 알 수 있겠는가.

"나는 나를 사랑하고 있다. 내 인생을 그 무엇과도 바꿀 수 없는 것이라고 생각하고 있다. 그렇기 때문에 타인의 인생도 사랑해 나가겠다. 내가 자기를 사랑하듯이 타인의 자기까지 사랑하겠다,"고 각오를 다지듯이.

"나는 내 자유를 누구에게도 넘겨주고 싶지 않다. 그러므로 타인의 자유도 침해하거나 속박하지 않겠다,"고 각오를 다지듯이.

누군가의 무심코 한 말이나 행동으로 상처받은 추억이, 다른 사람에게는 그렇게 하지 않겠다는 하나의 배려, 상대방의 입장에서 사물을 보는 상상력이 되는 것이 아닐까?

사랑 받기보다는 사랑하고 싶다

당신이 누군가를 사랑할 때 그 주체가 되는 것은 당신 자신이다.

그리고 우선 주체인 당신이 주체인 당신의 인생을 사랑하지 않고서야 어떻게 제3자인 객체를 사랑할 수 있겠는가?

가볍게, 때로는 지나치게 싸구려처럼 가볍게 쓰여지고 있으면서도 사랑만큼 본질을 파악하기 힘든 것도 별로 없을 것이다.

몇 년 전에 강연차 찾아갔던 어느 도시에서 한 여학생이 "오치아이 씨는 사랑을 어떻게 정의하십니까?"라는 질문을 던지는 통에 순간적으로 말문이 막혔던 일이 있었다. 사실 나는 지금도, 사랑이란 어떠어떠한 것이라고 딱 잘라 정의를 내리기는 불가능하다. 아마 평생을 살더라도 할 수 없을지도 모른다.

동시에 '이러한 것이다,' 라고 그림으로 그려 보인다거나 도식 또는 데이터로 설명할 수도 없는 것이 사랑이라는 것이며, 그 주변을 감싸는 안개와 같은 것이라고 생각하고 있다.

그러나 만일 사랑을 감히 '신뢰이다' 라고 정의한다면......

우선 믿어야 할 것은 나 자신이 아닐까? 사랑하는 능동체로서의 나 자신을 신뢰하지 않는 한, 사랑은 성립되지 않는다.

만일 사랑을 '존경이다' 라고 정의한다면......

우선 존경해야 할 것은 나 자신이고, 나 자신의 인생이 아닐까?

스스로 인간으로서의 존엄을 소중하게 여길 수 없는 인간이 상대방의 존엄을 인정하고 사랑하기란 불가능한 노릇.

만일 사랑을 감히 '긍지이다' 라고 정의한다면, 우선적으로 긍지를 느껴야 할 것은 나 자신에 대해서가 아닐까?

"나는 나 자신의 사랑에 거짓말을 하지 않는다." "나는 한결같이 사랑하고 있다"고 하는 긍지가 없어서는 안될 노릇.

자기를 사랑하지 않는 인간이 타인을 사랑했을 때—— 그것은 이미 사랑이라는 이름을 빈 손익계산인 경우가 많지만——그리고 그 사랑이 조금이라도 암초에 걸릴 때, 튀어나오는 상투적인 넋두리는,

"내가 그토록 혼신을 다 바쳤는데......"

"나는 자기를 죽이면서까지 오직 그 사람을 위해서라면 물불을 가리지 않았는데......"

등등의 자존심을 팔아먹은, 차마 봐주기 안쓰러운 푸념뿐이다.

사랑에 종말을 고했을 때, 그녀의 머리 속에서는, 최선을 다한

다——마치 누군가의 강요에 의한 것 같고 메스꺼운 어감이라 나는 그다지 좋아하지 않지만——는 것에 기쁨을 느끼고, 자기가 자진해서 그렇게 했던 그때의 '나'(자아)는 완전히 증발해 버린다.

그것이 주체성이 있는 사랑이었다면, 협력이라는 말로 불렸을 사랑의 기쁨이, '자기희생'이라는 이름의 독선이 되어버린다.

이리하여 자기를 사랑하는 일을 망각하고——이 말은 상대방까지도 주체적으로 사랑하지 않았다는 말이다—— 단지 사랑받기 위하여 자기를 포기한 '그녀'의 사랑의 종말은,

"나만이 불행해졌다."

"나는 배반당했다."

"나는 속았다."

"그 사람은 못된 사람이다."

"어쩌면 나란 인간은 이도록 가련할까."

하고 자기를 비극의 주인공으로 각색함으로써 자기를 구제하는 자기도취형의 탄식과 눈물, 상대방에의 푸념으로 막을 내리는 것이다.

이 얼마나 가련하고 자긍심을 결여한 처사인가.

'그녀'는 사랑에는 형사사건처럼 어느 한쪽이 가해자이고, 다른 한쪽이 완전한 피해자인 경우는 있을 수 없다는 것조차 까맣게 잊고 있다.

서로가 사랑하고 사랑 받기를 선택한 것이고, 그 결과도 또한 50대 50으로 져야 한다는 것을 '그녀'는 알지 못한다.

어째서? 왜?

왜냐하면 '그녀'는 사랑의 기본이 자기에의 신뢰와 긍지, 존경에서 시작된다는 것을 깨닫지 못했으므로.

왜냐하면 '그녀'는, 즉 자신과 자신의 인생을 사랑하지 않았기 때문이다.

자기를 사랑한다는 것은......

자기가 선택한——인생은 모두가 선택의 연속—— 모든 결과에 대하여 책임을 지는 것이기도 하다.

자기를 사랑한다는 것은......

자기를 응시하고 자기와 끝까지 대치하고 자기를 발견하고 확립해 나가는 것이다.

자기를 사랑한다는 것은......

자기의 스탠스(stance)를 획득하는 것.

자기를 사랑한다는 것은......

'사랑 받는 나' 이상으로 '사랑하는 나'라는 것을 선택하는 것이다.

자기를 사랑한다는 것은......

내 한 몸 정도는 하늘이 두 쪽 나더라도 스스로 책임질 각오를 하는 것이고, 구체적으로 그런 각오로 사는 것이다.

......어쩌구 저쩌구, 뭔가 대단한 설교라도 하듯이 써봤지만, 나 자신 오랫동안, 10대부터 20대 중반까지 좀처럼 자신을 사랑하지 못하고, 오히려 큰 비중으로 자신을 증오하면서 살아온 과거가 있다.

다소는 야릇한 표현이지만, 내가 진실로 나 자신을 아끼고 사랑스럽다고 생각하게 된 것은 최근 6, 7년 사이의 일이다.

남부끄러운 이야기지만, 뽐내지 않고 "나는 얼마나 자유로운 몸인가" 하고 자연스럽게 생각하게 된 것도 요 몇 년 사이의 일이다. 그리고 이 또한 꽤나 부끄러운 이야기지만, "멋진 연애를 하고 있구나" 하고 생각하게 된 것도.

나에게 있어서의 '멋진 연애'란 지속되는 긴장감과 한없는 해방감, 한없는 평안을 동시에 내포한 사랑을 말한다. 그 이야기는 다른 장에서 언급하기로 한다.

어찌되었든…….

I'm nuts about me!

나는 나에게 열중한다.

더욱 자신에게 열중하자.

더욱 자기를 사랑하자.

자기의 모든 것과 자기와 관계 있는 모든 것, 일상 수준의 생활도, 꿈이나 이상도 야망도 포함하여 더욱 더 나 자신을 사랑하자.

어떻게? 그 '어떻게'를 지금부터 생각해 보기로 한다.

chapter.................................*1*

사랑은
두 번째가 더 아름답다

예속, 속박, 자기희생,
직렬의 남자와 여자의 상하관계에
진정한 사랑이 존재하는가
연애만이 여자의 인생 모두는 아닐 것.
그렇지만,
연애가 없는 인생은 재미가 없다.
단 하루도 비가 내리지 않는 계절처럼.

사랑했던 후회보다 사랑하지 않았던 후회

피해자 의식을 버리자

당신에게 묻겠다.

"당신은 지금 그 남자(여자)를 잃는다면 견딜 수가 없을 만큼 더없이 소중한 연애를 하고 있는가?"

어설픈 솜씨의 화살이라도 여러 번 쏘아대면 맞는다는 식의 연애 비슷한 거라든지, 먹기 싫은 밥에 재나 뿌리기 식의 연애놀음을 밥먹듯이 해서는 물론 '견딜 수 없는 실연'의 아픔을 맛볼 수도 없다.

그런 점에서 마음은 편할지 모르지만 어딘가 모르게 서글픈 일이다. 기왕지사 연애를 하겠다면 그것을 잃었을 때는 세상이 무너지는 공포를 느낄 만한 정도의 연애를 하고 싶지 않은가?

주위를 한번 둘러보자.

한편으로는 그로테스크하다──때론 우스꽝스럽다──그밖에 표현할 방법이 없는 섹스를 포함한 정사의 고백기사가 범람하고 있다.

성해방의 의미를 곡해하여 여성을 성적 대상물로밖에 보지 않는 남자가 있는가 하면, 그런 남자의 감언이설에 넘어가 마치 '자기는 자유로운 여자'가 되었다고 착각하는 부자유스런 여자도 늘어나고 있다.

여담이지만, 진정한 성의 해방이란 성(性) 이퀄 하반신의 행위라고 하는 부위적 환상이나 편견에서 당신의 성을 해방시키는 것이다.

성은 원래가 전인격적인 커뮤니케이션이고, 우리들이 사랑하는 행위의 대상은 '사람'이지 바기너나 페니스가 아니므로.

그런 기준이 확립되지도 못한 상태에서, 한편으로 섹스 기사가 범람하고, 다른 한편으로는 아직도 적령기라는 올가미에 초조해하고 우왕좌왕하다가 결혼을 위한 결혼에 덥석 달려드는 사람도 적지 않은 것 같다.

한쪽에서는 온갖 잡동사니 성 정보가 난무하고, 다른 한쪽은 결혼이야말로 모든 것을 해결해준다는 식의 양극단 풍조에서 갈피를 잡지 못하고 있는 것이 오늘을 사는 젊은 여성이 아닐까?

이와 같은 풍조 속에서 싱싱한 연애나 에로스를 추구하기란 매우 어렵다.

그래서 감히 멋진 연애를 해보지 않겠느냐고 심통 사나운 나 같은 사람은 권해 보지만, 이번에는 실연(失戀)에 대해서도 생각해 보자.

세상에서 실연이란, '걷어차인 측'의 입장에서 '걷어찬 측'은 상처가 없다는 생각을 가지고 있다.

그렇지만 연애는 물론 50대 50의 게임이다.

애정문제에 있어서는 형사사건처럼 어느 한쪽이 일방적으로 피해자이고, 다른 한쪽이 가해자라는 방정식은 성립되지 않는다.

이별을 고한 쪽이나 당한 쪽이나 아픈 실연임에는 변함이 없다.

상처는 동일하게 입고 있는 셈이다.

또한 동일하게 상처를 입을 만한 연애가 아니었다면 무슨 가치가 있겠는가?

자율적인 인생을 지향하는 여성이, 일단 애정문제로 좌절했을 때, "맙소사! 당했구나, 아이구 날 사랑한다는 말은 말짱 거짓말이었구나, 거짓된 약속이었구나." 하고 소동을 부리는 것은 긍지가 없는 일이다.

연애가 끝난 순간, 어제까지의 연인에 대한 욕설이나 두 사람만의 비밀로 해두어야 할 것을 제3자에게 폭로하는 것 또한 부끄럽기 짝이 없는 일이다.

손에 넣은——이렇게 생각하는 감각 자체가 여성을 물건으로밖에 보지 않는 그릇된 사고이지만——여자의 숫자를 무슨 자랑거리라도 되는 듯이 떠벌리는 남자와 마찬가지로, 더러워진 걸레조각만큼이나 정신적으로 불결한 일이 아니겠는가.

설령 그 연애가 어떤 결말을 맞이하든 간에, 전에는 자기가 사랑했던 사람이고, 스스로 선택했던 사람이다.

그 사람을 사랑한 것을 자기 책임으로 돌리고 실연도 또한 전부 혼자서 떠맡을 수밖에 없는 것이다.

사람을 사랑한다는 것은 그런 정도의 각오가 필요한 것이므로.

실연도 또한 사랑의 훈장

자아, 그렇다면 나 자신이 실연하면 어찌할 것인가? 여러 계층의 사람들이나 온갖 부류의 책들이 당신의 눈앞에서 유효한——또는 하다고 생각되는——처방전을 제시해 준다.

가로되, 여행을 떠나보라.

왈, 다른 열중할 만한 것을 찾아보라.

가라사대, 하루빨리 잊어라.

그렇지만, 바로 이것이야말로 결정판! 이라고 할 것이 있을 리가 없다.

거꾸로 매달려 보라느니, 조깅을 하라느니, 자연식을 취하라느니, 갖가지 건강법이 붐을 이루고 있는데, 맞는 사람과 맞지 않는 사람이 있고, 자기 체질에 맞지 않으면 오히려 건강을 해치는 일이 있듯이 실연 처방전도 만인 공통의 비방은 있을 리가 없다.

다만 한가지 분명한 것은,

"잊어버리자, 잊는 수밖에."

하고 의식하고 있는 동안은 절대로 잊을 수가 없다는 사실이다.

게다가 실연의 사실을 어째서 잊어야만 하는가?

설령 실연이라는 한 단원의 막이 끝났다 하더라도 누군가를 열렬하게 사랑한 기억은 결코 나쁜 것이 아니다.

슬프면 실컷 슬퍼하자.

억지로 외면하거나 애써 기분을 달랠 필요는 없다.

실연과 맞붙어 대결하는 것이 차라리 낫다.

아무 것도 먹고 싶지 않으면, 하루 이틀 먹지 않는다고 해서 죽지는 않는다.

직장은 공적인 장소이므로 사적인 슬픔을 거기까지 끌어들여서는 안되겠지만, 일이 끝나면 그 즉시 집으로 돌아와 이불을 뒤집어쓰고 눈이 퉁퉁 붓도록 울어도 좋다.

엉거주춤한 상태로 자기를 속이고, 사실에서 도피해 버리는 것은 안이한 방식이다. 아픈 상처를 달래기 위하여 마음에 끌리지도 않는 다른 이성과 어울려 보았자 자기만이 더욱 비참해질 뿐이다. 값싼 여자가 될 뿐이다.

인간이란 참말로 편하게 돼먹은 존재라서, 실컷 슬픔의 밑바닥까지 가라앉아 버리면, 그 다음에는 떠올라 보겠다고 하는 반사작용이 생기는 법이다.

그것이 인간의 좋은 면이고, 또한 꽤나 편리한 면이며 인간이 인간다운 소이라고도 말할 수 있다.

섬세함과 강인함, 여림과 뻔뻔스러움은 한 사람의 인간 속에 공존하는 것이다.

재기불능! 이라고만 생각되었던 가슴 아픈 상처도 언젠가는 극복되는 법이다. 잊는 것이 아니라 사실을 사실로서 받아들이게 되는 것이다.

연애가 한 계절의 시작이라면 실연은 한 계절의 종막이다.

한 계절이 끝난 것을 솔직하게 인정할 수 있는 '당신'이 되어보자. 그것이 바로 용기이다.

사실을 사실대로 받아들이고, 모든 것을 감싸안은 것이 실연을 딛고 일어서는 가장 빠른 길이라고도 할 수 있을지 모르겠다.

아픔이나 좌절의 저편에서 비로소 보이는 경치도 있다.

여기서 다시 한번 처음으로 돌아가서……

당신은 지금 그 사랑을 잃으면 견딜 수 없을 만큼, 더없이 소중한 연애를 하고 있는가?

하고 자문해 보라.

사랑의 후회란 사랑해버린 후회가 아니라 사랑을 알면서도 스스로에게 부실했다는 후회, 몸과 마음을 다 바쳐 사랑하지 않았던 후회를 말하는 것이므로.

수동적으로는 사랑할 수 없다

당신 뜻대로의 인생이란

"여자 팔자는 호박팔자."

"여자의 인생, 남자 하기에 달렸어."

요즘도 이렇게 말하는 사람이 있다.

확실히 어떤 남성을 연애나 결혼의 파트너로 선택하느냐에 따라 인생의 경치가 크게 달라지는 것도 부정할 수 없는 사실이다. 남성 쪽에서도 같은 말을 할 수가 있다.

그렇지만 여자의 인생이 모두 남자에 의해 좌우된다면 이건 너무 허망하지 않을까? 한 여자의 인생이 통째로 맡겨진다면, 그건 남자에게 있어서도 너무 힘겨운 일일 것이다.

무엇보다 자신에 대하여 너무나 무책임한 일이다.

누군가를 사랑한다는 것은, 사랑한 그에게 사랑 받기 위하여 자기를 죽이는 것도 아니고, 그의 이상적인 여자역을 연기하는 것도 아닐 것이다.

사랑——섹스도 포함하여——은 강자와 약자, 주인과 하인 사이에 거래되는 '상품'이 아니라 동일한 토대 위에서 서로 마주서야 비로소 성립되는 것이다.

당연한 말이지만, 그것이 바로 인간관계라는 것이다.

어느 한쪽이 앞서고 다른 한쪽이 그 뒤를 따른다. 어느 한쪽이 위에 서고, 다른 한쪽이 밑에 선다는 직렬(直列)의 인간관계는 부자연스럽고, 양성의 인간성을 비뚤어지게 하고 빼앗는 것이다.

세상에는 한 남성을 손에 넣기 위해——사람이 자기 이외의 사람을 손에 넣는다는 말이 성립되겠는가—— 모든 희생을 다 치르고 자기 생활의 다른 모든 요소를 잘라버리는 여자도 있다.

그 눈물겨운 노력에는 고개가 숙여지지만, 나는 그것을 '사랑'이라고 부를 생각은 들지 않는다.

그래서야, 성을 거래도구로 삼은 인신매매와 무엇이 다르겠는가?

자기 생활의 다른 요소를 잘라버렸을 때, '그녀'는 이미 '그녀 자신'이 아니다. 그녀가 그에게 사랑 받기 위해 그녀 자신이기를 포기했을 때, 그 시점에서 그녀는 '몸뚱이가 빠져버린 허물'이 되고 마는 것이다. 그 몸뚱이가 빠져버린 허물로 사람을 사랑한다는 능동적이고 주체적인 작업이 가능하겠는가?

또한 자기를 위해서라곤 하지만 껍질만 남은 여자를 사랑하는 남자가 세상에 어디 있겠는가?

"여자란 역시 가정을 지켜야지."

하고 '그녀'에게서 캐리어와 인생의 가능성을 빼앗고, 그녀를 가정에 처박은 남자가 10년 후, 15년 후에 뭐라고 말하는지 귀를 기울여보자.

"날마다 밤마다 남편 돌아오기만을 기다렸다가 한다는 소리가, 이웃집 Y씨는 어쩌구, 건너편 D씨는 저쩌구 하면서 우물가에서 얻어들은 쑥덕공론이나 늘어놓는 마누라한테 무얼 바라겠어. 좀 더 사회성을 가져주어도 좋으련만."

그리고 이러한 남자일수록 카페의 한 구석에서, 또는 빌딩 옥상의 비어가든에서 탐욕스런 눈빛으로 상대 여자를 바라보면서,

일을 통해 알게 된 여자에게 환심을 사려고 애쓰는 법이다.

"정말 마누라하고는 업무 얘기를 할 수가 없더군. 그래도 결혼 전에는 제법 사회성이 있었는데, 그런 점에서 당신은……"

이 '그런 점에서 당신은'이라는 속이 빤히 들여다보이는 푸념 조의 하소연에 어깨가 으쓱해지는 자칭 '캐리어 우먼'이 있다는 것도 좀 한심하고 난처한 일이지만, 이와 같은 남자는 자기 아내를 "업무얘기도 할 수 없고 사회성도 결여한 여자"로 만든 절반의 책임이 틀림없이 자기에게 있다는 사실도 깨닫지 못하고 있다.

사랑이란 두 사람이 만난 그 시점에서 서로의 모든 것을 그대로 인정하고 존중함으로써 탄생하는 것이 아닐까?

동시에 그때까지의 서로의 캐리어——업무상의 캐리어만이 아니고 속되게 말하는 과거까지 포함하여——도 인정하는 것이다. 상대방을 자기 뜻대로 바꾸려고 했을 때, 두 사람의 관계는 사랑이라는 이름의 데커레이션으로 아무리 꾸며보더라도 그것은 비인간적인 상하관계, 주종관계로 전락하기 쉬운 것이다.

오해를 피하기 위하여 미리 밝혀두지만, "나는 가정으로 돌아가고 싶다"고 그녀가 원하고, 그도 "그것이 좋다"고 상호 의견이 일치한 경우에는 문제가 없다.

그러나 경제적인 역관계가 병렬이어야 할 두 사람을 상하의 관계로 바꾸어 버리는 사실도 무시할 수 없는 일일 것이다. 나는 일인칭 단수——자기 일은 스스로 해결한다——의 동지로서 책임도 쓴맛도 단맛도 똑같이 나누고, 사랑하고 협력할 수 있는 남자와 여자의 관계를 좋아하고, 그것이 가장 자연스러우며, 진정한 의미에서의 다정한 관계라고 믿고 있다.

지금의 당신에게 정직하라

기다리는 것도 사랑?

"기다려 달라고는 말하지 않겠어. Y의 2년을 기다리는 일에 써 달라고는 말할 용기가 없어……"

의과대학 교환 유학생 시험에 합격한 H군은 Y에게 그런 말을 남기고 2년간의 유학을 위해 보스턴으로 떠났다.

Y양의 마음속에서는 두 사람의 Y가 싸우고 있었다. 한 사람의 Y는 이렇게 주장한다.

"내 나이 스물네 살. 아직 스물넷이라고도 벌써 스물넷이라고도 말할 수 있다. 어쨌든 나의 2년간을 오직 기다리기만 하는 수동적인 여자가 되고 싶지는 않아."

그런데 또 하나의 Y가 이렇게 반론을 제기한다.

"기다리는 것도 나쁠 거야 없지. 기나긴 인생에서 2년 정도쯤이야. 나 스스로 기다리기를 선택했다면 그것은 결코 수동적인 것이 아니라 주체적인 생활태도일 거야. 지금 하고 있는 일도 마음에 들고, 2년쯤이야 금방 지나갈텐데."

Y양은 초등학교 교사이다.

H군이 보스턴으로 떠난 2주일 후, 나는 Y양의 방문을 받고 그 이야기를 듣게 되었다.

"자연스러운 게 좋지 않을까? 2년이 지난 그 날에 그 남자를 사랑하는 Y가 될지, 또는 그렇지 않은 Y가 될지......기다리느니 기다릴 수 없느니 하고 처음부터 정해놓고, 그 기준에 따르는 것이 더 수동적인 자세일 것 같은데. 그날 그날 지금의 자신에게 충실하게 살아가고, 2년 후에 어떻게 될지, 그 답은 2년 후에 자연스레 나오는 것이 아니겠어? 지금 답을 낼 필요는 없다고 생각하는데."

둘이서 마룻바닥에 주저앉아 맥주를 마시면서......나는 조금씩 조금씩. Y는 걱정스런 얼굴과는 어울리지 않게 꿀꺽꿀꺽.

나는 그런 식으로 말했었다.

그로부터 4개월이 지났다. 1년 6개월 후, Y는 자신에게서 어떤 답을 발견해낼까?

지금으로서는 이따금 걸려오는 전화에 "그에게서 편지가 왔다"는 등의 보고가 있지만.

사랑의 망설임

이 사람을 사랑해도 좋을지 망설여질 때

친구의 동생으로부터 편지를 통해 이런 상담을 받은 일이 있다. M양이라고 이름을 짓자.

그녀는 모 제조회사의 영업부에 근무하는 24세의 여성이다. 작은 몸집에 아름다운 미모로 의지는 대단히 강한 편이다.

그 M양이 같은 부서의 직속상사인 13세 연상의 과장에게 홀딱 빠져버렸다.

계기는 사소한 일에서였다. 관리사회의 화신과도 같은 부장과 부하의 관리문제로 의견상의 대립이 생겼을 때의 그의 고뇌에, M양이 마음 아파했던 것이 그 시작이었다.

그래도 M양은 "그 사람에겐 가정도 있고, 애정을 존경이라는 기분으로 바꿔보려고 노력하면서 오늘날까지 지내왔다"고 한다.

그런데 한달 전, 마침 같은 테니스부에 속해있던 터라 함께 시합을 끝내고 돌아오는 길에 그로부터 사랑의 고백을 받았다고 한다.

"가정이 있는 몸으로 이런 말을 하는 것은 비겁하지만......"

M양도 솟구치는 감정을 억제하지 못하고, 자기도 전부터 그를 좋아했다고 대답했단다.

이후 일주일에 한두 번씩 두 사람은 은밀히 만나게 되었다.

현재까지는 M양의 말을 빈다면, "깊은 관계는 없다,"고 한다. 그렇지만 "언제 어떻게 될지 자기도 자신이 없다,"고 M양은 털어 놓는다.

그는 만날 때마다 M양에게 아내와의 이혼을 넌지시 비추는 모 양이지만, M양은 그의 가정, 특히 아이들 문제를 생각하면 '이제 는 그만 만나야겠다. 오늘이 정말 마지막'이라고 생각한단다. 그 러면서도 만날 때마다 다음 약속을 해버리는 것이다.

M양으로부터의 편지에는 그렇게 쓰여 있었다.

나는 M양의 편지를 앞에 놓고 어떻게 답장을 써야 좋을지, 한 참을 망설였다.

사람을 좋아하게 되는 감정에 브레이크를 걸 수는 없다.

독신끼리의 연애는 노멀하고, 한쪽이 기혼자인 경우는 부도덕 하다는 방정식은 너무나도 통속적이고 유치한 논리일 것이다.

그렇다고 해서 나는, 자칫 감정에 치우쳐 말하기 쉬운 '용서받 을 수 없는 사랑'을 필요 이상으로 미화하고 싶다고는 생각지 않 는다. 그야말로 사랑의 극치라느니 뭐니 하는 초점을 빗나간 찬 사를 보내고 싶다고도 생각지 않는다.

구태여 처자가 있는 남자와의 연애에 빠져들 필요는 추호도 없 지만, 사랑하게 된다면 어쩔 수 없지 않겠느냐는 것도 하나의 진 리인 것이다.

마음속에서 솟구치는 뜨거운 정열을, 상대방에게 아내가 있다 고 하는 공교로운 상황이니 "꺼버려라. 포기하라,"고 감히 당사자 이외의 그 누가 말할 수 있겠는가?

나 자신, 오래 전에 가정이 있는 남성에게 은근히 마음이 끌렸 던 간지러운 추억이 있다. 그렇지만 그것은 큰 화상을 입기까지 에는 이르지 않고 끝났다.

그것은 내가 남달리 이성적이었기 때문이 아니라, 기권하라고
하면 기권할 수 있는 정도의 엷은 감정밖에 상대에게 품고 있지
않았기 때문이다.

M양은 "우연히 그를 만난 것이 빨랐느냐 늦었느냐로 한쪽은
아내로 불려야 하고 다른 한쪽은 부도덕한 관계로 불려야만 하는
것이냐?"고 다소는 자기도취적인 하소연까지 한다.

'누구를 사랑했느냐' 보다 '어떻게 사랑했는가'

결국 나는 M양에게 이런 식으로 회답을 썼다.

......M양, 너의 그 남자에 대한 기분은 충분히 이해하겠어. 그
렇지만 솔직히 말해서 그 사람의 너에 대한 기분은 아무래도 이
해가 안 되는구나.

그야 당연하겠지. 나는 그를 모르고, 설령 안다고 하더라도 그
의 가슴을 갈라놓고 들여다볼 수도 없을 테니.

가령 지금 내가 너에게 '아내에 대하여 사랑하고 있지 않다'
'이혼을 해서라도 당신을 갖고 싶다' 따위의 대사는 가정을 가진
남자가 독신여성에게 구애를 할 때의 상투적 말투라고 설교를 늘
어놓았다 치면,

그래도 아마 너는,

"그 남자는 달라. 그는 그런 남자가 아니야. 다른 사람이라면
몰라도 케이코 언니가 그런 상식적인 말을 하다니 정말 실망했는
데."하고 반론하겠지.

그와는 반대로,

"정말로 그를 사랑하고 있다면 일평생 지워지지 않을 꺼림칙
한 오명을 쓰는 일이 있더라도 그와 함께 살아가는 것이 가장 솔
직한 태도가 아닐까. 그의 아이들을 생각하는 마음이 있는 동안
은, 아직 너는 사랑에 진지하지가 못해." 라고 말했다 하자.

그러면 너는 아마도,

"그런 일, 나로선 도저히 할 수가 없어. 감정으로는 그를 빼앗고 싶다고 생각해도 이성으로는 그의 자식과 아내문제가 마음에 걸려서 억제하는 거야. 그것이 바로 인간의 도리가 아니겠어."

하고 반론을 제기하지는 않을지?

즉 연애란 제3자가 외야석에서 이래라 저래라 할 수 있는 것이 아니고, 설령 말했다 하더라도 당사자가 결단을 내리기까지는 아무런 효과도 없는 것이 아닐지?

현재 나로서 말할 수 있는 것은 얼마동안 그와의 사이에 가능한대로 거리를 두고, 객관적이고 냉정하게——지금의 너에게는 매우 어려운 일이라고 생각되고, 무리한 말을 하고 있다고 나 역시 생각하지만——자기 내면을 응시해 주기를 바라는 마음뿐이다.

매우 통속적인 표현을 써서 송구하지만,

'사랑해서는 안될 사람을 사랑해 버렸다'고 하는 꺼림칙함, 세상을 외면하고 있는 감각이 너의 그 사람에 대한 마음에 기름을 붓고 있지는 않은지?

그 도취감——미안하다, 이런 말을 써서——이 그의 본질에 눈가림을 하고, 그를 실물보다 매력적인 인물로 너 자신이 만들어내고 있는 것은 아닐까?

그러한 것을 한 걸음 뒤로 물러서서 차분하게 생각해 주기 바란다.

지금의 나로서는 이것밖에 할 말이 없구나.

연애에 있어서 무엇이 행복이고 무엇이 불행인가.

무엇이 선량한 것이고 무엇이 부정한 것인가 하고 경솔하게 판단하거나 평가하는 것만큼 센티멘털하고 어리석은 일은 없단다.

솔직히 말해서 '누구'를 사랑했느냐 따위는 그다지 문제가 아닐지도 모르지. 중요한 것은 '어떻게' 사랑했느냐가 아니겠어.

그렇지만 M양, 나는 구태여 고리타분한 말을 하고 싶구나. 적어도 이번만큼은.

가능한대로 객관적으로 냉정하게 자기를 응시해 보렴.......

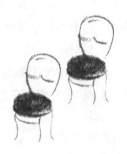

사랑을 웃도는 고독

사랑하지만, 그래도 혼자다

"......연애에 있어서나 보통 인생에 있어서도, 인간은 소유하고 싶어하지만 이것은 두려운 일이라고 생각합니다.

타인에게 손톱만큼의 자유를 남기는 일조차 잊어버리는 것입니다.......

......내 작품에는 두 가지 테마가 있습니다. 확실히 언제나 똑같습니다. 연애와 고독. 고독과 연애라는 순서로 말하는 편이 옳을지도 모르겠습니다. 주요 테마는 고독 쪽이므로."

인터뷰집 『사랑과 동일할 정도의 고독』에서 프랑스와즈 사강은 이렇게 대답하고 있다.

고독은 창문에 찰싹 달라붙은 한 마리의 수궁과 비슷하다.

석양이 질 때 체온계의 수은을 두 눈금 정도 밀어 올리는 미열과도 비슷하다.

낡은 벽돌담에 휘감긴 담쟁이덩굴과도 닮았다.

그것은 떨어내도 떨어내도 사람을 쫓아와 사람의 마음에 달라붙는다.

어떤 열렬한 연애를 하고 있더라도 고독은 1밀리 정도의 작은 틈새나 균열을 발견하면 삐죽 얼굴을 내민다.

하지만 나는 많은 사람이 기피하는 고독을 오히려 싫어하지 않는다.

고독을 아는 것이 어른에의 최초의 일보이고, 사람이 고독에서 배우는 것은 많을 것 같은 느낌이 들기 때문이다.

여기서는 젊은 여성에게 인기가 있는 사강의 소설을 예로 들어 사랑과 고독에 대하여 생각해 보자.

"고독하다고 한탄하는 여성이 있습니다. 머리가 텅 빈 사람들입니다. 나는 고독을 배우고 그것을 평가하고 있습니다."

사강은 그렇게 말했다.

나로서는 고독하다고 탄식하는 사람을 머리가 텅 비었다고 잘라 말할 용기는 없으나, 사강은 왜 그렇게까지 집요하게 사랑 속의 고독, 혹은 고독 속의 사랑을 묘사하는 것일까?

남프랑스 리비에라를 무대로 다감한 소녀 세실의, 아버지의 연애에 대한 앙비바렌트한 마음의 움직임을 그린 『슬픔이여 안녕』.

보이프렌드의 숙부를 사랑한 20세의 소르본느 대학생 도미니끄의 사랑과 슬픔 그리고 자립을 그린 『어떤 미소』.

중년여성 포라와 연하의 청년의 연정을 그린 『브람스를 좋아해』.

스웨덴의 옛 성을 무대로 미모의 남매가 전개하는 아름다운 배덕의 드라마를 그린 『스웨덴의 성』.

실업가의 애인인 젊은 류시르의 사랑을 그린 『뜨거운 연애』.

파리의 저널리스트와 남프랑스 리모쥬의 젊은 아내와의 사랑을 테마로 한 『차가운 물속의 태양』.

비교적 최근의 작품 『비단눈동자』 『흐트러진 침대』에서도 그녀는 집요하게 사랑 속의 고독을 그려내고 있다.

"……그녀는 침대 안에서, 거기에 누군가의 따스한 몸이 있기라도 한 듯 본능적으로 팔을 뻗었다. ......한 남자나 한 아이......
그러나 아무도 진실로 그녀를 필요로 하고 있는 사람은 없었다.
그녀는 천천히 쓸쓸하게 고독을 짓씹었다......"『브람스를 좋아
해』.

　"......다시금, 나는 알게 되었다. 내가 혼자라는 것을. 나는 이
말을 나 자신에게 말해보고 싶었다. 혼자...... 혼자......"『어떤
미소』.

　"우리는 또다시 고독해진다. 그래도 같은 것이다."『아름다운
구름』.

　"......류시르는 집을 향해, 샤를르를 향해, 고독을 향해 걸으면
서 돌아갔다."『뜨거운 연애』.

　아마도 사강은 연애라는 일견 고독과 연이 없다고 생각되는 상
태에서조차 사람은 고독을 안고 있는 것이라고 말하고 싶었던 것
이리라.

　같은 시간에 한 베개에 머리를 맞대고 잠들었다 하더라도, 결
코 같은 꿈을 꿀 수는 없는 것처럼. 아무리 뜨겁고 격렬하게 구하
고 서로 주고 빼앗았다 하더라도 사람은 역시 혼자일 뿐이라고.

　확실히 사랑의 극한에서 사람은 일순 그 고독에서 해방된 듯한
착각을 느끼는 법이다.

　그러나 그 순간 뒤에 자리하고 있는 것은 역시 그 답답한 고독
감이다.

　몸에 편안하게 들어맞는 스웨터처럼 살갗의 일부에 길들여진
그것이다.

　연인이 없으니까, 그래서 고독한 것이 아니다. 연인이나 파트너
가 생기면 고독에서 해방된다고 생각하는 것은 환상이다.

　사람은 고독한 생물이므로, 그래서 고독한 것이다.

　나는 오히려 연애에 있어서까지 사람은 혼자라는 것을 모르는

사람 쪽이 두렵다.

왜냐하면 그들은 타인의 고독에 대하여 놀라울 만큼 둔감하기 때문이다.

그들은 사랑이라는 두 글자를 방패삼아 연인의 마음을 속박하고 자유를 빼앗고 진흙발로 짓밟는다.

사랑한 만큼의 애정의 보답을 주판알로 계산한다.

어릿광의 사랑놀음 속에서 사랑의 증명을 요구하려 든다.

연인이든 인생의 파트너이든 '특별한 타인'이라는 것을 잊고 있다.

상대방을 독립된 인격으로서 인정하려고 하지 않는다.

상대방을 자기 인생에 끌어들이고 공범으로 만듦으로써 사랑을 확인했다는 심산이다.

진정한 사랑이란 독립된 두 개의 '개(個)'의 사이에서가 아니면 자랄 수 없는 것인데.

어떻게 사랑하든 두 사람은 이심이체(二心二體)

"……사랑은 신뢰입니다. 질투를 기초에 둔 사랑은 전쟁이나 투쟁을 내포하게 됩니다.

어떤 남성이 질투하기 때문에 자기에게 애착을 느끼고 있다고 깨달으면 거나하게 취한 기분이 들지도 모릅니다……"

그렇지만, 하고 사강은 말한다.

사랑의 절정을 위하여 질투를 이용하는 것은, 인간적인 관계가 아니라 주인과 하인, 잔인한 인간과 노예의 관계와 어디가 어떻게 다를 것인가, 라고.

소유와 속박은 사랑이 아니다.

사랑이란 상대방을 이해하는 것이며, 있는 그대로 받아들이는 것이며, 자유롭게 홰를 치는 것이 아닐까.

"나는 고독을 좋아합니다. 그렇지만 타인에게는 사랑을 느끼고 있고, 좋아하는 사람에게는 흥미를 가지고 있습니다. ......사랑하는 것은 단지 '좋아한다'는 것만이 아닙니다. 특별히 이해하는 것이기도 합니다. 이해를 한다는 것은 묵인하는 것이고, 쓸데없는 참견을 하지 않는 것입니다......"

많은 사람들이——첫사랑 시절의 나도 그러했지만——사랑할 때마다 몹시도 상대방을 소유하려고 발버둥치고 괴로워하고 상처 입은 아픔을 맛보았을 것이다.

사랑이라는 이름 아래 상대방의 자유를 빼앗거나 속박하고 상대방에게 자기를 억지로 동화시켜 '일체'가 되려고 해왔던 것이다.

사랑한다는 것은 결코 '일심동체'가 되는 것이 아니라 '이심이체'인 상태로, 싱글끼리 그래도 열렬한 심정으로 서로 응시하는 것이 아닐까?

어떻게 사랑을 하든 사람은 자기 이외의 또 한사람의 누군가에 의해 백퍼센트 충족되는 일은 없다. 자기도 또한 연인의 마음을 백퍼센트 충족시킬 수는 없는 것이다.

그렇다면 왜 사랑하는가?

대답은 역시 하나, 사람은 혼자이니까.

어쩔 수 없이 혼자이기 때문에 다가붙어 포근히 감싸는 또 하나의 인간을 원하는 것이라고 생각된다.

어디까지나 고독을 아는 자만이 사랑하고 사랑 받을 자격을 가지고 있다고도 말할 수 있을 것이다.

사랑은 결코 거대한 배가 아니다.

끊임없이 위기를 안고 있는 작은 배이다.

그렇다고 우리는 사랑하기를 포기할 것인가? 아니다.

확실한 것은 한가지.

나는 사랑했다! 나는 내 사랑에 충실했다! 이것밖에 없는 것이 아닐까?

얼마나 자기의 사랑에 거짓이 없었는가, 얼마나 자기의 사랑에 의해 자기와 상대방을 살릴 수 있었는가, 그것이 인간 사랑의 역사의 훈장이 되는 것은 아닐지.

그리고 사람은 언제나 '사랑과 비슷한 정도의 고독' 또는 '사랑을 조금 웃도는 고독'을 발에 휘감고 살아가는 것이다.

그렇게 생각했을 때 산다는 것에의 사랑스러움이, 그리고 당신과 똑같이 고독의 늪을 헤매는 모든 사람에의 사랑이 싹트게 되는 것은 아닐지.

과거를 통째로 짊어지겠는가

과거에 구애되는 것은 센티멘털

〈뉴요커〉 라는 잡지가 있다.

심플한 찻잔에 부어진 오후의 짙은 향기의 홍차처럼 세련된 분위기의 잡지이다. 나는 이 〈뉴요커〉를 원문으로 읽고 싶어서 영문과에 들어갔을 정도이지만——지금도 한 손에 사전이 없으면 허사——존 업다이크나 어윈 쇼 같은 일류 작가와 함께 신진 작가들도 작품을 발표하고 있다.

대단히 지적이고 신선하고 소피스티케이티드(sophisticated)하다는 형용사가 꼭 어울릴 것 같은 작품이 많다.

해롤드 브로드기의 「sentimental education」——감상교육이라고나 번역해야 좋을지——도 그 〈뉴요커〉에 실렸던 단편으로, 스토리는 캠퍼스를 무대로 한 첫사랑 이야기이다.

뉴잉글랜드의 대학에서 학창생활을 보내는 청년 엘딘은 파트타임으로 웨이터 일을 하고 있는 마을의 레스토랑에서 아름다운 여학생 캐롤라인을 보고 첫눈에 반해 그녀에게 연정을 품는다.

그는 캠퍼스 섹스가 한창 유행하는 풍조에서 금욕적이리만큼, 게임화된 섹스를 거부하고 있는 자율적인 남자이다.

이윽고 그의 진심은 캐롤라인에게도 통하게 되어 캠퍼스의 잔

디밭 위에서, 카페테리어 한 구석에서, 철학 클라스에서, 어깨를 맞대고 이야기를 나누는 두 사람의 모습을 볼 수가 있게 된다.

첫사랑에 들떠서 어찌할 바를 모르는 엘딘은 이따금 캐롤라인의 얼굴에 떠오르는 그늘진 표정을 깨닫지 못한다.

하지만 오래지 않아 엘딘은 자기에게 있어서는 첫사랑인 이 연애가 캐롤라인에게는 첫사랑이 아니라는 것을 알게 된다.

다감한 소녀시대, 사랑하는 아버지를 자살로 잃어버린 캐롤라인은 부성 콤플렉스에서 졸업하지 못하고, 어딘가 아버지의 모습과 닮은 중년남성 마티와의 섹스까지 포함한 연애를 이미 체험하고 있었다.

원래가 사춘기부터 청춘의 일정 시기까지 소녀는 소년보다 조숙하게 성장하는 경우가 많다.

청년이 매우 늦게까지 '사내아이'의 꼬리를 떼어내지 못하는데 반해 여자아이는 일찌감치 소녀시대를 졸업해 버린다.

더군다나 이 '여자아이'가 사랑의 체험자인 경우는 두말할 나위도 없는 일이다.

엘딘과 캐롤라인의 경우도 그러했다.

캐롤라인은 엘딘의 한결같은 정열에 호감을 느끼고 그를 사랑하면서도, 한편으로는 마티와의 어두운 심연을 방황하는 죄의식에 시달리는 연애를 버리지 못하고 있다.

"나 이전에 그녀의 마음과 몸을 거쳐간 남자가 있다. 아무래도 그녀는 그 사랑에 질질 끌려가고 있는 모양이다."

엘딘은 고뇌하고 방황하고 어찌할 바를 몰라 망설이다가 한번은 이별을 결심하지만, 결국에는 마티를 만나보고 그가 아내와 이혼할 의사가 없음을 확인하게 된다.

이윽고 상심하는 캐롤라인과의 재회.

그렇지만 지금 엘딘 곁에 돌아온 캐롤라인을 앞에 두고도 그의 마음은 전처럼 뜨겁게 달아오르진 않았다.

그토록 사랑하고 있었는데……

마티로부터 캐롤라인을 해방시키는 일에 엘딘은 남아있던 에너지를 다 소모해버린 것일까.

연상의 라이벌을 잃어버린 그 순간부터 그의 사랑의 불길도 사그라진 것일까?

자기의 첫사랑을 쏟았던 캐롤라인의 첫사랑 대상을 알게 된 만큼, 아무 것도 몰랐을 때처럼 캐롤라인을 사랑할 수 없게 되어버린 것일까?

잃은 것에서 배우는 것

한번 보고만 것을, 알아버린 것을 모르는 체 못본 체하고 살 수는 없다.

엘딘도 그러했다.

그리고 그는 캐롤라인의 과거를 과거로써 백퍼센트 받아들일 만큼 정신적으로도 성숙되어 있지 않았다.

지금 눈앞에 있는 캐롤라인을 사랑한다는 것은, 자기와 만나기 전의 그녀 자신, 그녀의 과거까지도 사랑하는 것임을 엘딘은 아직 깨닫지 못하고 있다.

어느 날인가 엘딘도 알게 될 것이다.

수천의 어제라는 날이 겹쳐진 다음에 오늘의 캐롤라인이 존재한다는 것을.

그리고 그것이 자기에게 있어서 그다지 탐탁하지 못하더라도 과거의 그녀가 없이 현재의 그녀는 존재할 수 없다는 사실을.

캐롤라인도 또한 깨닫게 될 것이다.

과거를 고백하고 상대를 공범으로 만드는 것보다는 자기 마음속에 담아두고 혼자 짊어지고 살아가는 편이 수십 배나 고통스러운 작업이라는 것을.

이리하여 엘딘과 캐롤라인의 첫사랑은 서로의 마음에 고통스런 화상을 남기고 종말을 고한다.

화상에서 부풀어오른 물집도 마침내는 딱지로 뒤덮이고, 그 딱지도 언젠가는 훌훌 벗겨져 떨어지고 원래의 피부와 구분하기 어렵게 될 것이다.

그리고 몇 번의 사랑과 만나고 또 잃어가며 사람은 드디어 진리에 도달하는 것이다.

사랑의 상실이라는 값비싼 대가를 지불하면서 사람들은 '인간은 혼자' 라는 그 진리에.

첫사랑 시절의 숨이 콱콱 막힐 정도의 격렬함에, 겨울날의 양지쪽과도 같은 누긋한 온기를 플러스한 연애를 할 수 있게 되는 것이다.

인간은 모두가 혼자, 그렇기 때문에 또 하나의 인간을 찾고 다가가 서로 따스하게 감싸려고 하는 것이라고 깨닫게 된다.

상대방의 고독을 헤아릴 수 있는 진짜 다정함과 엄숙함에 도달할 수 있는 것이다.

사랑을 잃는다는 것은 확실히 쓰리고 아프다.

하물며 첫사랑에 있어서야 더할 나위도 없다.

하지만 잃어도 흘러 넘치는 그 무엇을 우리는 한 차례의 사랑의 만남과 이별에서 배울 수가 있다.

아니 배워야만 한다.

그렇지 않다면 사람으로서 너무나도 쓸쓸하지 않겠는가.

연애는 두 번째가 더 아름답다

'순수'와 '무지'는 다르다

어떤 남성작가와 대담했을 때의 일이었다. 그는 연애에 대하여 이런 식으로 말했다.

"여자는 연애 경험이 늘면 늘수록 때묻지 않은 순수함이 사라 져 버리고 어딘가 누추해지는 게 아닐까. 나는 여자에게 첫 번 연 정의 상대가 되고 싶다. 첫사랑이야말로 역시 가장 순수하다."

그야 나 역시 작금 유행하는, 같이 잔 남자의 수를 훈장처럼 코 앞에 늘어뜨리고, 결코 사람으로 매력이 있다고는 보이지도 않는 남자에게 결국 보기 좋게 노리개감이 된 것도 깨닫지 못하고, 개 방된 여자를 표방하고 있는 여자는 가슴이 아파 차마 두고볼 수 가 없다. 조금은 자기를 소중히 다루었으면 하는 심정이다.

연애는 슈퍼마켓의 염가대매출이 아니고, 양보다 질의 문제이 다.

연애 회수가 많았던 여자 이퀄 호기심이 많은 여자라는 말은 아닐 테니까.

게다가 자기의 연애 편력을 자랑스럽게 늘어놓는다는 것도 어 쩐지 마음이 가난하다는 느낌이다. 과거의 영광에 매달려 있다는 느낌이 없지 않다.

그렇지만 요즘 세상에 첫사랑으로 결혼하는 사람이 얼마나 있 겠는가.

누구나 사랑을 하고 있을 때는 "이것이 마지막"——설령 처음 은 아니더라도——이라고 생각하고 있을 것이다. 그런데 그렇게 는 되지 않는 것이 연애의 얄궂음이고 슬픔이며, 첫사랑만이 가 장 순수하고 아름다운 연정이라면, 첫사랑을 놓쳐버린 여자는 일 생 멋있는 사랑과 연이 없이 살아가야만 한다.

첫째로 자기 문제를 스스로 책임질 수 있게 되어야 비로소 사 람은 상대방에게 의지하거나 의지 당하거나 하는 관계가 아니라 서로 독립된 개체로서 마주볼 수 있는 좋은 연애를 할 수 있을 것 이다.

동서고금 문학이나 영화는 첫사랑을 더없이 아름답게 묘사하 고 있다.

그러나 나 자신 첫사랑 시대를 돌이켜보면 결코 '아름답다'고 는 말할 수 없는 꽤나 제멋대로의 내가 있었다고, 지금 그립고도 부끄럽게 생각한다.

최초의 연애에 스스로 자기를 힘겨워하고, 상대방의 마음을 배 려할 여유도 없었다.

자기의 고조된 감정을 억지로 상대방에게 밀어붙이고 "이만큼 사랑하고 있으니까" 하고 사랑의 보상을 어딘가에서 기대하고 있 던 면도 있다.

그리고 허탕을 치게 되면 상대를 원망함으로써 자기를 변호하 고 있었다.

연애에 대해서도 연애 상대에 대해서도, 오만하고 불손했다고 할 수 있다.

순수한 게 아니라 오히려 무지했던 것이다.

자기의 존재를 과대평가하고 있었는지도 모른다.

남보다 두 배로 상처 입었다는 생각이었으나 사실은 상처를 입히거나, 남보다 배는 용서했다는 생각이었는데 사실은 용서받고, 남보다 배는 더 주었다는 생각이었는데 사실은 빼앗고 있었거나 해서 실로 에고이스틱한 계절이었다.

"이렇게 열과 성을 다했으니까."

라는 것이 자기의 방자한 처신에 대한 구실이었다는 생각도 든다.

괴로워하고 있는 자신에게, 스스로 취해 있었던 것이다.

최초의 사랑을 잃고, 몇 차례의 사랑 비슷한 것과 만나고 잃어버린 끝에 나는 드디어 하나의 진리에 도달했다.

자기라고 하는 이 존재가 온 정신을 다 바친 사랑을 통해서도 다른 한사람의 마음을 백퍼센트 완벽하게 충족시킬 수는 없다는 사실을.

그리고 나도 또한 또 한사람의 존재에 의해 백퍼센트 충족되는 일은 없다. 사람은 모두 혼자라는 사실을.

이 움직일 수 없는 진리에 도달했을 때, 사람은 비로소 상대방의 기분을 헤아리고 배려하는 다정함으로 사랑을 할 수가 있는 것이 아닐까?

물리적인 의미에서의 첫사랑은 아득한 옛날에 끝났더라도 그 진리에 도달한 뒤에 만나는 사랑이야말로 진정한 의미에서의 '첫사랑'이 아닐까.

어깨를 나란히 할 수 있는 '좋은 사랑'을 위하여

나 자신 연애라 할 수 있는 연애를 하게 되었다고 느끼게 된 것은 '첫사랑'을 잃은 뒤의 일이다. 그것을 나의 여자친구 M은 이렇게 표현한다.

"경제적으로도 정신적으로도 혼자 자립할 수 있는 자신과 각오가 선 다음에야 사람은 정말로 순수한 연애를 할 수 있지 않을까?
10대나 20대 초반에는 스스로 자기를 백퍼센트 떠맡을 자신이 없
으니까 상대방의 본질 자체보다는 다리가 길다거나 키가 크다는
등의 외적 조건이나 학력, 수입, 근무하는 회사 지명도나 업무내
용 등등의 부대설비에 눈이 어두워지기 쉬운 법이야. 첫사랑이
어째서 순수하다는 것이지?"

　확실히 그렇다. 부대설비가 좋은 남자에게 자기 인생을 통째로
맡겨버리면 그림으로 그린 듯한 행복을 얻을 수 있다는 환상은
자기 인생에 대하여 너무나 무책임하다.

　상대방의 본질, 살아가는 자세, 그 자체에 매력을 느낄 수 있을
때 비로소 그 사랑은 순수하게 되는 것이다. 상대방의 부대설비
에 눈이 끌리기 쉬운 첫사랑을 순수하다고 부르는 것은 어딘가
센티멘털한 느낌이다.

　특히 여성은 어릴 때부터 좋은 상대만 발견하면 경제적으로도
사회적 욕구도 충족된다고 세뇌교육 당하고 있으나, 사랑이라는
이름으로 자기의 인생을 내맡기고 상대에게 완전히 의지해 버리
는 것은 연애와 생활수단을 거래한 가장 불순한 행위라는 말이
되지는 않을까.

　그리고 어떠한 것에도 구애되지 않는 자유롭고 진실로 순수한
사랑과 만나기 위해서는 우선 처음으로 돌아가 스스로 자기를 책
임질 수 있는 '나 자신'이 되어야 할 것이다.

　유감스럽지만 첫사랑 시절에 우리는 거기까지 생각할 수가 없
고 그 보증도 없다.

　그렇다면 누군가처럼 첫사랑이야말로 가장 순수하다는 식으로
는 말할 수가 없을 것이고, 오히려 두 번째, 세 번째의 연애 쪽이
──물론 연애는 숫자로 결정되는 것은 아니지만──더욱 순도
가 높다고 할 수 있을 것이다.

세상의 어른들이 필요 이상으로 청춘을 미화하고 첫사랑을 한껏 치장하여 찬미하는 것은 지나치게 낙천적인 것이 아닐까. 적어도 나는 사랑의 깊이도 두려움도 모르고, 고뇌하고 있는 자기를 미화하고, 감미로운 감상에 빠지기 쉬운 첫사랑 시절을 필요 이상으로 찬미하고 싶다고는 생각지 않는다.

상대에게도 자기와 똑같은 레일 위를 자기와 똑같은 속도와 열성으로 달리기를 요구한 그 시절, 나는 너무나 제멋대로였다고 생각하니 지금도 얼굴이 붉어진다.

격렬한 불꽃을 피우면서도 한편으로 시간을 들여 달구어진 모래땅 같은 온화함도 지닐 수 있는 두 번째의 연애——세 번째라도 좋다——, 독점이나 속박은 사랑이 아니라 결국은 에고이즘이라고 깨닫게 되는 두 번째 사랑.

함께 있음으로써 보다 자유로운 해방감을 획득할 수 있는 두 번째 연애.

자기 일은 스스로 책임지면서 어깨를 나란히 서로 응시할 수 있는 두 번째 연애.

연애는 역시 두 번째가 풍요롭고 더욱 아름답다고 할 수 있는 것이 아닐까.

자기의 연애법칙을 만들자

'여자'이니까가 아니라 '나'이니까

연애에 대하여 말하기보다 실제로 연애를 해보는 편이 백 배 좋다고는 생각하지만, 내 친구나 지인들을 등장시키고 자기에 관해서는 '출입금지'를 취한다면 이거야말로 뻔뻔스러운 일일 것이다.

그래서 여기서는 나의 연애관에 대하여 써보기로 하겠다.

좀 위압적으로 거창하게 말하면 10대 시절의——지금도 그러하지만—— 나의 테마는 '자유롭게 살고 싶다. 자유로워지고 싶다'였다.

어떠한 것에도 구애받지 않고 어떠한 것에도 간섭받지 않고 나는 '나'를 살리고 싶었다.

"더욱 자유를, 더욱 자유롭게."

라는 생각은 마치 끓는 물처럼 끊임없이 내 마음속에서 세포분열을 거듭하고 나를 다그쳤다. 그 파도에 떠밀리듯이 당시의 나는 손에 잡히는 대로 책을 섭렵했다.

책을 읽었다고 해서 자유를 획득할 수 있다고는 생각지 않았지만 적어도 정신면에서의 자유에의 실마리는 되리라고 생각했던 것이다.

어떠한 것에도 구애받지 않고, 어떠한 것에도 간섭받지 않고 살려면, 우선 자기의 정신과 뇌세포에 끊임없이 자극을 주고 녹이 슬지 않도록 브러싱과 마사지를 해둬야만 한다고 생각하고 있었다.

학교 수업에 관해서는 그다지 열성적인 학생은 아니었으나——흔히 말하는 공부에 흥미를 느낀 것은 대학에 들어간 다음이다—— 유달리 독서에 있어서는 광(狂)자가 붙을 정도로 열중했다.

열중이 지나쳐 뜬눈으로 아침을 맞아 녹다운! 도저히 일어날 수가 없어서 학교 출석부에는 자연히 결석으로 처리되는 일도 종종 있었다.

그러다가 나중에는 선생님께도 간파당하고, 정말로 몸이 아파 자리에 누워있어도 '꾀부리지 말고 어서 나오라'는 전화가 걸려오기도 했지만.

우리 엄마란 분은 이상한 분으로, "오늘은 수업 빠져야겠어"라는 나의 부실한 학습태도를 일단 주의는 하면서도 최종적으로는, "도리가 없지. 목에 밧줄을 매서 끌고 갈 수도 없는 노릇이고……"에서 설교를 끝마치는 분이었다.

그녀 역시 책을 좋아했다는 경험이 있기도 해서,

"하긴 방정식 하나 더 외우는 것보다 세상에는 훨씬 중요한 것이 많으니까. 나도 실은 꽤나 공부하기 싫어했어."

하고, 세상의 열성파 학부모님들이 들으면 크게 성을 낼만큼 무책임한 여성이었다.

가령 내 책상 위에 다른 부모 같으면 눈살을 찌푸릴 소설책이 읽다가 만 채로 펼쳐져 있더라도 아무 말씀도 하지 않았다.

그 덕분에 나는 나이 16에 『채털리부인의 연인』——이 책이 한때 일부 사람들이 주장했던 그런 외설적인 책은 아니지만—— 이라든가 꽤나 에로틱한 묘사가 나오는 중간소설 따위도 '애독'했다.

17세 때 나에게 있어서는 결정적인 한 권의 책과――하긴 시리즈물이었지만――만났다. 그 유명한 시몬느 보부아르의 『제2의 성』이었다.

"인간은 여자로 태어나지 않는다. 여자가 되어 가는 것이다."

라는 그 책의 서두는 자유로워지고 싶어하는 내 마음에 예리한 칼날처럼 깊숙이 파고들었다.

성에 의한 차별이라는 것을 여러 방면에서 느끼기 시작했던 나의 마음에 『제2의 성』은 격렬하고 뜨겁게, 강렬한 박력으로 부딪혀왔다.

유니크한 나의 엄마는 어릴 때부터 나에게,

"여자이니까 어찌어찌 해라."

"여자이니까 이러이러해서는 안돼."

등등의 판에 박힌 잔소리는 없었다.

그렇지만 이 사회를 돌아보면,

"여자는 어차피 여자."――부정적인 의미에서――

"여자는 남자에게 순종하는 것."

"여자는 남자에게 달렸어."

따위의, 내 생각에는 부자유스럽기 짝이 없는 강요가 '상식' '도덕' '윤리'로서 통용되고 있었다.

꽤나 아는 게 많다고 우쭐거리던 나는 그 따위 '상식'이나 '도덕' '윤리'를 애지중지 감싸고드는 어른들을 경멸하고 있었다.

그리고 이렇게 외쳤다.

"여자이니까, 그래서가 아니다. 적어도 나는 나이니까 이렇게 되고 싶다. 이렇게 되어야만 하는 인생을 살고 싶다. 나를 만들 수 있는 것은 오직 나뿐이다."

보부아르의 『제2의 성』은 17세인 나에게 솔직히 말해서 난해

한 면도 많이 있었으나 사람은 모두 그 사람 나름으로 '자유로워야 한다'고 하는 그녀의 뜨거운 메시지는 그후의 나에게 있어서 강력한 지주가 되어준 것은 분명하다.

"진정한 사랑은 한쪽이 위이고 한쪽이 아래라는 주종(主從)관계 아래서는 결코 열매를 맺을 수가 없는 것이다."

대등한 남자와 여자 사이에서만 진정한 사랑이 성립된다는 그녀의 주장은 나에게는 극히 자연스럽고 당연한 것처럼 생각되었다.

나는 그 당연한 것을 굳이 문자로 써서 주장하지 않으면 안될 만큼, 세상에는 사랑이라는 이름의 주종관계가 많은 것인가 하고 놀랍게 생각했다.

나는 아직 존재하지도 않는 연인과 나의 관계를 이렇게 정의했다. 그와 나——아니, 잠깐만, 어째서 남자와 여자를 나열할 때 언제나 남자가 먼저 나오는 것일까? 나와 그로 바꿔놓을까——는 때로 '우리들'이라는 보호막을 가지면서 그 기본에 있는 것은, 나는 나라고 하는 '개(個)', 그는 그라는 '개'여야 한다. 그것이 진실로 사랑하는 일이라고 나는 생각했다.

물론 거쳐지나온 몇 번의 연애 중에서 나는 나의 '개'를 우선한다는 그 생각 때문에 많은 갈등도 있었고, 예기치 않은 형태로 상대방에게 상처를 준 일도 있다. 그리고 상대에게 상처를 주었다는 생각이 나 자신을 상처 입힌 일도 있다.

그래도 지금 나는 자신의 연애관이 나에게는 가장 자연스러운 형태이고, 가장 좋은 유형이라고 자신 있게 말할 수가 있다.

왜냐하면 나와 똑같은 생각을 가지고, 그 때문에 머리에 혹이 생기거나 무릎에 상처를 얻으면서 살아가는 많은 숭고한 여자 친구들과 남자친구들을 만날 수 있으므로.

연애와 이별은 표리관계

그 연애가 순간에 색이 바랠 때

자기의 연애에 대하여 이러쿵저러쿵 이야기하는 것은 멋적은 일이고, 공교롭게도 쓰는 일을 직업으로 삼고 있지만 나는 자기의 사생활, 특히 연애에 연루된 일을 상품으로 삼아 일을 하고 싶지는 않다. 게다가 내가 운 좋게 자기문제를 공적으로 표현할 수 있는 입장에 있다고 해서, 그런 입장에 있지 않은 과거의 내 연인에 대하여 쓰는 것은 페어플레이가 아니라고 생각한다.

아무래도 사람은 자기에게 형편이 좋은 것만 쓰게 될 테고, 그 때문에 상대방이 상처받아도 상대방은 그것을 공적으로 발표할 기회가 없는 입장에 있는 사람이라면 이런 면목없는 일은 없을 것이다.

"어째서 오치아이 씨는 자기 연애에 대하여 알려주지 않나요?"

등으로 여성 독자에게 질문 받는 일이 있는데, 소설 속에 비슷한 '나'를 등장시키는 일은 있어도 함부로 에세이에 등장시키는 것을 피해온 것은 그런 이유 때문이다.

대학 1년생 때부터 좋은 학우였고 악우(惡友) 그룹의 한 사람이었던 '그'에 대하여 내가 틀림없는 연애감정을 품고 있다고 깨달은 것은 3학년 때의 일이었다.

그가 나에게 호의를 가지고 있음을 알고 있었으나 그것이 동기생으로서의 것인지 또는 연애감정인지 확실히 알 수가 없어서 나는 몹시 초조한 나날을 보내고 있었다.

나는 남자와 여자가 친하게 지내는 것만으로 그 즉시 연애와 결부시켜 버리는 풍조에 반발을 느끼고 있었다.

서로가 성에 구애되지 않고 사귈 수 있다면 얼마나 자유로울까. 나만은 그렇게 하고 싶다고도 생각하고 있있다.

그런 탓에 나는 자기 내면에서 발견한 그에 대한 고조된 감정을 힘겨워하고 그것이 '연애' 감정이라는 것을 부정하려고까지 했다.

그 감정을 연애라고 인정하는 것은 불안하고, 왠지 아프게 느껴졌다.

망설이던 끝에 나는 자기 내면에서 싹트고 단단히 뿌리를 내린 감정이 틀림없이 연정이라고 인정하지 않을 수 없었다.

아무래도 나는 자신이 먼저 반해서 연애가 시작된다는 패턴이 보통이고, 그 남자와의 경우도 그러했다.

반해버리면 브레이크를 걸 수 없게 되는 것도 나의 버릇이다.

슬며시 내 기분을 상대방에게 알린다는 잔재주를 부리지 못하는 나는 어느 날 학교 근처의 찻집으로 그를 불러내어,

"저어 말이지, 난 너한테 반해버렸다."

하고 실로 단도직입, 정서라곤 손톱만큼도 없는 말로 그에게 구애했다. 구애의 말을 은유적으로 표현한다거나 센티멘털한 말로 꾸며내는 것이 직설적으로 전달하는 것보다 내게는 오히려 쑥스러운 일이었다.

이리하여 젊은 커플 한 쌍 완성! 이다. 내가 그에게 반한 몇 가지 요소의 하나로, 그가 여자에 대해서 매우 리버럴한──그것은 매우 정상적인──감각의 소유자였다는 점. 결코 남성 우위론자

가 아닌 점. 그리고 나와 마찬가지로 체제에 대하여 분노를 품고
있었다는 점이다.

이윽고 졸업을 맞아 그는 종합상사에 취직하고 나는 방송국에
입사했다.

우리들은 세상의 대다수 연인들이 그러하듯이 자기들의 연애
야말로 가장 멋진 것이라고 자화자찬하고 있었다.

"우리 회사에서 지난달 여사원 하나가 결혼으로 퇴직했어. 남
자가 그만두라고 했다더군. 그렇게 되자 그녀의 동기생들 모두가
들떠서 나도 이젠 슬슬 사표나 낼까 하고 약간의 소동이 있었지.
정말 유치한 일이야."

그렇게 말하는 그를, 나는 역시 내 애인이 최고라고 마음 뿌듯
하게 생각하고 있었다.

우리들 사이에 한가지 사건이 일어난 것은 두 사람이 취직한지
3년이 지난 어느 날의 일이었다.

춘계 인사이동으로 그는 선배의 뒤를 이어 해외근무가 결정되
었다.

그 자신이 바라고 있었던 일이다. 해외근무가 결정된 날 밤, 우
리는 건배했다.

두 사람 모두 기분이 고조되어 있었고, 매우 달콤한 분위기에
빠져 있었던 것도 사실이다.

"이제 그만 정리하지 그래."

그가 말했다.

일년 전부터 우리는 호적을 옮겨놓을 필요까지야 없지만 함께
지내는 것도 나쁘지는 않다고 생각하고 있었다.

그러나 그는 해외근무이다.

'정리해 버리면' 나의 일은 어떻게 될 것인가?

그 무렵 나는 겨우 내 책임으로 제작 진행할 수 있는 프로그램

하나를 맡게 되었던 것이다.

대답은 보류하고, 나는 생각해봤다.

그와 함께 해외생활을 경험하는 것도 확실히 나쁘지는 않다. 그러나 그는 나의 일을 어떻게 생각하고 있는 것일까?

다음의 데이트 때 나는 그 의문을 그에게 던졌다.

"그럼 내 일은 어떻게 되지?"

나의 질문에 그는 질문으로 대답했다.

"함께 살고 싶지 않아?"

그의 말속에는 우리들(그와 나)이 언제나 조크 재료로 삼고 한심하다고 비웃고 있던 "여자는 남자를 따르는 것"이라는 그 클래식한 사상이 그대로 살아 있었다.

만일 내가 상사에 근무하고 있고 해외주재를 명령받았다면——유감스럽게도 여자에게 그런 직책을 맡길 회사는 없을 테지만——그는 나와 결합하기 위하여 자기 일을 버리고 나의 임지로 따라와 줄 것인가?

그렇게 생각한 순간, 나의 내면에서 무엇인가 몹시 색이 바랜 것은 확실하다.

그는 나의 일을 포함하여 나의 모든 것을, 독립된 인격체로서 인정했던 것이 아니란 말인가?

사랑보다는 이별을 선택할 때

이렇게 써나가다 보면 꽤나 시원시원하고 막힘이 없어 보일지도 모르겠지만, 결론을 내리기까지 나도 한없이 괴로워하고 만날 때마다 큰 싸움을 되풀이했다.

말다툼 끝에 녹초가 되어 나는 나대로,

"당신은 나에 대해선 조금도 생각해주지 않아. 내 일을 빼앗을 생각이지?"

하고 그를 공격하고, 그는 그대로,

"날보고 어떻게 하라는 거야?"

하고 나를 비난했다. 어느 쪽도 자기주장을 굽히지 않았고, 양쪽이 다 자기야말로 정당하다고 우겨댔다.

그와 이별하고 난 뒤에 그의 친구로부터,

"결국 당신은 그를 사랑하지 않았던 거야. 사랑하고 있었다면 그와 함께 떠났을 테지."

하는 말도 들려왔으나 나는 그를 내 나름대로 사랑하고 있었던 것도 사실이다.

그러나 그 당시 내가 그를 따라 그의 임지로 쫓아간다면, 나는 '그를 위하여 일을 포기했다, 포기 당해야 했다'는 부당한 한을 평생 품고서 살아가야 했을 것이다. 그리고 마음 한 구석에서 나로부터 일을 빼앗은 그를, 그 이상으로 그에게 그렇게 하기를 허용한 자신을 미워하고 있었을지도 모른다.

나도 실연했고 그도 실연했다.

마음이 허공에 뜬 나날이 며칠인가 계속되었으나 일의 흥미는 그와의 이별——그를 상처 입히고 그 반동으로 자기를 상처 입혔다——의 상처자국을 치유하는 무엇보다도 좋은 특효약이었다.

"그것은 그것대로 어쩔 수 없었다."

의외로 빠르게 나는 그와의 이별을 내 나름으로 납득할 수 있게 되었다.

만일 그 때 일을 포기해버렸다면……

나는 일생동안 그에 의해 자기의 가능성을 빼앗겨 버렸다는 생각을 파트너에 대하여 계속 품고 있었을지도 모른다.

그리고 그렇게 하기를 선택한 나 자신을 혐오했을 것이다.

사랑 때문에, 라는 누구든 납득해주는 이유에 의존하고, 자기 인생을 타율적으로 바꾸어버린 자신을 용서할 수 없다고 생각했을 것이다.

실연으로 끝났지만, 나는 나의 첫사랑을 꽤나 좋은 연애였다고 생각한다.

하지만 나는 '처음'이라는 것에 고집을 부릴 마음은 없다.

그 다음에 만난 연애는——내가 그만큼 사람으로서 조금은 성숙했기 때문에——더욱 자유로웠고, 그 두 번째의 연애를 통하여 나는 절실하게, 삶을 함께 함으로써 더욱 자유로워질 수 있는 두 사람이 아니라면, 사랑을 한 보람이 없다고 생각하게 되었다.

Chapter............................*2*

사랑이라는 이름을 빈 에고이즘

——속박도 독점도 자기희생도 사랑이 아니다

서로 사랑한다는 것은
한쪽이 다른 한쪽을,
자기색깔로 물들이는 것이 아니다.
서로 사랑한다는 것은
서로의 '색'을 존중하고
서로의 '색'을 융합한
또 하나의 세계를
각각의 인생에 보태는 행위가 아닐까.

서로를 살리는 사랑

자기 색깔로 물들이려 하는 실패

과거에 연애는——결혼이야 말할 나위도 없이——, 여자와 남자가 '한 쌍'이 되어 이인칭 복수로서 살아가는 것이라고 생각하고 있었다.

그것도 여자의 남자에의 경제적 의존도나, 남자는 모든 면에서 여자보다 우수하다고 하는 남성 우위의 사회통념은, 병렬의 남자와 여자의 애정을 자칫하면 왜곡하고 상하의 관계로 깎아내렸다.

그러한 경향에 부자연스러움을 느낀 커플이 서로를 독립된 존재로서 존중하고 '사랑하지만 의존하지 않는다'는——이것이 가장 자연스럽고 노멀한 사랑의 자세가 아닐까—— 애정생활을 시작하고 있다.

아무리 사랑하더라도 인간은 궁극적으로는 일인칭 단수, 서로가 싱글이라는 생각은 너무나 자연스러운 것이다.

물론 그와 같은 관계를 유지하고 승화하기 위해서는 서로가 진정한 의미에서 성숙한 어른이 되지 않으면 불가능하다.

성숙한 어른——즉 자기 발로 설 수가 있고 스스로를 통제할 수 있는 사람을 뜻한다.

남자도 여자도 경제적으로는 물론이고 정신적으로도 사회적으로도 제 몸 하나 정도는 스스로 책임질 수 있는 '자기'가 됨으로써, 같은 지면의 높이에서 서로 사랑할 수 있는 것이다.

하기야 누구에게나 적합·부적합, 호불호가 있으므로 자기들의 애정생활 패턴은 종래의 '남자는 밖에, 여자는 집에'가 가장 좋다고 선택한 커플에게 방해를 놓을 생각은 없지만.

그렇지만 제 몸 하나 정도는 스스로 해결할 수 있게 되었을 때, 남녀의 결합은 상대의 장래성——어리석기는! 장래를 그 누가 예측할 수 있겠는가——이라든가, 월수입이라든가 학력과 같은 주판알을 튀겨볼 여지가 없는 '사랑 이외의 어떠한 동기도 생각지 않는' 사람이 된다는 건 확실하다.

그 사랑을 만났을 때, 서로가 서로를 지금 존재하는 자기보다 훨씬 생동감 있고 싱싱하게 살릴 수 있는 사랑, 그것이 가장 우아한 사랑이 아닐까?

예를 들어 "나는 요리사가 되고 싶다. 여러 모로 생각한 결과 그것이 가장 나에게 어울린다는 결론에 도달했다"고 아들이 말했다.

그러나 부모는 대학을 나와 일류기업에 들어가라고 말한다.

아들은 자기 생각을 굽히려고 하지 않는다. 난감해진 부모는 "이러저러한 사정인데 어떻게 하든 아들의 생각을 바꿀 수는 없겠는가" 하고 신문 등의 인생상담 코너에 투서를 했다고 하자.

아마도 모든 회답자는,

"자식에게는 자식의 인생이 있습니다. 자녀는 부모의 종속물도 소유물도 아닙니다. 아드님과 충분히 대화를 나누고 그의 각오가 확고하다면 후원해 주십시오."

이렇게 답할 것이다. 당연한 일이다. 부모자식 사이에서도 그것이 당연하다면, 서로 사랑하는 남자와 여자 사이에도 여자가 남자의 소유물이나 종속물이 되어서는 안될 것이다.

서로 사랑한다는 것은 한쪽이 다른 한쪽을 자기 색깔로 물들이는 것이 아니라 서로의 색깔을 기본으로 하면서 두 사람의 색깔을 융합한 또 하나의 세계를, 각자의 인생에 플러스하는 행위인 것이므로.

나는 당신의 엄마가 아니다

그녀는 금년 42세.

한 때는 출판사에 근무하고 있었으나 현재 여성지를 중심으로 인터뷰 기사와 칼럼을 쓰고 있다.

법적으로는 독신이지만 3년 전부터 생활을 함께 하고 있는 남성이 있다.

그녀가 이혼한 전 남편은 변호사였다. 이혼 당시 그는 이미 변호사로서 독립하여 활약하고 있었는데, 그 이전의 수년간 생활의 경제면은 모두 그녀가 부담하고 있었다.

"그런 거야 아무러면 어떠냐고 나는 생각하고 있었지. 나는 일하는 게 좋았고, 일하고 있는 자신에게 긍지도 느끼고 있었으니까. 그에게 일정한 수입이 없을 때 파트너인 내가 경제면을 모두 부담했다 하더라도 조금도 이상할 거야 없지."

내가 그녀의 처지에 있었다면 나도 그녀와 똑같이 했을 것이다.

여자가 여자이니까 가정에 들어앉아 있어야 한다는 법률이 없는 것과 마찬가지로, 남자가 남자라는 이유로 언제나 부부가 함께 생활하기 위한 생활비를 벌어들여야 한다는 규정도 없는 것이므로.

"그런데 말이지, 그가 변호사로서 간신히 독립하여 수입이 조금씩 늘어나는데 따라 내가 일하는 걸 반대하기 시작했어. 그의 반대는 그의 수입증가에 정비례하여 해마다 강도가 세어졌지. 이상하다고 생각하지 않니?"

확실히 이상하다.

더구나 자기가 독립하기 전까지는 아내가 일하는 것을 인정했 는데——마지못해 한 것일지도 모른다. 그래도 일단——, 막상 독립하게 되자, "가정으로 돌아가라,"고 한다면 그거야 해도 너무 하는 게 아닐까. 정말로 뻔뻔스럽다.

"나에게 있어서, 일은 나라고 하는 인간을 구성하는 불가결한 요소였어. 일을 포기하라는 것은 나에게 나라는 존재를 포기하라 는 말이 아니겠니? 그는 그렇게 말했어. 오랫동안 일했으니 이제 좀 프리타임을 가져보는 게 어떻겠냐고 말한다면, 나는 기꺼이 그렇게 했을지도 모르지. 하지만 그는 변호사의 아내된 자는 가 정에 있어야 한다고 주장하는 거야. 그 엘리트 의식도 참을 수 없 는 거 아니겠어. 누구의 아내가 되었든, 내 인생을 남편이 일방적 으로 빼앗을 권리는 없어."

그래도 그녀는 2년 동안 남편과 수백 번이나 타협을 시도했단 다.

서로의 인생관에 결정적인 차이를 발견했다고 해서 바로 굿바 이라면, 그건 너무나 무책임하다고 생각했기 때문이다.

그러나 타협은 결렬되었다. 그리고 이혼.

동시에 그녀는 편집자로서 책 만들기에 참가하고 있던 부인잡 지가 패션 중심이라는 것에 불만을 느끼고 퇴직했다.

"그와 타협점을 찾아보려고 했던 2년간, 나는 그가 아내에게 원하고 있었던 것은 인생의 파트너로서의 인간이 아니라 그의 시 중을 들어줄 엄마역임을 깨달았던 거야. 그에게 필요한 것은 서 로 사랑하고 갈고 닦아나갈 사람으로서의 여자가 아니라 엄마였 던 셈이지."

그녀의 이야기를 듣고 나는 경망스럽게도 히쭉 웃고 말았다.

그녀의 전남편만이 아니다.

아내에게 엄마 역할을 요구하는 남자는 얼마든지 있다.

"나는 남편의 인생의 파트너이고, 당신 어머니는 당연한 일이지만, 당신을 낳은 여성이 아니겠어!"

라고 생각하는 여성에게는 물론이고, 가정 밖에서도 자기표현, 자기실현을 하고 싶다고 생각하는 여성에게 있어서는, 엄마역을 요구 당하는 것은 이제 넌더리가 난다.

"결국 그는 나를 독립된 인격체로서 인정하지 않았던 거야. 아이에게 종속하는 엄마역할을 원했던 것이지."

그녀의 현재 파트너는,

"나에게 나라는 것을 요구하는 타입의 새로운 남자야."

라고 그녀는 은근히 자랑한다.

주장하는 여자는 아름답다

빠져들면서도 자기를 잃지 않는 여자

나는 흔히 강연 등에서,

"오치아이 씨의 소설에 등장하는 여성은 어째서 소위 세상의 상식에서 벗어나 살아가는 사람이 많습니까?"

라는 질문을 받는다.

확실히 나의 소설 속에 등장하는 여자들은 종래의 '여자란 이러이러해야 한다'는 하나의 틀에서 자기 의지로 비어져 나온 자들이다.

사람이 (남자이든 여자이든) 타인의 잣대가 아니라 자기의 잣대로 살아가고자 할 때, 자칫하면 세상의 상식이라든가 터부시하는 것과의 사이에 알력이 일어나는 것은 당연한 일일 것이다.

한 사람 한 사람의 인간이 집단으로서의 '남자들' '여자들'이 아니라 독립된 한 개인으로서 자기의 룰로 살아가기란 어려운 일이다.

그렇지만, 어려우니까 애써 시도해보지 않겠느냐는 것이 내 소설의 테마이고, 그 이상으로 나 개인의 인생 테마이다.

예를 들어 『가만히 안녕』에서는, 혼외로 출산하는 초등학교 교사를 주인공으로 삼았다.

2. 사랑이라는 이름을 빈 에고이즘 67

자기 의지로 낳기를 선택한 여자이다.

한편 『가만히 안녕』과 상반되는 여자로서 『구두를 벗은 여자』에서는 자기 의지로 아기를 낳지 않은 여자를 묘사했다.

각각의 여성은, 한쪽은 낳고 한쪽은 낳지 않는다는 정반대의 인생을 선택하고 있으나, 기본적으로는 완전히 똑같은 여자이다.

즉 자기 의지로 선택했다는 의미에 있어서. 동시에 그 선택이 세상의 상식에 대립한다는 의미에 있어서도.

발표한 연대순을 좇다보면 『사랑의 꼴라즈』에서는 일하는 여자의 하루, 오전 0시부터 오전 8시까지를 잘라내어 써봤다.

광고업계라는, 언뜻 보면 시대의 첨단을 가는 세계에서 일을 하면서도, 그 업계에서 공허감을 느끼지 않을 수 없는 한 여자의 방황을 묘사한 것이다. 과장해서 말하면 개(個)와 노동, 개와 사회, 여자라는 개와 남자라는 개의 대립과 허용을 묘사한 것이다.

『사랑하지만 그래도 혼자』는 과감하게 이혼을 결심하는 여자의 과거와 현재를 묘사한 것이고, 『여자가 이별을 고할 때』는 스스로 이별을 통고하는 아홉 명의 여자를 묘사한 것이다.

그리고 이 책을 쓰고 있는 동안에 완성한, 나에게는 최초의 미스터리 『얼음 여자』도 미스터리 형식을 취한 사회통념, 상식에의 안티 테제라는 생각으로 쓴 것이었다. 강간이라는 여자의 정신과 육체를 짓밟는 살인과도 대등한 범죄에 아무런 배경도 갖지 않은 한 여자가 직면하는 이야기이다.

이와 같이 어느 책에 나오는 여자이건 자기주장이 강하고, 어디까지나 자기 규율로 살아가며, 그 때문에 때로는 부도덕, 때로는 괴짜라는 레테르가 붙여지게 될, 나의 분신들이다.

때로는 모든 것을 잊고 연애에 빠져들면서도 자기를 잃은 일이 없는 여자이기도 하다.

아마도 이 책에서 내가 가장 강조하고 싶은 것도 결국 동일한 것이라고 말할 수 있을 것이다.

어떤 한 시기를 모두 잊고 사랑에 빠지는 것도 좋다.

또한 모든 것을 잊게 할 정도의 사랑이 아니라면 진짜라고는
할 수 없다.

남자이든 여자이든 정말로 '잃을까 두려울 정도의 사랑'을 하
고 있다면 그렇게 되지 않을 수 없을 것이다. 종래, 걸핏하면 여
자만이 사랑에 빠진다고 말해왔다.

그렇지만, 내가 알고 있는 실로 자유롭고 자립한 남자들은 과
거, 현재, '모든 것을 잊을 정도'의 연애의 체험자가 많다. 연애라
고도 할 수 없는 지저분한 정사를 거듭하는 그런 부류의 남자들
과는 다르다.

그리고 그나 그녀들에게 공통되어 있는 것은 '모든 것을 잊을
정도의 연애'를 하면서도, 자기자신은 잃지 않는다는 점이다. 이
것이 포인트일 것이다.

자기를 잃고서는 상대방을 사랑할 수가 없는 법.

자기자신을 잃고 연정에 빠짐으로써 미를 발견하는 사람도 있
으나, 적어도 나는 연애만으로는 만족하지 않는다. 한 사람의 인
간으로서 인생의 쓴맛 단맛을 자기의 혀로 맛봐야만 연애의 달콤
한 맛도 더욱 진하게 느껴지는 것이 아닐까.

쓰러질 때까지 달리는 연애도 있다

'이번에야말로 헤어지자'고 생각했는데

전화벨이 울린 것은 오전 1시가 지나서였다.

내가 밤부터 아침까지 원고를 쓰고 있다는 것을 알고 있는 친구들은 이따금 이런 시간에 전화를 건다.

수화기를 드니 예상했던 대로 친구 나오에게서였다. 지금 달려오겠다는 것이다.

나는 내일 아침 일찍 가지러 오는 원고 세 편 때문에 책상 앞에 매달려 있다.

그래도 들어주었으면 좋겠다, 아무래도 꼭 만나고 싶다는 것이니 보통 일은 아닌 모양이다.

내일 아침 일찍 넘겨주겠다는 약속의 세 가지 중 어느 것이 오후로 미루어질지 모르겠다고 생각하면서도 수화기를 통해 들려오는 나오의 절박한 목소리에 나는 거절할 수가 없었다.

30분도 채 지나지 않아 나오는 달려왔다.

방으로 맞아들인 나는 밝은 조명 밑에서 기묘하게 일그러진 웃음을 볼에 늘어뜨린 나오를 보고 놀랐다. 나오는 모 월간지의 편집자이다. 약 한달 전 원고를 가지러 왔을 때의 그녀와는 생판 다른 사람으로 보였다.

볼은 홀쭉하게 빠지고 눈 밑에는 초승달을 옆으로 그려놓은 듯한 기미가 끼어 있었다.

까칠해진 입술을 가리고자 짙은 색깔의 루즈를 칠한 것도 오히려 까칠해진 입술을 돋보이게 한다. 몹시 취해있는 것 같았다.

"헤어질 거야, 그 남자와……"

그녀는 입을 열자마자 그렇게 말했다.

나오로부터의 전화를 받았을 때, 아마도 그녀가 말하는 바의 '그 남자'에 관한 것이리라고 미리 짐작은 하고 있었다.

그녀가 '그 남자'와 사귀기 시작한 것은 4년 전, 그녀가 29세 때였다.

상대는 나오보다 꼭 10년 연상. 물론 결혼 경력자로 2남 1녀의 아버지이기도 했다.

이 4년 동안 나는 몇 번인가 나오의 이별 선언과 만나고 있다.

"이번에야말로 헤어지겠어."

그 말을 들은 것이 벌써 몇 번이더라. 이유는 그때 그때마다 달랐지만, 그렇지 않아도 연애는 정신적으로 중노동이다. 더구나 상대방에게 가정이 있고 보면 걸머지는 부담은 훨씬 무거워진다.

지난해였던가, 몇 번째의 '이번에야말로'를 들었을 때, 나는 나오에게,

"이번에야말로, 이번에야말로 하다가 넌 이리소년처럼 되어 버리겠다."

하고 예의 허물없는 투로 얼버무린 일이 있었다.

"이리소년이 아니라 이리 30대 여자가 돼버렸어. 이번에야말로, 이번에야말로 하고 벼르는 사이에."

그렇게 대답한 그녀의 어조가 너무나도 무거운 것 같아서 나는 황급히 "농담이야, 농담," 하고 얼버무린 일이 있었다.

그렇지만 오늘밤의 나오의 까칠한 모습은 심상치가 않다. 발걸

음도 몹시 휘청거리는 나오에게 우선 차가운 물을 컵에 가득 부어주었다.

그리고 레몬주스를 마시게 하고 그녀의 이야기를 기다렸다.

사랑에 브레이크를 걸 수 있는 것은 당신 자신

"결국에 말이지, 나 같은 여자는 그런 남자에게는 기막히게 편리한 여자야. 그 남자뿐만 아니라 많은 남자들에게 있어서 그렇겠지."

나오는 자포자기의 어조로 그렇게 말했다.

"하기야 경제적으로는 그럭저럭 나 혼자 꾸려나갈 수 있겠다, 안방마님 자리를 달라는 것도 아니었지. 또 다달이 수당을 달라는 것도 아니었구. 그건 내 자존심으로도 탐탁한 일이 아니구 말야. 무엇보다도 나는 이해타산이 없이 심적으로 그에게 빠졌던 거야. 내 마음이 그에게 반했다는 것만이, 말하자면 나에게 있어서의 유일한 의지였고 구원이었던 셈이야. 그렇지만 가정을 가진 남자에게 있어서는 이렇게 조건이 좋은 여자가 또 있겠어? 자립을 표방하고 있는 여자일수록 어떤 남자에게는 제멋대로 농락하기 쉬운 여자는 없다지만 말이야. 그건 사실인지도 모르겠어."

나오는 굴욕으로 짝 갈라진 상처자국에 짠소금을 뿌리는 듯한 자학적인 어조로 내뱉었다.

"그런 자존심 없는 말은 집어치워. 농락을 하느니 농락을 당하느니, 모두가 나오답지 않구나. 듣고 있자니 견딜 수가 없어. 첫째로 당신이나 나나 자립한 여자라느니 어쩌니, 경박하게 표방한 일이 없잖아. 스스로 자기를 비참하게 만들다니, 악취미로군."

"하지만 그렇잖아? 그 남자에게는 나같이 부담 없는 여자가 또 있겠어? 아무 것도 요구하지 않는 여자. 사랑 이외에 아무 것도 원치 않는 여자. 독신끼리라면 그것이 최선일지 모르지만, 가정이 있는 남자에게는 최고로 편한 여자가 아니겠어? 나 같은 여자."

나오는 계속 한탄조로 토해낸다.

이런 때 섣불리 동정하거나 위로한다거나 하는 일은 오히려 그녀의 자존심을 상처 입히게 될 것이다.

"편하니까, 부담이 없으니까, 그래서 당신을 연애상대로 선택한 남자라면 그건 어쩔 도리가 없어, 가망이 없는 남자니까. 그런 남자를 선택한 것은 다른 누구도 아닌 자신이야. 지기에게 사람보는 눈이 없었다고 생각하는 수밖에 없잖아. 사람이라면 잘못이나 실수를 하는 게 당연하지. 신이 아니니까. 이제 깨달았으면 궤도수정을 하는 수밖에."

"정말 쌀쌀맞은 말씀이로군."

그렇게 말하면서도 나오는 수긍했다.

"제비뽑기 역시 맞지 않을 때가 많은 것이고, 보다 확률이 높아야 할 경마도 역시 그러하니까. 그렇지만 맞는 사람도 있어. 맞을 때까지 몇 번이든 다시 해보면 되잖아. 그 정도의 끈기는 가지고 있는 당신이니까."

"어쨌든 헤어지겠어, 이제는!"

나오는 헤어지겠어, 헤어지겠어, 를 되풀이한다.

"그리하고 싶으면 그렇게 해. 나하고는 관계없는 일이지만."

"그렇게 쌀쌀맞게 내치지 말아."

그녀는 원망스럽다는 듯이 눈을 흘긴다.

"당신이 하고 있는 그런 연애는 어차피 여자 쪽에서 피리어드를 찍지 않으면 끝장이 나지 않아. 제3자가 끝내라고 해서 끝낼 수 있을 정도의 관계라면, 벌써 당신 혼자서 끝내버렸을 테니까. 당신이 막을 내리지 않는 한, 입으로 백 번 헤어진다고 해도 소용없어."

"그건 그런 거 같아. 알고 있어."

나오는 깊은 한숨을 내쉬었다.

"알고있는 김에 또 하나 당연한 이야기, 하나 해버릴까? 누구와 헤어진다느니 헤어지는 편이 좋겠다느니 하고 우물쭈물하는 동안은 아직 마음이 결정되지 않았다고 할 수 있지 않겠어? 정말로 결심이 섰을 때는 자기도 예상 못할 만큼, 싹둑 잘라내는 것이 아닐까?"

"그, 그래, 마—ㅈ—았어!"

나오는 익살스레 말했다.

그 익살을 부리는 모습이, 수척해진 오늘밤의 그녀에겐 더욱 애처로웠다.

"잠깐 눈 좀 붙일게."

그렇게 말하고 나오는 침대에 쓰러졌다. 지금 나의 등뒤에서 그녀의 숨소리가 들려온다.

지금까지 나는 나오와 같은 여자를 많이 보아왔다. 모두가 자기 일을 할 수 있는 유능하고 매력적인 여자들이었다.

여자와 남자는 역시 자기의 책임 부담이 똑같지 않고서는 대등한 연애가 불가능한 것일지도 모른다. 한쪽에 가정이 있거나 하는 경우, 다른 한쪽이——가정이 없는 쪽이 특히—— 정신적으로도 억압을 강요받는다. 한쪽에 '가정이 있다'고 하는 상황 자체만으로 두 사람의 관계는 이미 50대 50이 아니다.

그리고 연애 자체가 언젠가는 부담으로 바뀌는 것이다.

"그렇다고 해서 사랑에 브레이크를 걸 수는 없다!"

그런 비명을 앞에서 들으면, 할 말을 잃고 "쓰러질 때까지 계속 달려갈 수밖에 없다"고 생각하는 것도 사실이지만.

나오에게도 말했지만, 그녀 자신이 종지부를 끊기 전까지는 이 미로에 빠져든 연애는 끝나지 않을 것이다.

질투 처방전

자기라는 존재에 긍지를 갖자

마드렌 샤프살의 인터뷰집에 『질투』라는 것이 있다.

인터뷰를 받은 사람은 여배우 잔 모로, 『O양의 이야기』저자 포리느 레아즈, 감독 나딘 트란티니앙 등 각 분야에서 활약하고 있는 6명의 프랑스인 여성이다.

그녀들은 마드렌의 인터뷰에 응답하여, 자기는 어떤 때에 질투를 느꼈는가, 연애에 질투는 따르는 법인가, 만일 따르는 것이라면, 세련되게 질투와 대처하려면 어떻게 해야 좋은가 등 갖가지 질문에 답하고 문제 제기를 하고 있다.

연애의 장에만 한정하여 말한다면, 내가 자기의 내면에서 질투를 느낀 것은 첫사랑 시절이었다.

지금 생각해보면, 그 무렵 나는 자기가 아직 어떤 존재인지도 모르고, 어떻게 해야 자기실현을 하는 것인지도 모르고, 그것이 질투라는 형태를 취하고 있었던 듯한 느낌이 든다.

마드렌의 인터뷰에 답하여 잔 모로는 이렇게 말했다.

"……질투는, 연애를 하고 있을 때, 누구나 범하게 되는 위험이다……" 라고.

그리고 연애 중에 질투를 느낀 일이 없다고 하는 사람에 대해

서는,

"그런 사람은, 연애를 하고 있더라도 질투하지 않고는 배길 수 없을 정도의 사랑의 덫에 걸려들지 않았다고 자기에게 변명하고 있는 사람이 아닐까," 라고.

그것을 잔 모로는 '문(도망갈 길)을 열어둔 사람'이라고 표현하고 있지만.

도대체 질투란 어떠한 감정을 말하는 것인가?

사전에는 이렇게 정의되어 있다.

"......자기보다 아래라고 생각하고 있던 자가 사실은 자기보다 많은 것을 가지고 있음을 깨달았을 때의 불끈 치밀어 오르는 부러움......"

즉 사람은 자기의 존재를 무시당하거나, 전면적이든 부분적이든 자기가 부정당하고 자존심을 상처받았을 때 그 감정에 사로잡히는 모양이다.

'그'(그녀)에게 있어서 나야말로 유일무이한 존재라고 자부하고 있던 자가 결코 유일무이하지 않다고 깨달았을 때......

사람은 질투를 한다.

『Sentimental education』의 그 나이브한 청년 엘딘은, 연인 캐롤라인에게 중년의 애인이 있음을 알고 그 연애에 종지부를 찍는다.

그는 사랑하는 여자가 중년 남자와 얽어간 농밀한 시간적 공간적 '과거'에 질투를 한 것이라고도 할 수 있을 것이다.

잔 모로는 질투의 대처법에 대하여 이렇게 술회한다.

"......자기를 향해, 나는 유니크하다고 말하는 거야. 나는 나이니까. 그렇게 하면 많은 여성이 있든, 많은 연애가 있든 나는 역시 유니크한 존재로 계속 남을 수가 있지. 상대를 이기려고 한다거나 모든 것을 손에 넣으려 한다거나 상대를 묶어두려고 하지 않는다면, 나는 더욱 유니크하게 되어갈 수 있다......"

그 말에 대하여 인터뷰어인 마드렌은 반론한다.

"그것은 다소 겉치레에 불과한 게 아닐까?"

그러자 잔은 이렇게 말한다.

"모든 것을 손에 넣으려 하지 않는 것은, 모든 것을 주고 싶지 않기 때문이야."

즉 상대방을 묶어두고 싶다고 생각하지 않는 것은 자기도 상대방에게 묶이고 싶지 않다고 생각하기 때문이라는 것이다.

자기의 스탠스를 확립할 수 있다면

첫사랑 시대의 내가, 지금 생각하면 꽤나 유치한 일로 질투하여——그 내용을 입에 담는 것은 내 자존심이 허용하지 않기에 접어두기로 한다——자기혐오에 빠지는 일도 있었던 것은 아마도 내가 아직 충분히 '자기'를 파악하지 못했었기 때문일 것이다.

지금 나는 연애의 장에서 상대방에게 질투를 느끼는 일은 없다. 그 이유는,

"나는 나다. 나는 나 이외의 그 누구도 아니다."

라는 당연한 진리를 깨닫고 일상 속에서——일도 포함하여——자기실현을 할 수 있기 때문일 것이다.

바꿔 말하면 '자기라는 것'의 각오와 자신이 붙었기 때문이라고도 할 수 있다.

자기의 스탠스를 확립했기 때문이라고도 말할 수 있을지 모르겠다.

이런 식으로 말하면 몹시 자신 과잉에 사로잡힐지도 모르나 자기에게 자신을 갖는다는 것은 그리 어려운 일이 아니다.

"나는 나다."

라고 깨닫는 것이다.

자기를 비굴하게 과소평가할 필요도 없고, 또한 과대평가하지 않는 것도 중요하다.

자기가 할 수 없는 것은 할 수 없다고 인정하고, 할 수 있는 것까지 '못한다'는 식으로 겸손하지 말라는 뜻이다.

즉 있는 그대로의 자기자신——좋은 점도 나쁜 점도——을 인정하는 것이 '자기'에 대한 '자신'과 '각오'로 결부되는 것이다.

또한 지금 내가 연애의 장에서 질투를 느끼는 일이 없다고 하는 것은, 나에게 있어서 결코 연애만이 인생의 전부가 아니기 때문인지도 모른다. 확실히 연애는 다시없이 소중한 인생의 에피소드이긴 하지만, 자기실현의 장은 그밖에도 많이 있다. 눈이 빙빙 돌아갈 듯한 살아있는 실감을 맛볼 수 있는 것은 꼭 연애의 장만은 아니다.

여자들끼리 대화를 뛰어넘어 뜨거운 공감으로 맺어졌을 때, 한 가지 일을 끝냈을 때, 또는 시작했을 때, "못 당하겠어!" 하고 감복할 수밖에 없는 훌륭한 사람과 만나게 되었을 때, 그리고 그 사람과 커뮤니케이트 할 수 있었을 때 등등.

그밖에도 자기를 발견하고 확인하고 실현하는 장은 많이 있을 것이다.

그러한 것들이 겹쳐 쌓이는데 따라, 연애의 상대에 대하여 지나친 질투를 품을만한 일은 적어지는 것 같다.

무지한 인형을 흉내내도 소용없다

연애놀이의 조잡성

엄청난 숫자의 연애론이나 여성지의 기사 중에는 연애를 How to 식의 테크닉 대상으로 묘사한 것도 적지 않다.

그러한 기사의 밑바닥에 흐르는 것은, 어떻게 하면 그로부터 캐치되느냐——상대방으로부터 홀딱 반하게 된다거나 캐치되었다는 형태로 선택되고 싶은 여성이 지금도 적지 않은 모양이다——, 어떻게 하면 그가 관심을 갖게 되느냐, 어떻게 하면 그에게 사랑 받느냐 하는 수동적인 발상이다.

가라사대 "세련되고 귀여운 거짓말을 해서 그를 붙잡자."

가로되 "세련된 사랑의 연출법. 그에게서 사랑한다는 말이 나오게 하는 10개조."

왈, "고백 앙케트, 나는 이렇게 그에게 프로포즈 시켰다."

이른바, "좋아하는 남성에게 데이트 신청을 받아도 한번은 '노우'라고 말하자."

또는 "그의 자존심을 부추기는 법." etc.

개중에는 알고 있는 것을 모르는 체 한다거나,

"당신이 없으면 아무 것도 할 수 없어."

등, 오로지 무능력한 여성으로 꾸미는 것이 남자의 마음을 부추기는 방법이라고 당신의 귓전에 바람을 넣는 기사도 있다.

한 세대 전의 미국의 데이트북이나 에티켓집에는 "How to catch a husband"로서 이런 항목이 들어 있었다.

숙녀는 데이트를 했을 때 현관이나 자동차문을 제 손으로 열지 않는다. 상대 남성에게 열도록 하는 것이 에티켓.

설령 좋아하는 남성이 있더라도 함부로 자기가 먼저 공격하지 말 것.

데이트 비용은 반드시 그가 부담하도록 할 것. 데이트 때 어디에 가서 무엇을 먹고 어떻게 보내느냐는 그가 결정하게 할 것.

첫 번째의 데이트는 달리 약속이 있다고 거절——설령 아무런 약속이 없더라도——하여 상대방을 초조하게 만들라, etc.

이와 같은 발상의 밑바닥에 있는 것은 자기를 가능한대로 높은 값으로 팔아치우고자 하는 비굴하고, 그 이상으로 사랑에 대하여 불손한 사고방식이 아닐까. '형식'을 넘어선 곳에 있는 남자와 여자의 싱싱한 커뮤니케이션을 형식의 틀 속에 묶어놓고 무슨 의미가 있을 것인가?

짐이라도 들게 되어 두 손을 쓸 수가 없다면 문을 열어달라고 해도 좋겠지만, 필요 이상의 에스코트를 요구하는 것은 결국 자기 스스로 나는 독립된 인격체가 아니라고 표명하고 있는 것과 다를 바가 무엇인가?

좋아하는 사람이 생기면 여자 쪽에서 데이트를 신청한다 해서 무엇이 나쁘겠는가?

첫 번째 데이트를 거절하고 행여나 하고 기대를 걸게 하는 것도 역겨운 테크닉이 아닐까?

작금은 남성의 자존심을 부추겨서 그럴싸하게 남자를 속이자고 제안하는 여성도 있겠지만, 애당초 '속인다'거나 '속지 않는다'거나 하는 발상 자체가 지저분한 것이라고 하겠다. 천박한 악녀

시늉은 산전수전 다 겪은 능구렁이 노파의 꼼수와 어느 정도나 차이가 있겠는가?

그의 마음을 끌기 위하여 다른 남성으로부터 유혹을 받고 있는 체하거나, 만나고 싶은데도 거절하거나 하는 테크닉은 진지하게 사랑하는 남자와 여자에게 있어서는 아무런 의미도 없을 것이다.

페미니즘 물결이 몰아치던 70년대 초 미국에서 대단히 반동적인 『토탈 우먼』이라는 책이 베스트셀러가 되었다.

말하자면 아내의 소양집 〈여성 교양대학〉 같은 것이었다.

부부가 웬지 모르게 권태무드에 빠져든다면 가랑이가 보일 듯 말 듯한 짧은 네글리제를 입고 남편을 달콤하게 맞아들여라. 아침에는 부수수한 머리로 남편을 출근시켜서는 안 된다느니 하는 금기사항이 쓰여있다. 상대가 이성이든 동성이든 사람으로서 불쾌한 느낌을 주는 것은 예의에 벗어나는 일이기는 하지만, 그와 같은 저차원의 행위로 남자와 여자의 긴장감이 유지될 수 있다고 생각하는 것 자체가 실로 서글픈 일이 아닐 수 없다.

두 사람 사이의 긴장감은 굳이 네글리제의 형태나 색깔, 아양 떠는 듯한 달콤한 목소리나 베드룸의 조명 따위로 좌우되는 것은 아닐 것이다.

긴장감이라는 것은, 모든 사랑은 서로 등을 맞대고도 이별을 잠재하고 있다고 아는 데에서 생기는 것이고, 동시에 각자가 사람으로서의 성장을 게을리하지 않음으로써 유지할 수 있는 것이다.

상대방의 마음을 떠보기 위해 '나한테 선보라는 얘기가 있다'는 등의 클래식(?)한 테크닉을 써먹는 여성도 여전히 있는 모양이지만, 에두른 방식으로 상대를 시험하는 것은 상대방에 대해서도 실례이고 무엇보다 자기를 물건 취급하고 있는 것은 아닐까.

책략이나 테크닉 따위를 필요로 하지 않고 맨몸으로 마주설 수 있는 남과 여......그것이 가장 매력적인 연애라고 나는 생각한다.

　상대방의 마음에 들게 하려고 자기를 속인 결과로 손에 넣은 연애는 언젠가는 파탄한다.

　무지한 인형을 흉내내는 것도 억지로 키를 늘려 어른인 양 연기하는 것도 모두 자율적인 연애와는 거리가 먼 흉내놀음에 불과할 것이다. 남자와 여자가 서로 상대방의 이상상(理想像)을 연기하여 자기만족을 하고, 그러면서도 몸에 맞지 않는 양복처럼 부자연스러운 삶을 산다는 것은 나에겐 혐오스럽다.

　촌스럽다 하더라도 있는 그대로 정직하게 마주설 수 있는 남자와 여자......이것이 가장 새롭고 가장 오서독스한, 그리고 자연스러운 연애의 유형이 아닐까.

있는 그대로의 '자기'를 소중히 하자

품평을 하는 남자의 주장

『겐지모노가타리』(源氏物語)의 유명한 '비오는 밤의 풍경' 단락에는 남자들이 제각기 잠자리의 말벗에게 이런 여자가 좋다, 저런 여자하고는 결혼하기 싫지 않다는 등, 자기 나름의 생각들을 털어놓으며 품평을 하고 있다.

이 좌담의 참석자는 겐지(源氏)를 비롯하여 토노츄죠(頭の中將—겐지의 친구), 사마노카미(左馬の頭, 옛날 말의 사육·조련을 맡아보던 관청의 장), 후지시키부노죠(藤式部の丞)와 같은 고귀한 인물들.

현대청년의 기질과도 상통하는 바가 있는 천년 전의 풍치 있는 사나이들의 품평을 잠깐 들어보기로 하자.

"아니, 좀처럼 이상적인 아내는 없어요. 상냥하고 재기가 있는가 싶으면 정이 너무 많고, 그런가 하면 가정은 철저하게 지켜도 외양 따위는 개의치 않는 살림꾼 마누라 타입도 따분하지요."

"그러나 의외성이라는 것은 남자의 마음을 사로잡더군."

"귀염성 있는 질투는 봐주겠지만 쌍심지를 돋우고 사납게 날뛰는 것도 곤란하지요."

"진지하고 솔직한 인품이 뭐니뭐니 해도 제일입니다."

"그러나 농담이 통하지 않는 것도 곤란하지."

"자기주장을 할 수 있는 여자가 좋지요. 듬직하지 못한 여자, 너무 점잖 빼는 여자는 아무래도……자기를 똑바로 주장하고 무엇이든 본심으로 털어놓는 여자가 좋아요."

"그야, 학식이 있는 건 좋지만, 아내에 대하여 받들어 존경하고 스승의 은혜 같은 감정밖에 지닐 수 없다면 그야 곤란하겠지."

"재녀, 현녀(賢女)인 체하는 여자는 곤란하더군. 알고 있어도 모르는 체, 하고 싶은 말이라도 한두 마디로 참고 넘겨버리는 정도가 좋겠지." 등등.

어지간히 자기들 형편에 맞는 말만 골라 하는구나, 하고 생각되는 부분도 있으나, 그들의 이야기를 들어보면, 한쪽이 '얌전한 여자가 좋다'고 하면 다른 쪽은 '자기주장을 할 줄 아는 여자가 좋다'고 말해 결국 취향은 천차만별.

여자들이 보는 남자라 하더라도 마찬가지이다.

나는 남성 우위론자의 거드름 떠는 타입은 딱 질색이지만 그러한 남자를 '믿음직스럽다!' '의지가 된다!'고 생각하는 여성도 있을 것이다.

"남자는 한 가정의 주인으로서 의젓한 자세를 갖는 것이 좋다."고 생각하는 여성이 있는가 하면, 나처럼 "남자도 여자도 각자가 자기라는 인간의 주인이어야 한다. 남자라는 것만으로 거드름 떠는 사내는 메스껍다"고 생각하는 여자도 있다.

스스럼없이 슈퍼마켓에 물건을 사러 가고 가사를 척척 해치우는 남자를, 나처럼 "구애되지 않아서 좋다, 좋아"라고 생각하는 여자도 있고 "제 남편 깔고 뭉개는 것 같아 보기 흉하다"고 생각하는 여자도 있을 것이다.

나는 말하자면 동성(同性)의 사이좋은 동급생 같은 남자와 여자의 관계가 좋지만, 남자는 여자의 선생이 되어야 한다고 생각하는 여성도 있을 것이다.

84

결국 모든 사람들에게 있어서 '이상(理想)'이 되는 이성(異性)이 란 있을 수가 없고, 자기에게 가장 마음 편한——축 늘어진 고무 줄 같은 나태한 기분으로 사귈 수 있다는 의미가 아니다. 가치관 이나 삶의 자세가 서로 맞는다는 의미에서——상대를 고른다면 충분한 것이다.

여기서, 조직 속에서 일하고 있던 8년간을 상기해 보고, 직장에 서의——학교이든 시가지이든 상관없지만 ——'이런 남자하고는 살고 싶지 않다'의 견본을 몇 가지 들어보기로 하자.

비오는 밤의 품평이 아니라 지상(誌上) 품평이다.

내 나름의, 이런 남자는 싫어!

① 소문을 좋아하는 남자

어느 회사에든 하나나 둘, A양이나 B군이 어쨌다느니, 다음 번 전무는 누가 된다느니, 묘하게 회사내 사정에 밝은 남자가 있는 법이다. 밝은 정도라면 그런 대로 봐줄 수 있지만 '대외비' 사항 을 득의양양, 기고만장한 어조로 떠벌리고 다니는 남자도 있다.

근실해 보이고 남의 표정을 용케도 잘 헤아리고 의외로 경박한 인기를 모으곤 하지만 요주의 인물.

이런 부류의 남성, 좋을 때는 탈이 없으나 일단 사이가 틀어지 면 베드에서의 특별 대외비 사항까지 미묘한 세부묘사를 곁들여 가며 발표해 버릴지도 모른다. 과거의 연애를 반주 삼아 술을 마 시는 남자도 품성이 의심스럽다.

"총무부에 있는 미스 최? 그 여자 한때는 열렬히 전화세례를 퍼붓고 접근해 왔지만 내 취미와는 맞지가 않아서 말야."

"영업부의 D양, 청순한 체하지만, 대단한 플레이걸이더라구. 한마디 툭 던지면 금방 따라오거든," 등등.

이런 부류의 남자가 하는 이야기에는 여자에게 채인 자기는 한번도 등장하지 않는다. 언제나 차버리는 측에 서 있다. 그야말로 저속한 남자이다.

② 책임전가형의 남자

무슨 일이 생기면 으레 남의 탓으로 돌리려는 남자. 업무에서 미스를 저지르면, 이번에는 과장이 나빴다느니, 또 이번에는 부장이 나쁘다느니. 정치가 나쁘다느니——확실히 정치는 나쁘지만 —— 등등, 책임을 전가하여 발뺌을 하거나 변명을 하고, 결코 '내가 잘못했다'고는 말하지 않는다.

미스의 원인을 남의 탓으로 돌리고, 자기는 상처입지 않으려는 비겁한 남자이다.

이와 같은 남자와 연애를 하다가 그 연애가 종막을 고하게 되면, 그는 말한다.

"네가 나쁘다!"

③ 생활면에서 자립하지 못하는 남자

여자의 자립이 외쳐진지도 꽤 세월이 흘렀는데, 자립해야 할 것은 반드시 여자만이 아니다.

남자들 중에도 육체적으로는 충분히 어른이 되었음에도 불구하고 정신면에서, 생활면에서 자립하지 못하는 남자도 있다.

아내가 없으면 팬티 하나도 빨아 입지 못하는 남자, 직장에서조차 여자를 일의 파트너로 보지 못하고, 입만 벌렸다 하면 '여자인 주제에'를 연발하는 남자.

자립하지 못한 남자일수록 여자 위에 올라서려고 하는 법.

④ 자기 회사를 업신여기는 남자

만나자마자, 그것도 처음 만나는 사이에 자기 회사의 험담을 늘어놓는 남자가 있다.

이런 남자야말로 누워서 침뱉는 남자, 어쩌구이다.

그러한 남자일수록 남달리 권력지향이 심하거나 부장의 얼굴 색에 일희일우하는 법.

누구에게나 불만은 있지만 "먹고살기 위해서는 일하지 않을 수 없다"는 사람으로서의 대전제를 망각하고 있다. "시시하다, 껄렁하다"고 불평 늘어놓을 짬이 있다면 조금이라도 '시시하지 않도록' 노력해 나간다면 한결 나아질텐데.

그것도 연인이나 마누라라면 봐줄지도 모르겠지만, 업무로 만난 사람에게 회사의 불평을 늘어놓는다는 것은 부끄럽기 짝이 없는 일이다.

⑤ 여자를 여자라는 이유만으로 한 수 아래로 보는 남자

자기 인생에 자신이 없는 남자일수록 여자를 보면 자기 밑에 두려고 한다.

가련하다고 보면 한없이 가련한 존재이지만, 그와 같은 남자의 입버릇은,

"여자는 귀염성만 있으면 돼." "여자인 주제에." "여자가." "여자답지 못하게." "어리석은 여자일수록 귀엽다."는 등 과격한 말을 하여, 똑똑한 여자가 돌아보지도 않는 울분을 토해내고 있다.

사람은 누구든 소유할 수 있는 것이 아니며 소유 당할 수도 없다. 여자에 대하여 미국 남북전쟁 이전의 농장주가 노예를 보는 듯한 태도로 나오는 남자 치고 변변한 것은 없다고, 여기서 나의 톤은 높아진다.

⑥ 성(性)이란 것을 여자 정복의 수단 정도로 착각하고 있는 남자.

섹스는 마음과 육체의 대화이고, 커뮤니케이션의 수단이다. 그
것을 의기양양한 얼굴로,

"여자는 남자에게 정복당하고 싶어한다."

어쩌구 하면서 쑥덕거리는 남자들이 있다. 이렇게 어리석기 짝
이 없어서야!

이와 같은 남자는 종종 피임에도 비협력적이고, 회수라든가 페
니스의 장단대소 등 유치한 콤플렉스나 우월감을 품는 법이다.

매춘여행 등에 희희낙락하며 따라나갔다가 귀국하여 그 성과
를 무슨 자랑거리라도 되는 듯 떠들어대는 자기 수치를 모르는
자도 이 부류의 유형에 많다.

⑦ 직함에 구애되는 남자

명함의 위쪽이나 왼쪽에 쓰여진 사항에 필요 이상으로 구애되
는 남자도 요주의.

그 대다수가 위에 약하고 밑에는 강한 타입이다. 명함을 빼앗
으면 누구나 똑같은 사람. 그 똑같은 사람으로서 매력이 없을 정
도의 사람이라면 시시하다. 물론 여자도 마찬가지이다.

⑧ 상승지향이 심한 남자

가정을 돌보지 않고 아내와의 대화는 제로.

오로지 회사에 목숨을 다 바쳐 봉사하는 남자. 그 자신의 책임
이라기보다는 현행 관리사회의 청구서를 개개 남자가 어쩔 수 없
이 처리하고 있는 셈이지만, 자기를 말살하여 출세하고 사장이
되었다 하더라도 그것이 무슨 쓸모가 있다는 말인가. 일을 좋아
하는 남자는 매력적이지만 일에 중독된 남자는 비참하다.

하기야 이런 남자를 독려하며,

"어서 출세하세요!"

하고 몰아붙이는 여자 쪽도 나쁘다.

이렇게 몰아세우며 써왔지만, 남의 모습 바로 보고 내 모습도 고쳐야지. 매력이 없는 남자는 그대로 매력 없는 여자의 조건과 통한다. 조심해야지, 나 역시!

왜 사랑하기를 주저하는가

수동적인 여자여, 안녕!

한편으로는 대단히 개방적인 여자——잔뜩 비꼬아 말하고 있다!——가 있다고 하는데, 세상에는 마음에 드는 남자에게 자기가 생각하는 바의 절반은거녕 천분의 일도 전하지 못하고 고민하는 클래식한 여성도 적지 않을 것이다.

당신도 좋아하는 그에게 마음을 털어놓지 못하고 끙끙 앓고 있지는 않는가?

여자가 먼저 사랑을 고백한다는 건 경박하다느니 어쩌니 하는 종래의 '여자란 남자로부터의 고백을 기다리는 것'이라는 수동적 자세로 있어야 한다는 억압에 사로잡혀 있지는 않은가.

앞에서도 썼지만 사랑은 50대 50의 게임.

자율적인 인생을 목표로 하는 당신이 사랑에 있어서만큼은 수동적이어야 한다는 것은 우스운 일이다.

"만일 거절당하면......" 하고 고백을 주저하고 있는 여성도 있을 것이다.

그러나 그 '만일 거절당하면'이라는 리스크를 남자 쪽에만 부담시키는 것은 페어플레이가 아니다.

첫째로 무리하게 참는 것은 몸에도 마음에도 좋지가 못하고 정직하지 못하다.

사랑을 할 줄 모르는 자는 인간답게 살 줄 모른다고 말한 것은 라파텔이었다.

나는 연애를 인생의 전부라고는 생각지 않으며, 연애 이외에도 인생에는 가슴 두근거리는 일이 많이 있다고 생각하고 있지만, 사랑하는 능동체가 되는 것은 근사한 일이다.

격언을 끌어다대면 "남자에게 있어서 연애는 인생의 일부이지만 여자에게는 인생의 전부다" 라는 따위의 말도 있었다.

나는 이런 식의, 남자와 여자를 일반론으로 말하는 방식은 좋아하지 않는다. 한편으로 연애가 인생의 모든 것이라고 생각하는 남자가 있어도 좋고, 인생의 일부라고 생각하는 여자 역시 있다고 생각한다. 그 일례가 바로 본인으로, 연애는 나에게 멋지고 엑사이팅한 해방감과 격정과 다정함을 가져다주지만 일을 통하여 자기 표현을 하는 가운데서도 비슷한 해방감을 맛본다.

아무래도 내 주위를 돌아보면 일에 정력적인 인간은 연애에서도 정력적인 것 같다.

그렇지만 이 '정력적'이란 연애를 숫적으로 소화한다는 의미가 아니다.

결과적으로 연애가 많아지는 것은 상관없으나 처음부터 많은 연애를 목적하고 연애를 위한 연애를 하는 것은 어리석은 일이다.

우리들의 연애 대상은 물론 연애 자체가 아니고 '사람'이므로. 우리들의 성의 대상이 페니스가 아니고 총체적인 인간인 것과 마찬가지로.

마음 약한 여자는 행복해질 수 없다

'좋아하는 사람은 있지만 고백할 수가 없다'고 당신이 지금 고민하고 있다면 나는 당신께 이렇게 독려하겠다.

연애는 확실히 하나의 내기라고 할 수 있다. 그에게 내기를 걸겠는가?

아니 당신 자신에게 내기를 하는 것이다. 그를 사랑한 자기 자신에게 내기를 하는 것이다.

당신이 하는 연애의 라이벌은 다른 여자가 아니라 당신 내면에 있는 '만일 거절당한다면 창피하다'느니 어쩌느니 하는 불안이라든가 허영인 것이다.

만에 하나 거절당했다 하더라도 염려 없다! 죽지는 않는다.

"만일 그가 나를 걷어찬 것을 다른 사람에게 폭로하면 어떻게 하지?"

여자를 걷어찬 이야기 따위를 자랑스럽게 떠벌리는 인간 치고 제대로 돼먹은 인간은 없다. 사려 깊은 사람이라면, 그런 이야기를 들으면 오히려 그 사내를 경멸하는 법이다.

당신은 그 정도밖에 안 되는 남자에게 깊이 빠지지 않고 끝나게 된 점을 감사하고, 동시에 자기의 사람 보는 눈이 어두웠던 점을 깊이 반성하고,

"앞으로 가일층 내 눈을 갈고 닦자!"고 다짐하면 그것으로 족할 것이다.

어쨌든 연애를 내출혈(內出血) 상태로 끝나게 해서는 후회만이 남을 뿐이다. 인간의 후회 중에서 가장 가련한 것은, 무엇인가를 해버린 후회가 아니라 오히려 하지 못한 후회라고 앞에서도 썼다.

똑같이 후회할 바에는 하고 난 후회 쪽이, 하지 않았던 것을 후회하기보다 자기에게 납득이 가는 법이다.

"나는 덤불 속에 가시가 있음을 알고 있습니다. 그래도 나는 덤불 속의 꽃을 찾으려고 손을 더듬는 일을 포기하지 않으렵니다."

이렇게 쓴 것은 조르즈 상드였다. 덤불 속에 가시가 듬뿍 달린 가시덩굴이 있더라도, 그 가시덩굴로 손에 상처가 난다는 것을

알고 있으면서도 갖고 싶은 것에는 손을 뻗는다.

그 정열과 용기야말로 연애에는 필요한 것이다. 상처를 두려워하는 나머지 사랑의 방관자가 된다면 유치한 일이다. 연애의 평론가가 되는 것은 어리석은 일이다.

연애의 패자란 사랑을 잃은 사람이나 구애를 거절당한 사람을 말하는 것이 아니다. 거절이나 실연을 두려워하는 나머지 자기의 연심에 브레이크를 건 사람에 대해 말하는 것이 아닐까.

하기야 나는 사랑을 서로 확인하기 전의 그 몹시 고조된 정신상태도 좋고, 말로 표현되지 않은 상태에서 서로의 그 흥분이 거리를 좁히고 조금씩 다가가는 감각도 싫은 건 아니지만.

여기서 또 한가지 격언을.

"마음 약한 연인은 결코 행복해질 수 없다. 행복은 배짱의 부산물이므로."

그렇다. 지금 일터에서, 연애의 장에서 배짱을 요구받고 있는 것은 여자인 것이다! 누군가가 말했었다. 여자는 배짱, 남자는 애교(?)라고.

성의 환상에서 해방되자

사랑하는 행위의 대상은 하반신이 아니다

성에 대하여 생각해보자.

남성은 물론이고 여성도 필요 이상으로 처녀인 상태에 구애되는 것은 넌센스이고 센티멘털한 일이라고 나는 생각한다.

그렇다고 해서 심신의 고조도 없는데 누가 뭐래도 일찌감치 체험하는 게 좋다고 생각하는 것도 주체성이 없는 이야기이다.

성의 체험은 누가 빨리 먹느냐의 경쟁이나 달리기 경주가 아니므로.

처녀성 따위는 일찌감치 던져버리라고 하는 것은, 처녀야말로 모든 것이라고 생각하는 것과 언뜻 보면 정반대로 보이지만, 실은 표리일체의 성적 과민증이 부추기는 소행이라고 할 수 있을 것이다.

성만큼 퍼스널한 것은 없고, 일반론이나 방정식이 이것처럼 통용하지 않는 개인적인 영역도 달리 없다.

백만 명의 사람이 좋지 않다 하더라도 백만 1명째의 당신이 좋다면 당신에게 있어서 당신의 경우야말로 절대적이어도 좋다.

타인과 비교하여 우왕좌왕하는 것은 우스꽝스럽고 무엇보다 그로테스크하다.

젊은 여성들 중에는,

"그가 그렇게 말하기에, 그래서......"

"그에게 사랑한다는 증거를 보이라고 하기에, 그래서......"(이 무슨 무책임한 구실인가!)

하고, '그래서' 식의 첫체험을 가진 사람도 적지 않지만, 그녀 자신의 주체성은 어디로 행방불명이 되어버린 것일까?

여자도 남자도 하나의 인간으로서 자율적으로 살기 위해서는, 성에 있어서의 셀프 매니지 앤드 컨트롤도 중요한 테마이다.

사춘기의 사랑과 성을 생생하게 묘사한 『푸른 보리』의 작가 콜레트는 말한다.

"성애(性愛)의 습관은 담배만큼은 아니지만 자칫 그르치면 인간을 속박하는 법이다" 라고.

성만이 유일한 애정표현이고, 사랑의 확인방법이라고 착각하는 것은 위험한 일이다.

성의 3무주의(三無主義) 연인은 거절하자

통계에 따르면 재작년 1년간의 20세 미만의 인공 임신중절 건수는 1만7천84건이라고 하는, 우생보호 통계사상 최고의 숫자를 기록하고 있다.

'낳을 자유, 낳지 않을 자유'라는 표현이 쓰여지게 된지도 꽤나 세월이 흘렀다.

하지만 말이 선행하고 있는데 비해서는 현실면에서 어느 정도의 미혼 여성이 '낳지 않을 자유'를 진지하게 생각하고 실행하고 있는 것일까?

사람의 성이 다른 동물들과 다른 것은 성과 생식이 독립되어 있는 점이라고 할 수 있을 것이다.

다른 동물에 있어서 성은 이쿼 생식의 행위, 종족 보존을 꾀하는 행위이다.

그렇지만 우리는 생식에서 독립한 '성'을 가지고 있다.

생식을 목적으로 하지 않는, 커뮤니케이션으로서의 성을 가지고 있다.

동시에 우리들 여자는 임신할 수 있는 성도 가지고 있다.

당연한 일이지만 임신하는 성을 가지고 있다 해서, 임신이나 출산이 의무나 강제여서는 안될 것이다.

낳느냐 낳지 않느냐, 만드느냐 만들지 않느냐는 여성들 각자(혹은 커플)가 자기 의지로 선택하는 것이다.

아이가 생기면 수술해 버리면 되지, 라느니 미혼모도 괜찮겠지! 따위의 무책임, 제멋대로의 상태를 "낳을 자유, 낳지 않을 자유"라고 하는 것은 아니다.

1969년, 당시의 높으신 분들이 사회질서를 어지럽히지 않기 위해서라느니 성도덕의 문란을 바로잡기 위해서라느니 해서 우생보호법(優生保護法)의 범위를 좁히려고 했던 일이 있었다.

나는 낳지 않을 자유의 최소한의 선택으로서 중절을 인정해야 하고 넘겨주어서는 안될 권리라고도 생각하고 있다.

그렇지만 물론 생기면 수술해 버리면 된다는 안이한 자세에는 반대이다.

이 이전의 단계에서 철저하게 피임을 해주었으면 한다.

취출물(吹出物)도 아닐 테고, 일단 생기고 나서 당황하는 건 곤란한 일이다.

자신이나 이성의 신체의 메커니즘에 대하여 깊이 이해하고 필요하다면 버스 컨트롤(birth control)하는 것은 한 사람의 인간으로서 최저의 의무이고 권리라고 할 수 있다.

베드를 함께 한 남자의 수를 훈장처럼 자랑하는 것이 '자유로운 여자'가 아닌 것과 마찬가지로 성에 대하여 전혀 모르는 것도 또한 '자유로운 여자'가 아니다.

알지 못하면 주체적인 선택은 할 수가 없다.

어떤 기업이 1천명의 여성을 대상으로 앙케트를 실시한 결과, 첫체험——어쩐지 역겨운 어감이라 나는 좋아하지 않지만——때 피임의 지식을 가지고 있던 여성은 전체의 95퍼센트.

글쎄, 대다수의 여성이 가지고 있었다고 말할 수 있다.

그러나 놀랍게도 실행한 것은 그 수의 절반 이하.

즉 지식으로서는 분명히 알고 있는데 그 때의 형편에 맡겨둔 셈이다.

왜 실행하지 않았는가? 그 이유는,

◇ 여성 쪽에서 부탁하는 것은 아무래도……

성을 공유하는 것은 피임의 책임도 공유하는 것으로 '부탁하는' 것이 아니다.

부탁을 받았으니, 하고 자못 은혜라도 베풀 듯 피임을 하는 남자는——전혀 하지 않는 것보다는 낫지만——에고이스틱한 남자이다.

◇ 그런 말을 입에 담으면, 마치 여러 번 체험한 여자로 여겨진다.

내가 남자였다면 피임 지식도 없는 연인을 갖게 되면 실망하겠다.

이러한 문제들은 성의 후진성——한편에서는 무턱대고 성을 추하게 여기고 또 한편으로는 무조건 터부시한다——을 그대로 반영하는 것일 테지만, 너무나도 비굴한 발상이 아닐까.

그 결과 앙케트에 응답한 여성의 몇 할 정도는 예기치 않은 임신을 맞았다는 말이 된다.

원치 않은 임신은 일반적으로 여자에게만 그 결과를 짊어지게 만든다.

성에 대하여 무책임, 무지, 당신의 의지를 무시하는 '3무'주의의 연인 따위는 단호하게 거절할 정도의 주체성이 필요하다.

상호간에 중요한 테마의 하나인 성이나 피임에 대하여 진지하게 의논하지 않는 남자는, 다른 국면에서도 자기 멋대로 행동할 터이므로.

성(性)은 커뮤니케이션

섹스의 강요는 폭력이다

그다지 사랑하고 있지도 않은 남성으로부터,

"사랑하고 있어." "당신이 좋아." 라는 말을 귓가에 되풀이 전해듣다가 정신을 차리고 보니 섹스로……라는 케이스를 전해 듣는 일이 많다.

이와 같은 케이스는 여성측이,

"사랑 받는 것을 고맙다."

고 생각하는 데서 일어난다고 할 수 있겠다.

또한 여자의 일생에서 사랑 받는 것 이상으로 소중한 것은 없다고 하는 인식에서 일어나는 충동일지도 모른다.

좋아하지도 않는 남성과 성을 공유한 여성 중에는 '사랑을 잃고 싶지가 않아서,' 라고 그 이유를 설명하는 사람도 있다.

세상에는 그런 점을 충분히 헤아리고 '사랑한다'는 공수표를 남발하는 남자들도 있고, 그 남자 자신이 특히 젊은 시절에는 그녀에 대한 마음이 사랑인지 성의 충동인지 자기도 확실히 구분하지 못하는 경우도 있다.

어느 쪽이라 하더라도 당신의 마음과 육체의 지배자는 '당신'이지 '그'가 아니다.

그를 사랑하고 있더라도 기분상 섹스를 하고 싶지 않은 날도 있을 것이고, 그런 때 '노우'라고 주장할 수 있는 관계가 가장 좋은 연애관계라고 할 수 있을 것이다.

당신이 '노우'라고 말했다 해서 떠날 남성이라면, 애초부터 그의 목표는 당신과 공유하는 '사랑'이 아니라 일방적인 섹스였던 것이다.

그런 남자는 아깝지 않다고 생각할 정도의 야무진 여성이 되자.

'노우'라고 말하는 여자를 '여자의 노우는 예스의 의미'라는 둥, 어디서 얻어들었는지 터무니없는 신화를 믿고 다가오는 남자는 성을 회화(會話)로 이해하지 못하는 강간범이므로.

상대방이 연인이든 남편이든 '노우'라고 말하는 당신에게 섹스를 억지로 상요하는 남자는 근본적으로 강간범과 어느 정도나 차이가 있겠는가?

누구에게나——여자에게도 남자에게도——원하지 않은 섹스의 강요는 폭력 이외의 아무 것도 아니다.

당신의 정신과 육체의 주인은 당신 자신이고, 당신의 '노우'야말로 당신에게 있어서 절대적인 신의 목소리인 것이다.

사랑이 미움으로 바뀔 때

한 생명을 잘라낸 결말

세심한 주의를 기울이고 있었는데 마미가 '혹시'하는 어떤 예감으로 두려움에 휩싸인 것은 취직을 2개월 앞둔 2월달이었다. 예감은 그대로 적중했다.

찾아간 산부인과 병원에서 마미는 임신했다는 사실을 통고 받았다.

"바로 그때였어!"

지난해 12월 24일.

마미는 연인 다카시와 단둘이 크리스마스를 축하했다. 둘은 같은 대학의 교육학부 4년생으로 마미의 취직이 결정된 것은 12월에 들어선 뒤였다.

그래서 두 사람의 크리스마스 파티는 마미의 취직 축하도 겸하고 있었다.

그날 밤 두 사람은 늦게까지 함께 술을 마시고 결국 다카시는 마미의 아파트에 묵고 갔다.

"어쩌면 위험한 시기일지도……"

하고 생각하면서도 취기도 작용하여 마미는 다카시와 베드인하고 말았다.

임신을 알게 된 순간 마미는 즉시 중절을 결심했다.

하나의 생명을 끊어버린다는 마음의 아픔보다도 마미는 회사의 실습이 시작되기 전에 모닝 시크네스(morning-sickness)라느니 뭐니 하는 의미심장한 이름이 붙은 그 구역질, 입덧에서 해방되고 싶었다고 한다.

중절수술을 받는 날, 다카시는 병원으로 쫓아와 주었다.

수술은 무사히 끝났다. 마취에서 깨어나 옷매무새를 고치고 다카시가 기다리는 대기실로 돌아온 마미는 바로 조금 전까지도 사랑하고 있던 다카시를 증오하고 있는 자기를 발견했다고 한다. 계기는 '사소한 것'이라고 마미는 말했다.

대기실로 돌아온 마미는 가죽소파에 걸터앉아 만화잡지를 보고 있는 다카시를 발견했다.

"평소와 다름없는 표정으로 그는 열심히 만화를 보고 있었어요. 그런 그의 모습을 본 순간, 나는 갑자기 용서할 수 없다고 생각했지요. 물론 임신 책임의 반 이상은 나한테 있어요. 그렇지만 그를 용서할 수가 없다고 생각했어요. 내가 수술을 받고 있는 동안, 이 사람은 태평스럽게 만화를 보고 있었다니. 물론 기다리고 있는 동안 그가 무엇을 하건 그건 그의 자유이고, 어쩌면 그는 불안을 달래기 위해 만화를 펼쳐놓고 있었는지도 모르죠. 하지만 공연히 화가 치밀었어요."

수술을 받고 이틀째 되는 날, 몸조리를 하느라 누워있는 마미를 남겨두고 다카시가 세미나 친목회에 참석한 것도 그녀의 신경을 건드린 모양이다.

"다녀오라고 권한 것은 나였는데……"

결국 두 사람은 졸업하고 4개월만에 헤어지고 말았다.

"아무래도 그 때의 일이 마음에 걸려서, 나는 자기의 성에 대하여 무책임했던 자신을 미워하게 되었기 때문에."

마미는 이렇게 말한다.

단순한 날짜의 계산 차이, 사소한——사실은 매우 큰——부주의로 한 생명을 끊어버리고, 그 결과 서로 사랑하는 연인들이 헤어지게 되는 것은 너무나도 슬프고 잔혹한 일이라고 할 수 있겠다.

사랑과 성(性)은 분리할 수 있는가

성의 강박관념

"성욕과 식욕은 동일한 것. 배가 고프면 먹고, 먹고 싶지 않으면 먹지 않는다는 것이 너무나 자연스러운 거야. 물론 어차피 먹는다면 맛있는 것을 먹는 게 좋겠지만, 극단으로 공복을 느낄 때는 솔직히 배가 차면 된다고 생각할 때도 있지. 섹스도 역시 같다고 생각해. 애정이 없는 섹스는 갖고 싶지 않다고 하는 기분도 기본적으로는 이해하지만, 나는 별로 구애되고 싶지 않아. 정신과는 별개로 분리된 섹스가 있어도 좋지 않겠어?"

M은 그렇게 주장한다.

확실히 M양의 주장도 일면으로는 진리이고, 육체적인 오르가즘에만 스포트를 맞춘다면 사랑과 성을 분리하여 생각하는 것도 가능하다.

나 자신은, 성은 대단히 멘탈하고 전인적인 것이므로 사랑에서 분리한 성을 갖고 싶다고는 생각지 않으나, M양의 주장을 필요 이상으로 죄악시하고 싶다고도 생각지 않는다.

서로의 성과 사랑에 대한 가치관이 다르면 솔직히 인정할 수밖에 없다. 다만,

"당신이 하는 말은 이해가 가지만 억지로 사랑과 성을 분리하

는 것은 하나의 강박관념이 아니겠어? 정신적인 사랑을 수반하지 않는, 즉 육체적인 쾌락을 추구하는 성이 있더라도 나쁜 것이라고는 말할 수 없겠지만, 정신과 육체의 양면이 해방감을 얻을 수 있는 성 쪽이 역시 자연스럽지 않겠어," 라고 M에게 말한 일은 있었다.

당시 M에게는 몇 명인가의 보이프렌드가 있었고, 기분이 내킬 때는 그중 누군가와 잠자리를 공유하고 있었다. M은 성을 스포츠처럼 즐기고 있었고, 그것은 그것대로 좋지 않느냐는 생각도 솔직히 나의 마음에는 있었다.

그런 그녀에게 연인이 생겼다.

그녀는 "나, 한 남자에게 이렇게 푹 빠진 것은 처음이야," 라고 노골적으로 털어놓았다.

어느 날, 우연히 그녀의 방으로 놀러 간 나는, 거기서 무슨 일이 벌어졌는지 한눈에 알 수 있는 방에서, M이 '이렇게 푹 빠진 것은 처음이야' 라고 말한 연인과는 다른 청년과 음식점에서 주문한 초밥을 께적거리고 있는 장면과 마주치고 말았다.

그대로 나는 방문을 닫고 말았지만, 아무래도 납득이 가지 않았다.

M에게는 현재 연인이 있는 것이다.

그 연인과도 잠자리를 함께 하고 있다.

그날 밤, 나는 그녀에게 전화했다. 나 자신, 타인의 가장 사적인 생활에 참견하기는 싫었으나 아무래도 M에게 말해두고 싶은 것이 있었던 것이다.

나는, M을 좋아했고 그녀의 재능——그녀는 그래픽 디자인 관계의 일을 한다——을 굉장한 것이라고 생각한다.

"당신은 연인이 있는데, 어떻게 다른 남자와 잘 수 있지?"

"그야, 애정과 섹스는 별개니까."

"당신의 그 논법은, 이전이라면 그 나름으로 설득력이 있었을 거야. 하지만 당신에겐 지금 이렇게 푹 빠진 것은 처음이라고 했던 연인이 있잖아?"

"그렇지만 그에게는 성의 장면에서 아무 것도 말할 수가 없는 걸."

그 뒤에 이어진 그녀의 말을, 그대로 여기에 쓰기는 거북하지만, 즉 M은 성문제에서, 완전히 푹 빠진 상대에게는, 어디를 어떻게 하면 보다 섹슈얼한 감각을 얻을 수 있는지 솔직하게 전할 수가 없다는 것이다.

그 이유는, "그거야, 그 사람 앞에서는 지독하게 밝히는 여자로 보이고 싶지가 않으니까."

그녀의 이야기를 듣고 있다가, 나는 그 옛날 남자들이 정말로 반한 여자에게는 결혼식이 끝날 때까지 손가락 하나 건드리지 않고, 대신 부지런히 유곽에 드나들었다는 이야기를 생각해냈다.

이러한 이야기는 때로, '사나이의 의기'를 나타낸 예로서 말해진다.

"연인이나 아내와의 성은, 극히 의식적으로. 놀이 상대와는 바리에이션이 있는 성을,"

이라고 주장하는 남자도 있다. 그러나 어딘가 부자연하지 않은가.

사랑하는 사람과 공유함으로써 성은 보다 풍부한 표정을 갖는 것이 아닐까.

어찌되었든, M의 변명은 놀이 상대에게 테크닉만의 풍부함——사실은 빈약함으로 통하는 것이지만——을 요구하는 남자들의 사고방식과 완전히 똑같다.

성은 전인적인 커뮤니케이션

"나는 말이지, 성의 해방이란 당신이 하고 있는 그런 걸 말하는
게 아니라고 생각해. 진정한 해방은 금욕적인 성에서 자유로워지
는 것이고, 성을 하반신에서 해방하는 것이기도 한 게 아닐까?
오랫동안 여자에게는 성적인 욕망 따위는 없다고 일컬어져 왔던
그 반동으로, 당신과 같은 주장이 나오는 것은 이해하지만, 당신
이 하고 있는 일은 결국 자기의 파트너와 성의 장면에서도 끝까
지 마주설 수 없는 형편없는 남자가 포르노숍에서 추잡한 그림을
사거나 하는 것과 비슷한 것이 아니겠어? 어째서 연인에게 성의
장면에서 솔직하게 자기 반응을 전해서는 안되지? 이렇게 해주
었으면 좋겠다고 말할 수는 없는 걸까?"

M양은 몹시 기분이 상해서 전화를 끊어버렸다. 나 자신 이것으
로 M과의 우정이 끝났다면 어쩔 수 없는 일이라고 생각하고 있
었다.

한 달쯤 지난 후 M에게서 희한하게 편지가 왔다.

"확실히 케이코가 말한 내용이 자연스럽다고 느낀 '때와 장면'
을 그와 공유했다."

이런 내용이 쓰여 있었다.

지난해 M은 푹 빠졌다고 하던 그 남자와 결혼하고 맞벌이 부
부생활을 하고 있다.

성에 대하여 필요 이상으로 브레이크를 거는 것과 무엇이든 좋
다고 해방시켜버리는 것은, 양쪽이 모두 성을 물신화(物神化)한 부
자연스러운 것이 아닐까.

설령, 그다지 애정을 느끼지 않는 남자와 성을 공유하고 육체
적인 해방감——오르가즘이라고 하는 것은 일종의 해방감이다
——은 얻었다 하더라도 정신적인 해방감을 얻을 수는 없을 것이
다.

일부 유치한 남자들처럼 성을 양으로 처리했다고 무슨 득이 되겠는가. 그것은 해방이 아니라 오히려 강박관념, 억압이 될 뿐이다.

멘탈한 면과 육체 양면을 구분하고 개별적으로 말하는 것 자체가 부자연스럽지만──이 정신과 육체 양면의 충족감이 있음으로써 비로소 '좋은 성'이라고 할 수 있을 것이다.

피임은 두 사람의 테마

"정말로 너무 귀찮아서 하지 않고 있어요. 그건 서로의 기분이 최고조에 달했을 때 극히 자연스럽게 하는 게 아니겠어요? 일일이, 잠깐 기다려! 하고 날짜를 헤아려 본다든지, 바스락 바스락 사이드테이블 속을 더듬거나 하다가는 식어버리잖아요. 그래서 이젠 치워버렸어요."

아키는 그렇게 중얼거렸다. 그렇다. 아키는 피임에 대하여 말하는 것이다.

정말로 피임이란 지금까지 아이를 원하지 않는 커플에게 있어서 중요한 테마이고, 솔직히 말해서 번거롭기 짝이 없는 일이기도 하다.

아키는 25세, 여성 주간지 기자로 일하고 있다. 그 아키가 "기분 만점, 좋은 걸 찾아냈어요." 하고 들뜬 기분으로 나를 찾아온 것은 1년 전.

아키는 예쁜 플라스틱의 필박스에 든 필을 보여주었다. 산부인과 의사에게 처방을 받았다고 한다.

물론 당신은 필에 대하여 충분한 지식이 있으리라고 생각하지만 여기서 약간 설명해 두겠다.

현재 폭넓게 쓰여지고 있는 필──원래 필이란 정제의 의미이지만 여기서는 피임용의 필이라는 의미로 쓴다──은 호르몬의

108

분비작용에 변화를 주어 배란을 억제함으로써 피임을 하려는 것이다.

물론 의사의 처방을 받아 복용하는 것이므로 간장이나 신장장해, 당뇨병, 편두통의 유무, 혈압이나 혈전증, 유방의 종양 등의 병력 유무 등이 사전에 체크된다.

아키는 사전 체크에도 합격.

"매일 아침 먹으면 되니까, 이젠 살았어요." 하고 기뻐하고 있었다.

하지만 나는 장기복용에 의한 부작용의 문제도 있고, 사람에 따라서는 성호르몬 체계를 망가뜨릴 우려도 없는 건 아니라서 현재의 시점에서는 필에 전적인 찬성을 할 수 없다.

"차라리 피임 정도야 그에게 부담시키면 좋지 않겠어. 그에게 철저하게 피임을 시키는 것은 여자 쪽이 자율적으로 성을 컨트롤하는 것과 별달리 이율배반이 되는 것이 아니잖아. 장기복용의 결과에 대한 데이터는 아직 체계화되어 있지도 않은데."

나는 아키에게 그렇게 충고했다.

하지만 아키는 "염려 없어. 괜찮아요."

하며 응하지 않았다.

그런데 바로 며칠 전 아키가 한밤중에 찾아왔다. 요 일년간 필을 계속 복용하다가 구토와 다리가 부어올라 고생했다고 한다.

"기분이 좋지 않을 때, 나는 그를 미워하게 되었어요. 그와 나는 같은 시간과 공간에 성을 공유하는데 왜 나만이 기분이 나빠지면서까지 필을 먹어야 하는가 해서. 최근에는 메이크 러브조차 스무드하게 되어주지 않더라구요. 정신적인 것이라고 생각하지만 불쾌감이 먼저 앞서거든요. 내가 뻣뻣하게 있으면 그도 화를 내서 그만......"

아키는 말했다. 물론 오랫동안 필을 계속 복용하고도 전혀 부작용이 없는 여자들도 있으나.

피임 방법의 문제로——혹은 하지 않았다는 것으로—— 두 사람의 연애 그 자체까지 위기에 빠져버리는 커플도 있다.

지금 아키는 "결국 우리들, 가장 오서독스한 형태의 피임으로 되돌아왔어요. 그도 케이코가 말했던 것처럼 피임 정도는 남자 쪽이 부담해야 한다는 것을 이해한 것 같아요."

라고, 겸연쩍게 웃음을 건넸다.

Chapter..............................*3*

사랑하는 사람과는
결혼하지 않는다?

결혼이란
갖가지 사랑의 표정 중의
한가지 형식이지
모든 것이 아니다.
사랑이, 결혼 속에 존재하는 것과
거의 같은 정도로
결혼의 바깥쪽에 존재하는 사랑도 있다.

애정으로 맺어진 남녀는 모두가 애인관계

사랑을 아끼지 말자

사랑이란 선택하는 것이다. 사랑하는 상대를 스스로 선택하는 것이다.

사랑이란 긍지가 아닐까.

누구를, 무엇을 긍지로 생각하는가?

즉 상대를, 상대와의 사랑을, 상대를 사랑한 자기자신을 긍지로 생각하는 것이다.

오랫동안 여자는 '선택받는 측'이라고 일컬어져왔다.

지금도 여전히 수동적인 여자야말로 귀여운 여자라고 하는 환상에 사로잡혀 있는 여자가 있다. 남자도 있다.

그러나 진정한 사랑이란 서로를 선택한 남자와 여자 사이에서만 싱싱한 꽃을 피우게 하는 것이다.

선택되고 부양되고 먹여지고 사랑받는다고 하는 수동적인 형태에서가 아니고……

서로 선택하고 자기문제는 스스로 부양하고 자기 먹을 것은 스스로 해결하고, 그리고 병렬로 사랑하는 그런 관계야말로 가장 자유롭고 속박이 없는 남자와 여자의 관계일 것이다.

애정에 의해 맺어진 남자와 여자는 결혼을 하든 하지 않든 모두 애인관계에 있는 것이다.

그렇다면 사랑을 아끼지 말자.

서로 사랑하고 사랑에 최선을 다하자.

스스로 사랑의 능동체가 되자.

이전에 발표한 소설 『사랑하지만 그래도 혼자』에서 나는 대상적(對象的)인 두 명의 남자를 등장시켰다.

주인공인 아키코라는 여자를 사랑하고 있으나 그 사랑의 자세가 제각기 다르다.

한 사람은 사랑하고 있기 때문에 그녀를 일상 속에 매몰한 '흔히 있는 여자'로 만들고 싶지 않다고 프로포즈를 주저하는 남자이다. 그리고 또 한 사람은 사랑하고 있기 때문에 그녀를 자기 것으로 삼고 싶어서 프로포즈하는 남자이다.

결국 아키코는 후자와 결혼하지만 몇 년 후 이혼을 결심한다.

그 시점의 그녀에게 있어서 두 사람의 남자는 네거티브와 포지티브처럼 표리일체의 한 사람의 남자로 존재하는 것이다.

결혼하여 일상 속에 매몰시키고 싶지 않다는 것도, 결혼하여 자기 것으로 삼는다는 것도 모두 그녀를 독립한 개체로 보지 않고 자기 뜻대로 '움직이고자' 하는 에고이즘이다.

일상 속에 매몰하느냐 하지 않느냐는, 자기자신이 어떻게 사느냐의 문제이고, '시키고 싶지 않다'는 것 자체가 그녀를 수동의 존재로 보고 있다.

또한 물론 결혼하면 그녀가 '자기 것이 된다'고 하는 생각도 그녀를 물건 취급하는 것이 된다.

결국 그녀는 이혼을 하고 전자(前者)와의 연애에도 등을 돌리고 자기를 살리기를 선택한다.

'결혼이야말로'와 '결혼 같은 것'

알리바이처럼 질문받는 불가사의

다소 진부한 말이기도 하지만 사람들은 결혼하는 사람에 대하여,

"어째서?" "왜?"

하고 그 이유를 물으려고 하지 않는다.

반면에 결혼을 하지 않은 사람에 대해서는,

"어째서?" "왜?"

가 진저리가 날 정도로 되풀이된다.

나도 20대에는, "어째서 결혼하지 않지?" "왜 결혼하지 않니?" 하는 질문만 받으면 전신에 고슴도치처럼 가시를 세우고,

"결혼하는 사람에게는 왜 하느냐고 묻지 않는데 어째서 하지 않는 사람에게는 왜, 어째서를 연발하지? 결혼하지 않는 인간만이 어째서 마치 알리바이를 요구받는 피해자처럼 언제나 질문을 받아야 하느냐구?"

하고 반대로 되묻곤 했던 것이다.

물론 이런 나의 대답은 일단 질문의 형태를 취하고는 있었으나 내용은 오히려 반론이고 '여자는 결혼하는 것'이라는 통념에의 이의제기였다. 또한 동시에 사랑은 과연 결혼이라는 제도 속에서만

존재하는 것인가, 그렇다면 왜 우리들은 제도의 바깥쪽에서 오히려 뜨겁고 격렬한 사랑을 보는가 하는 또 하나의 질문이기도 했다.

결혼하지 않은 여자(남자도)가 언제나 하지 않는 이유를 추궁당하는 원인은, 우선은 비율의 문제일 것이다.

일정한 연령에 달하면 하지 않는 사람보다 하는 사람 쪽이 당연히 많다. 동시에 '사람은 결혼하는 것' '그것이 가장 자연스런 형태'라는 통념이 있기 때문일 것이다.

여자와 남자가 정신적으로도 육체적으로도 서로 사랑하는 것은 극히 자연스러운 것이다.

생명으로서의 본능이라고도 말할 수 있을 것이다.

그러나 결혼을 '자연스럽다'고 생각하는 사람이 있는 반면에 결혼에서 '부자연성'을 발견하는 사람이 있어도 이상할 것은 없다.

혹은 '결혼만이 사랑은 아니다'라고 생각하는 사람이 있어도 이상할 것은 없다.

나 자신은 결혼을 이렇게 해석한다.

"결혼은 사람의 수와 같은 만큼 있는 갖가지 사랑과 그 형태 중의 한가지 전형적 예이다."라고.

확실히 사랑은 결혼의 장에서도 존재한다. 또한 존재하지 않는다면 굳이 결혼하는 일은 없다.

그렇지만 사랑이 결혼의 장에서 존재하는 것과 거의 같은 정도로 결혼 이외의 장에 존재하는 사랑도 있을 것이다.

누구를 위한 결혼

그런데 매우 진지하게 동성으로부터,

"왜 결혼하지 않지?"

하는 물음을 받으면,

"결혼을 하느냐 하지 않느냐는 선택의 문제야."라고 대답할 수밖에 없다.

산다는 것은 선택을 하면서 오늘을 내일로 이어가는 작업이다.

그런데 우리들은 인생의 일대 테마의 하나인 결혼에 대하여 어느 정도 진지하게 선택을 하고 있는가?

상대방을 선택하기 전에 결혼을 '하느냐' '하지 않느냐'를 철저하게 생각하는 사람이 얼마나 있을까? 바꿔 말하면 나에게 있어서 결혼은 어떤 의미를 갖는가?

결혼을 함으로써 나는 무엇을 목표로 하고 어떻게 하고 싶은가?

결혼생활에서 나는 무엇을 요구하고 있는가?

등등을 어느 정도의 사람들이 생각하고 결혼을 결행하는가?

많은 사람들은, 그런 것은 생각하지 않고 적령기가 되었다고 극히 당연하다는 듯이 결혼한다.

사랑하는 사람이 생겼다. 그 사람과 함께 살고 싶다.

거기까지는 이해가 간다. 하지만 그 다음에 우리는 좀더 진지하게,

"이 결혼에서 나는 무엇을 요구하는가?"

스스로 자문해봐야 하지 않을까?

단순히 좋아하는 사람과 함께 있고 싶다——그 기분은 사람으로서 중요한 것이지만——고 하는 충동만으로 결혼에 뛰어드는 것과 '야합(野合)' 사이에 어느 정도의 차이가 있을 것인가.

나처럼 결혼하지 않은 여자는 어쩌다보면 몹시 괴짜라고 여겨지기 쉽다.

그렇지만, 어떤 사람에게는 당연한 일이 또 다른 사람에게는 부자연하게 생각되는 일도 있다.

사람은 자기와 똑같은 가치관의 인간밖에 인정하지 않는 경향이 있는데, 이토록 부자유한 정신은 없을 것이다.

오히려 모든 사람이 제각기 예외를 살고 있다고 인식하게 되었을 때, 사람은 비로소 정신적으로 어른이 될 수 있는 것이다.

자기는 결혼했다. 물론 하고 싶으니까, 그래서 했다. 그것은 그것대로 좋다. 거기에 안주하면 되는 것이다.

그런데 왕왕 결혼한 사람은 하지 않은 사람을 특별하게 보려고 한다.

즉 자기의 가치관을 타인에게까지 강요하지 않으면 직성이 풀리지 않는 것이다.

"타인은 타인, 자기는 자기."

로서 좋은 것이 아닐까?

"나는 결혼하고 싶지 않지만, 세상 체면이......" "하지만 상식이라는 것은......" 하고 말하는 사람이 있다.

솔직히 나는 그런 부류의 사람은 믿지 않는다.

자기는 하고 싶지 않다고 말하면서 그 이유를 세상체면이나 상식에 돌리고 있다.

책임을 전가하는 것이다.

그녀는 "남의 이목이, 또는 상식이" 라고 말하지만 결국은 그녀 자신이 자기 내면에 세상체면이나 상식을 만들고 있다.

자기도 또한 상식의 포로가 되어있는 것이다.

자립이 요란하게 부르짖어졌던 70년대, 조금은 인텔리인 체하던 젊은 여성의 다수는, 나는 결혼하고 싶지 않지만, 세상이, 양친이 등등 결혼하는 이유에 그 '세상체면' '상식'을 끌어다 댔다.

그런 식으로 핑계를 대고 책임전가를 하는 사람보다 나는 솔직하게 기쁘게 결혼하는 사람 쪽에 그 솔직한 정도만큼 호감을 가질 수 있다.

결혼을 할 때, 이러니 저러니 하고 변명을 했던 사람들 중에는 결혼한다는 것과 자립이 이율배반이라고 착각한 사람도 있는 모양이다. 하지만 결혼하면 자립할 수 없다는 생각 자체가 우스운 것이다. 결혼하지 않고 직업에 열중하는 여성들 중에도 정신적으로 자립하지 못한 사람이 있다.

나 자신, 제도로서의 결혼은 하고 있지 않다.

하지만 그것은 그러한 형태가 나에게 있어서 가장 자연스럽기 때문이며, 나의 경우를 타인에게 강요할 생각은 없다.

당연한 일이지만 결혼하고 싶은 사람은 하면 그것으로 좋고, 하고 싶지 않은 사람은 하지 않는 것이 좋다고 말할 수밖에.

이처럼 당연한 일이 왜 통용되지 않는 것인가?

배가 고프면 먹으면 된다. 배가 고프지 않으면 점심때가 되었다 하더라도 먹지 않아도 된다. 누구나 그렇게 생각할 것이다.

황금연휴라고 해서 전국민이 여행을 떠나야 할 이유는 없다. 여행하고 싶으면 해도 좋고, 하고 싶지 않으면 안 하는 것으로 좋다. 누구나 그렇게 생각할 것이다.

그 당연한 일이 유달리 결혼에 관해서만 어째서 통하지 않는지, 나로서는 이상하기 짝이 없지만, 그와 같은 것에 흠을 잡아 헐뜯고 게거품을 튀겨가며 따져봤자 통하지 않는 사람에게는 통하지 않는다. 이것만은 확실하다.

사흘밤낮을 다 소비해 설명해 보더라도 이해시키지 못할 것이다. 즉 나는 결혼에 대하여 너무나 진부한 결론밖에 가지고 있지 못하다.

"하고 싶으면 한다. 하고 싶지 않으면 안 한다."는 정도일 뿐이다. 이런 단순하고 알기 쉬운 일이 또 있을 것인가.

현행의 혼인제도가 자기에게 가장 좋다고 생각한 사람은 결혼하면 된다. 크게 축하할 일이다!

왠지 거북하다. 혹은 필요성이 없다고 생각한 사람은 하지 않으면 된다. 이것도 크게 축하할 일이다!

나는 하지 않은 것에 대하여 아무런 고통도 느끼지 않으며, 하지 않으면 안 된다는 이렇다 할 이유도 없다. 왜냐하면 나는 여자와 남자가 경제적으로 독립하여 서로 사랑해 가는 데에 사회적인 세레머니는 필요 없다고 생각하고 있기 때문이다. 그래서 제도로서의 결혼은 하고 있지 않을 뿐이다.

다른 말로 바꾸면, 이 세상에는 제도로서의 결혼은 하지 않았으나 자기 나름의 '결혼'을 하고 있는 커플은 많이 있다고 하는 말도 될 것이다.

결혼에 '절대'는 없다

"결혼해 버리면 나의 것."

"결혼하면 그(그녀)는 내 것."

많은 사람은 제도로서의 결혼을 종신 고용제도처럼 생각하고 있다.

한번 아내의 자리에 주저앉아 버리면 한평생 '안태'(安泰)라고 당신이 믿고 있다고는 생각지 않으나 결혼 이퀄 행복마크의 종신 보증제도라는 환상은 두렵다. 그렇지 않다면 4쌍에 한 쌍의 비율로 성립되는 이혼은 어떻게 이유를 달겠는가?

연애, 결혼, 이퀄 여자의 행복이라는 이 삼위일체의 행복환상을 전적으로 믿음으로써 얼마나 많은 여성이 마이홈 신화 속에서, "이렇게 사는 것이 아니었는데," 하고 한숨을 내쉬는 것일까?

물론 행복한 결혼은 있다. 그러나 결혼만 하면 행복하게 될 수 있는 것이 아니다.

행복해지느냐 아니냐는 결국 의지적으로 '행복을 만들어 갔느냐' 혹은 결혼하면 선반에서 떡이 굴러 떨어지듯이 행복해질 수 있다고 대수롭지 않게 생각했느냐에 따라 달라지는 것이다.

모든 사랑이 그러하듯이 결혼에 '절대'나 '영원'은 없다.

사랑은 언제나 위기를 품고 있는 것이며 등을 맞대고 이별을 간직하고 있는 것이다.

다른 말로 바꾸면 결혼은 절대적인 것, 영원한 것이라고 생각하고 거기에 안주하게 될 때, 사랑은 위기에 휘말리게 된다고도 할 수 있겠다.

긴장감을 잃고 사람으로서의 성장을 잊고 나태하게 살고 있는 자기의 상대를, 결혼했다고 하는 그 이유만으로 계속 사랑해야 한다면 이런 고문은 없을 것이다.

세상에는, 사랑은 오래 전에 상실하고 서로 미워하면서도 형태로서의 결혼에 매달리고 있는 남녀도 있지만······

사랑에 안정주(安定株)는 없다고 인정하는 것이, 결국은 사랑을, 결혼을 성공시키는 요인이라고 할 수 있겠다.

하여튼 그 알맹이를 응시해야만 하는 사랑──결혼도 포함하여──이 형식에만 이러쿵저러쿵 하는 것은 삭막한 일이다.

서로 사랑하느냐 아니냐 하는 기본은 쑥 빼버린 채 제도나 형식에 눈을 돌리는 일이──결국은 관리사회 그 자체의 상태가──현대의 불모를 조장시킨 한 가지 원인이라는 것은 부정할 수 없는 사실일 것이다.

'이상적인 여자'를 연기하는 어리석음

있는 그대로의 자기를 상실한 두려움

타쓰코는 26세. 단기대학을 졸업하고 잡지 편집에 동경을 품고 출판사에 입사했으나 배속된 것은 경리부.

날마다 숫자와 눈싸움을 하는 나날 속에서 타쓰코는 차츰 소극적으로 되어갔다.

"어차피 나 같은 건 포기해 버렸으니까," 라고 타쓰코는 술회한다.

그리고 일에의 '어차피'에 반비례하여 결혼에의 동경이 머리를 쳐들기 시작했다고 한다.

"학생시절부터 사귀고 있던 그가 언제 결혼하자고 말해줄까, 나는 그것만 기다리고 있었어요. 그때의 일을 생각하면 정말 구토가 나올 정도로 나는 비굴했어요. 그가 싫어하지 않도록 하자. 그의 마음에 들고 싶어서 나는 그의 얼굴만 살피고, 그가 이상으로 삼는 여자를 연기하고 있었지요. 어리석은 일이지만 복장에서 액세서리, 레스토랑에서 주문하는 요리까지 그의 취향에 맞추고 있었어요. 마치 나는 그의 로봇이었던 셈이죠."

그러다가 타쓰코는 학생시대의 여자친구들과 함께 4박 일정으로 사이판섬에 여행을 떠났다.

"물론 그의 허가를 얻고(이 표현에 나는 다소 걸리지만) 말이
죠. 그런데...... 그런데......"

속속들이 알고있는 여자친구 몇몇과의 여행을 하는 동안 타쓰
코는 그와 함께 있을 때에는 결코 맛볼 수 없었던 해방감에 젖었
다고 한다.

"매우 부끄러운 일이지만 나는 그때 비로소 깨달았어요. 있는
그대로의 자기를 드러내놓고 하루 하루를 지낸다는 것이 이토록
근사한 일인가 하고. 그가 어떻게 생각할까 걱정이 되어 말하고
싶은 것도 하지 못하고, 오직 그의 이상적 여자노릇을 해온 것이
갑자기 자기에 대한 중대한 배반이라는 것을 깨달았어요."

여행에서 돌아온 몇 개월 후에 타쓰코는 그와 헤어졌다.

"물론 쓸쓸하고 슬펐지만 마음 어딘가에 이 정도로 잘됐다는
기분이 있었던 것도 사실이었어요."

금년 10월에 타쓰코는 결혼한다.

"이상해요. 결혼하고 싶다는 병에서 해방된 순간, 결혼을 하게
되다니. 결혼을 앞둔 그 남자 앞에서, 나는 마치 오랫동안 사귄
여자친구들과 함께 있는 것처럼 있는 그대로 행동할 수 있어요.
물론 일도 계속할 생각이구요. 편집자가 되려는 꿈도 버리지 않
았어요."

그녀는 그렇게 말했다. 확실히 최근의 타쓰코는 생기가 넘쳐
있다. 결혼하고 싶다는 병에서 해방되었을 때, 타쓰코는 있는 그
대로의 자신을 직시할 수 있는 사랑과 만났다.

그리고 있는 그대로의 자기를 직시하는 사랑과 만났을 때, 타
쓰코는 잃어가고 있던 일에의 정열을 회복했던 것이다.

사람은 자기 본래의 모습을 억압하고 있을 때, 연애도 일도 아
무 것도 제대로 되어나가지 않는 법이다. 억압이 도가 지나쳐 결
국에는 고통이 된다.

더군다나 프로포즈를 기다리는 수동의 입장에로 자기를 몰아 넣으면, 상대의 얼굴을 살피며 일희일우하고, 하고 싶은 말도 제대로 하지 못하는 움츠러든 상태가 되어버린다.

상대의 이상상을 연기하고, 나는 가장하고 있다는 자기에 대한 떳떳하지 못함에 짓눌리게 된다.

당신이 좋은 결혼, 좋은 사랑을 하고 싶다면, 역설적인 표현이지만 결혼을 의식하지 않는 것이 좋다. 그렇게 하면 '결혼하자'는 한마디 말을 위해 자기를 속인다거나 자기 이외의 누군가를 연기할 필요도 없어질 것이다.

무엇보다도 '있는 그대로의 서로'를 드러내지 않고서는——긴장감을 잃어도 좋다는 것과는 별개이다——오랜 일생을 지혜롭게 헤쳐나갈 수 없다.

그 결혼에 무엇을 요구하는가

어떤 결혼

여린 잎이 녹색의 불꽃처럼 타오르는 5월의 일요일.

캐더린과 로버트는 결혼했다.

예식은 조그만 교회에서 행해졌다.

참석한 사람은 두 사람의 유학생 동료와 일본인 친구 6명. 본국에 있는 가족을 대표하여 캐더린의 동생도 달려왔다.

손수 만들었다는 심플한 코튼의 하얀 원피스를 입은 캐더린은 약간 위로 향한 콧등이 이따금씩 빨개졌다.

한편 로버트는 너무 흥분하여 다리까지 꼬면서 평소보다 한 옥타브 높은 목소리로 'YES I DO'를 연발하고 있었다.

나 개인의 경우는 한 남자와 한 여자가 서로 사랑하는 일에 사회적인 허가의 세레머니(식이든 무엇이든)는 필요치 않다고 생각하지만, 소박하고 한없이 밝은 세레머니는 꽤나 보기 좋은 모습이었다.

참가하지 못한 두 분의 부모와 친지, 친구들로부터는 수많은 축전이 도착되어 있었다.

이것이 실로 복잡한 내용으로, 캐더린의 곁에는 '엄마로부터'라는 축전이 두 통이 있고, 로버트의 곁에는 의부(義父)와 형제자

매들로부터의 축전과 카드가 몇 통이 있다고 하는 안배로, 미국의 이혼현상을 새삼 실감하게 해주었다.

즉 캐더린의 친엄마는 그녀가 12살 때 남편과 이혼하고, 현재 세 번째 결혼생활을 보내고 있다. 로버트의 엄마도 아버지와 이혼하고 의부와 배다른 형제자매가 다섯이 있다는 식이다.

그 점에 관하여 캐더린도 로버트도

"사랑이 없어진 부부가 세상 체면 때문에 같이 산다는 것은 이혼보다 몇 십 배나 죄악이다."

라고 말했다. 나도 그들의 의견에 찬성이지만, 우리 실정에서는 아직 이혼한 사람은(남자 여자에 상관없이) 일종의 레테르가 붙기 쉽다.

"양친이 이혼했기 때문에 불행해진 아이도 있다. 그러나 양친이 이혼하지 않았기 때문에 불행해진 아이도 그와 같은 수만큼 있다."

고 쓴 것은 에릭 케스트너였지만, 사실이 그러할 것이다.

하긴 캐더린은 '양친의 이혼 때의 고통이라든가 재혼의 고통을 직접 눈으로 봤기에 나는 20대 초반까지 절대로 결혼하지 않겠다'는 생각이었다지만.

그러한 그녀가 결혼했던 것이다.

결혼하기 전에 살아보는 두 사람

"고국에서 새로운 잡지가 도착했어요. 미즈의 최신호도 있으니 보러 오지 않을래요?"

캐더린에게서 전화가 걸려온 것은 확실히 2년 전의 5월이었다.

캐더린은 웨스트코스트 출신으로 4년 전에 일본에 와서 영어학원의 교사로 일하면서 일본의 고전예능, 특히 노가쿠(能樂, 일본의 고전예능)를 중심으로 연구하고 있는 유학생이다.

즉시 나는 그녀가 좋아하는 케이크를 사들고 이다바시에 있는 그녀의 아파트로 달려갔다. 문을 열고 한 발을 들여놓은 순간, 흥?

내가 평소에 가장 신뢰하고 있는 내 후각이 예리하게 활동하기 시작했다.

전에 찾아갔을 때와 어딘가 다르다. 캐더린의 라이프 스타일 내용에 무엇인가 변화가 일어나고 있다.

방 전체의 분위기, 냄새 같은 것이 몇 달 전 캐더린의 집을 찾아갔을 때와 어딘가 달랐다.

손을 씻으러 화장실로 갔을 때, 나는 나의 후각이 셰퍼드에 버금간다는 것을 확인했다. 화장실의 거울 앞에 면도기와 셰이빙 로션이 있다. 목욕타월도 얼굴용 타월도 두 개씩 있다.

설마 캐더린이 매일 아침 면도를 하고 있지는 않을 것이다.

그때 방문이 노크되고 금발의 남자가 불쑥 나타났다.

텁수룩한 턱수염, 엷은 다색의 티셔츠와 같은 색의 코튼 바지, 제법 스마트한 청년이다.

이 친구가 그 셰이빙 로션과 면도기의 소유자인가 하고 찬찬히 관찰하고 있자니 캐더린이 "His name is Robert, I live with him." 이라고 소개해 주었다.

로버트는 로버트대로 냉장고에서 버드와이저 캔맥주 등을 꺼내고, 즉시 손수 샐러드를 만들어 우리 여성을 환대해 준다.

"저어, 케이코 씨, 로버트와 난 2개월 전부터 함께 살고 있어요. 그는 나에게 지금(now) 가장 필요한 사람이에요."

캐더린은 NOW를 강조했다.

"나에게도 그녀는 지금 가장 필요한 여성입니다. 물론 필요하다는 것은 편리하다거나 그런 의미가 아니라 사랑하고 있다는 것이지만."

128

로버트도 NOW를 강조했다.

"나는 결혼하기 전에 커플은 함께 살아보는 것이라고 생각했어요. 데이트를 한다거나 함께 여행을 하는 것과 일상생활을 함께한다는 것은 전혀 다른 것이니까요. 한번도 함께 지낸 일이 없는 사람과 결혼식을 올리고 신혼여행에서 돌아온 날부터, 자아 시작하는 거야, 하면서 함께 산다는 게 나로서는 두려워서 할 수 없어요. 일본의 젊은 여성은 아직 연애에 관해선 소극적인 면이 있는데, 그런 점에 있어서는 매우 대담하더군요."

캐더린이 고개를 갸웃거린다.

"게다가 내가 일본 친구들에게 로버트를 소개하면 모두 호기심 어린 눈으로 보는 데다, 한편으로 동거한다고 하면 여자가 손해라고 하는 거예요. 사람을 사랑하는데 손해니 이득이니 하는 게 있을까요? 로버트를 소개하고 놀라지 않은 것은 케이코 씨, 당신 정도였어요."

내 주위에는 호적을 넣지 않은 커플이 몇 쌍인가 있고 나 자신 그런 생각을 하고 있으므로 별로 놀랍지 않다.

"일본인만큼 테스트를 좋아하는 국민은 아마 없다고 생각하지만, 유독 연애나 결혼에 대해서는 테스트를 하지 않더군요."

로버트는 다소 얄궂게 말한다.

"그렇지만 테스트 동거의 결과, 그다지 탐탁하지 않은 결과가 나왔다고 해서 자아, 헤어지자고 할만큼 인간이 마음은 메카닉하게 되어 있지는 않겠죠?"

나는 물었다.

"그야 그렇죠. 하지만 테스트 동거는 결혼생활로까지 계속할 것이냐 아니냐의 한 가이던스가 된다고 생각해요."

하고 캐더린.

"그야 그것으로 좋겠지만, 그렇다면 당신들의 경우, 결국 최종

목표는 결혼이라는 것이 되겠군요. 이것은 취향의 문제이지만, 진
정한 목표는 서로 사랑하는 것이라고 생각한다면, 호적에 넣지
않은 동거도, 호적에 넣은 결혼도 단순한 형식의 차이가 아닐까?
"

하고 내가 말하자, 캐더린은

"우리들보다 유니크한 사람이 여기 있어요. 케이코 씨가 말하
는 것은 옳지만 일본의 시스템 속에서는 너무 유니크해서 좀처럼
받아들여질 수 없겠는데요."

하며 한쪽 눈을 찡긋해 보였다.

"남에게 받아들여지느냐 아니냐 하는 것은 그다지 중요한 것이
아니라고 생각해요. 요는 자신이지."

나는 다소 볼티지를 높여 말한다.

헤어지고 나서 아쉬워하기 보다

그로부터 2년.

캐더린과 로버트는 테스트 기간을 무사히 끝내고 서로 합격증
서를 주고받으며 결혼했다.

"그는 지금 나에게 가장 필요한 사람"이라고 말했던 캐더린.

아마도 10년 후나 20년 후에도 두 사람은 서로에게 '지금 가장
필요한 사람'으로 남고자 노력을 게을리하지 않을 것이다.

물론 캐더린과 로버트가 취한 '테스트 동거'가 그대로 모든 커
플에게 최선의 방법이라고는 할 수가 없다. 자기에게 편리한 때
에만 함께 지내고 그 뒤에는 바이바이, 라고 하는 에고이스틱한
동거는 아무래도 문제가 될 테니까.

인생까지 패션화 시켜버리는 타입의 젊은 여성에게 '테스트 동
거? 어머, 한번 시험해 볼까!' 하고 응용한다면 문제는 많다.

그러나 캐더린과 로버트가 강조한 것처럼 사랑에는 '지금'(now)

밖에 없다. 그 '지금'이 겹쳐 쌓여 1년이 되고 10년이 되고 20년이
되어 가는 것이다.

결혼을 하든 하지 않든, 어떠한 사랑에도 등을 맞대고 이별은
대기하고 있다.

그리고 서로가 사람으로서의 성장을 잊고 사랑 위에 안주해 버
렸을 때 사랑은 형해화(形骸化)되어 버리는 것이다.

어떤 여성이 이런 식으로 말했다.

"나는 헤어지고 나서 그립게 여기는 여자가 되고 싶진 않다. 언
제나 상대로부터 지금 필요로 하는 여성이 되고 싶다."

확실히 그렇다.

그렇지만 상대로부터 필요로 여기는 것만으로는 수동이 되어
버린다. 동시에 상대에게도 또한 지금 내가 필요로 여기고 있는
사람으로 있을 수 있도록 요구하고 싶다.

그것은 결코 불손한 일이 아니고 대등한 연애에 있어서 당연한
대전제라고 할 수 있는 것이 아닐까?

갖가지 사랑의 형태

사람의 숫자만큼이나 적령기는 있다

거기에 백 명의 여자가 있으면 백 가지의 적령기가 있어도 좋다.

아니, 그 전에 결혼하느냐 하지 않느냐 그 자체를 제각기 그녀(그)가 선택하면 충분하다.

결혼을 하지 않는다고 해서 이성과의 싱싱한 커뮤니케이트를 단절하고 살아간다는 의미는 아니고, 요는 자기는 제도 속에 들어가는 편이 자연스러운가 혹은 밖에 있는 편이 자연스러운가의 차이이다.

이렇게 생각하면 적령기를 고집하는 것 자체가 강박관념에 불과한 것이 된다.

나 자신 호적에 입적시킨다거나 결혼식을 올린다고 하는 세레머니로서의 혼인제도에는 흥미가 없으므로 하지 않는 것이며, 그렇다고 해서 결혼하는 사람과 대립하고 싶다고도 생각지 않는다. 각자가 자기에게 맞는 애정의 형태를 선택하면 되는 것이다.

문제는 타율적인 적령기라는 말에 동요되어 그다지 마음에 끌리지도 않는 사람과 결혼을 위한 결혼을 해버리는 여자들이다.

혹은 적령기에 반발하는 나머지 결혼하고 싶어도 하지 않고 있는 여자들이다.

어느 쪽이나 부자연스럽다고 하지 않을 수 없을 것이다. 결혼은 대단히 중요한——하느냐 하지 않느냐가 중요한 것이 아니라 자기가 어떠한 형태의 결혼관, 애정관을 갖느냐——것이지만 기본은 매우 심플한 것이다.

즉 현재의 시점에서 당신은 결혼하고 싶으냐 하고 싶지 않느냐이다.

굳이 '현재'의 시점이라고 쓴 것은 이러한 이유 때문이다.

요코의 경우

요코는 외국자본계의 상사에 근무하는 유능한 여성이다. 10대 시절부터 결혼 적령기에 반발을 느끼고 있던 요코는 학창시절부터 기회 있을 때마다 '나는 결혼하지 않겠다'고 주위사람들에게 선언하고 있었다.

그렇게 선언할 때, 그녀는 반드시 전업주부의 하찮음——해본 일도 없는데 어떻게 하찮다고 할 수 있겠는가——을 누누이 나열하는 일도 잊지 않았다. 즉 그녀는 자기의 생활방식을 정당화하기 위해 타인을 부정하지 않으면 직성이 풀리지 않는 타입의 여자였던 것이다.

바로 그녀가 29세 때 열렬한 사랑에 빠졌다.

'남자 따위!' 하고 생각해온 그녀는 지금까지 자기가 보아왔던 남자들이 남자의 모든 것이 아니라 세상에는 그야말로 자유롭고 사소한 일에 구애되지 않는 사람으로써 매력적인 남자도 있구나 하고, 그와 만나고 나서 비로소 실감했던 것이다.

즉 그녀는, 자기가 접한 범위 내의 이성을 보고 '하여간 여자란 건'이라고 입버릇처럼 말하는 남자와 같은 발상을 가지고 있었던 것이다.

요코가 사랑한 그 남성은 모든 면에서 실로 리버럴하고 매력적인 사람이었던 모양이다. 그런데 그녀는 너무나도 '나는 결혼 같은 건 하지 않겠다'고 호언했기 때문에, 그와 결혼하는 일에 일종의 양심의 가책을 느꼈던 모양이다. 그래서 결혼식에도 친구들을 부르지 않고 결혼한 사실조차 직장에까지 숨기고 1년간을 보냈다고 한다.

물론 결혼은 프라이베이트한 것이고, 사람이 누구와 살든 '자기 마음'이긴 하지만, 결혼한 사실을 친구에게까지 속이고 쉬쉬할 필요는 없다.

무엇인가를 숨겨야만 한다는 스트레스는 인간에게 너무 큰 부담이다.

이제 친구와 직장에 결혼 사실을 발표한 그녀는 구김살 없는 표정으로 말한다.

"한번 발표한 주의(主義)에 사로잡혀 살아간다는 건 부자유스런 일이에요. 나도 이전에 그토록 결혼이란 유치한 것이라고 말하지 않았다면, 자기가 결혼했다는 사실을 감출 필요도 없었을 텐데. 너무도 어리석었어."

그녀의 망설임은 결혼밖에 없다고 적령기에 집착하는 사람과 언뜻 보면 정반대로 보이지만 사실은 완전히 똑같은 발상이다.

결혼하고 싶어하는 병

요즘 2년간, 나는 모 신문에 인생상담——이라는 말은 쓰고 싶지 않으나 적당한 말이 떠오르지 않으므로 편의상 사용한다——코너를 담당하고 있다.

처음에 인생상담의 회답 따위는 적성에 맞지 않는다고 거절했지만, 젊은 여성으로부터의 상담이 압도적으로 많고, 또한 종래의 걸핏하면 '당신이 참으라' 식의, 여자에게 과분한 인내를 강요하는 란으로는 만들고 싶지 않다는 담당자의 말에 마음이 움직여 떠맡았다.

"업무상의 남녀차별 상담도 많고, 당신의 페미니즘 입장이 필요합니다."

등등의 부추김에 넘어간 것은 사실이다. 그리하여 떠맡은 그 란에는 갖가지 여성으로부터의 별의별 고민거리가 밀려들었는데, 그 내용은 적령기에 관한 고민이 여전히 많았다.

담당하고 나서 나는 이 세상에는 어쩌면 지금까지도 적령기(세상체면)에 속박 당하고 있는 사람이 이렇게도 많은가 하고 놀라게 되었다. 여기서 그 란에 보내왔던 적령기에 관한 전형적 상담과 연하의 친구들의 에피소드를 잠간 소개하기로 하자.

S양은 작년 연말에 맞선을 보고 2개월 후에 식을 올리기로 한 26세의 여성인데, 식이 다가오는데 따라 그 결혼이 싫어졌다고 한다. 그 이유는, 그녀에게는 지금의 상대보다 전에 연인이 있었고 그가 장남이고 그녀도 장녀라는 문제로 부모의 반대를 만나 헤어졌다고 한다.

"그 뒤에 맞선을 보라고 다그치기에 그와 헤어진 뒤의 허탈감도 달랠 겸 따라나섰던 것이 여기까지 와버리고 말았습니다. 하지만 지금도 맞선상대를 좋아할 수가 없습니다. 그러나 회사도 퇴직했고 친구들도 어차피 결혼하고 나면 남자는 다 마찬가지라고 말합니다. 이런 기분으로 시작해도 좋을까요?"

이런 고민을 적어 상담을 해왔다.

당신이 S양의 친구라면 어떤 식으로 충고하겠는가.

당연한 일이지만 결단을 내리는 것은 S양 자신이다.

그렇지만 만일 그녀가 내 동생이나 친한 친구라면 역시 '다시 한번 깊이 생각해보라'고 말할 것이라고 믿어진다.

그 이유는 그녀에게는 결혼에 필요한 정신적 준비——정신의 성숙과 자율적인 사고방식——가 아직 충분히 갖추어져 있지 않은 듯한 느낌이 들기 때문이다.

이전의 연인과는 '부모의 반대에 부딪혀——헤어진 그녀.

그리고 맞선 상대와는 "나도 모르게 여기까지 와버렸지만, 아직도 호감이 가지 않는다"고 하는 그녀. 부모의 반대를 만나 괴로워한 것은 이해가 가지만 역시 자기인생에 대하여 무책임한 것이 아닐까. 말할 필요도 없이 결혼은 '양성(兩性)의 합의'에 기초를 둔 것이다.

그렇지만 S양의 경우, 이 상태로 결혼을 하고 실패했을 때 "부모가 귀찮을 정도로 권했으니까" "회사도 그만두었으니까" "친구들에게도 결혼한다고 말해버렸으니까" 하고 타인의 탓으로 돌리게 되지는 않을지. S양이 자기의 인생보다 세상의 체면을 소중히 생각한다면(세상체면 따위 나는 흥미가 없으나 이것도 하나의 가치관이므로 방법이 없다), '지금도 호감이 가지 않는' 상대방과 결혼하는 것도 한가지 방법일지도 모른다. 그러나 '호감이 가지 않는다'고 내심 생각하고 있는 여자와 아무 것도 모르고 결혼한 남성은 얼마나 불행할 것인가.

결혼은 통행증이 아니다

M양은 29세의 OL. 독신. 그녀는 이렇게 말한다.

"그래도 일에 열심이고 독서, 스포츠 등 혼자서도 즐겁게 해왔습니다. 동료들은 하나 둘 결혼하여 퇴직했지만, 나는 생애의 파트너라면 서로의 이해가 중요하다고 생각하며 버티고 있습니다. 찬스에는 적극적으로 나설 생각이지만 제대로 기회가 와주지 않습니다. 과부족 없는 사람이라면 맞선이라도 볼까, 하고 생각해 보지만…… 맞선에는 부정적인 편입니다."

나도 M양이 말하는 것처럼 "생애의 파트너는 서로의 이해가 없다면" 이라는 생각에는 대찬성이다. 결혼의 기초이기도 하다. 이해도 존경도 애정조차 의심스러운데 세상의 눈이니 체면 따위에 신경 쓰고 결혼을 서둘러봐야 무슨 소용이 있겠는가.

또한 '혼자서도 즐겁다'고 살아온 M양이 결혼을 생각한 지금이야말로 M양에게 있어서의 적령기라고도 할 수 있다. 그렇지만 여기서 어서 빨리 상대를 찾아 결혼해야겠다고 허공에 떠서 강박관념에 사로잡힌다면 결국 M양도 결혼 시두르기 그룹에 끼여버리는 것이 아닐까.

결혼을 위한 결혼은 무의미하다.

새삼스럽게 말할 필요도 없이 M양이 추구하고 있는 것은 인생의 파트너이지 결혼이라는 이름의 통행증은 아닐 것이다.

왜 이렇게 하지 않아도 좋을 말을 하느냐 하면, '혼자서도 즐겁다'는 M양이 다소 무리를 하고 있는 게 아닐까 하고 문득 느꼈기 때문이다. 그 무리가 찬스에는 적극적이 되지만, 맞선은 싫다. 그래도 과부족 없는 사람과 선이라도 볼까 하는 모순이 되어 나타나는 것은 아닐까. 맞선이 싫다면 무리해서 할 필요도 없고, 또한 맞선을 하나의 찬스로 생각해도 좋을 것이다.

"자만하지 말고, 그렇다고 안이하게 타협하지 말고 M양 자신이 이상으로 삼고 있는 '이해(理解)로 결합된' 파트너를 찾아보세요. 부디 결혼을 너무 서두르지 말기를……"

나로서는 이렇게 충고할 수밖에 없다.

결혼을 서두르는 병

27세의 회사원 Y양의 경우.

"현재 사귀고 있는 그와 결혼을 할까 생각합니다만, 솔직히 말해서 약간 망설여집니다. 사실은 한달 전, 회사동료(여직원)끼리 식사하러 갔을 때 가벼운 기분으로 '머지않아 결혼할지도' 라고 말해버렸습니다. 그것이 회사내의 소문이 되어 결혼퇴직을 한다는 헛소문이 퍼졌습니다. 그 때문에 상사에게 불려가 '언제 사직할 것이냐' 라는 추궁을 받게 되고, 이 상태로는 퇴직하지 않을 수 없는 상황에 몰릴 것 같습니다. 결혼이 결정된 것도 아니고 무책임한 소문에 화가 납니다."

나의 의견.

타인이 결혼을 하든 하지 않든 그것은 '당사자 마음'인데, 연애나 결혼에 관한 소문이 소문의 베스트 텐 상위에 랭크되는 것은 무슨 이유일까? 타인의 사생활이 어째서 그렇게 흥미를 돋구는 것일까?

보통, 그런 부류의 소문은 정색을 하고 부정할 필요도 없이 사실에 반하면 자연히 소멸되는 것이다. 그렇지만 당신의 경우는 퇴직문제로까지 발전한 것이므로 일단 상사에게 정확하게 진위를 설명하십시오.

그렇지만 무책임한 소문에 화를 내기 전에, 아직 고려중이고 망설임도 있는데,

"결혼할지도,"

라고, 결과적으로는 소문의 씨앗을 뿌린 당신 자신에게도 책임의 몇 할은 있다고 반성할 필요도 있지만.

어쨌든 잘못 전해지고 있는 점을 정정하는 것이 선결문제.

현재 퇴직할 의사는 없다는 것과 결혼도 현재로서는 미정이라는 것 등을 우선 설명하고 납득시키도록 하십시오.

문제는 그 이후의 당신의 자세입니다.

언제까지나 소문에 구애받는다거나 묘한 피해자 의식을 갖지 말고 진지하게 일에 몰두하는 것이 무책임한 소문에 대한 가장 훌륭한 대처방식입니다.

웬지 모르게 있기가 거북하다고 해서 퇴직하더라도 재취직은

어려운 상황입니다. 무엇보다도 소문이 불씨가 되어 퇴직한다는 것은 자기와 자기 일에 대하여 무책임하게 되는 것이 아닐까요.

결혼시키고 싶은 병

"24세의 OL. 두 달 전, 회사의 상사로부터 식사초대를 받고 거기서 31세의 사장의 막냇동생을 소개받았습니다. 그때 나는 설마 맞선이라고는 생각하고 있지 않았으나 그 뒤 2, 3회 본인으로부터 데이트 신청이 있었습니다.

나는 아직 결혼할 마음은 없고 좋아하는 타입도 아니므로 거절했더니 "건방지다" "어떤 분이신데 그래?" 하는 비난조의 잔소리를 듣고 우울합니다. 근무조건이 좋은 회사이므로 사표를 내고 싶지는 않습니다.

나의 의견.

T양, 무시, 무시, 무시의 방법을 취하십시오. 그런 류의 저속한 처사에는 무시보다 효과적인 공격은 없습니다.

직장은 맞선의 알선소가 아니고, 상사라 하더라도 당신의 결혼 상대를 선택할 권리 따위는 조금도 없는 것이므로.

정정당당하게 지금과 같은 상태로 일을 계속하세요. 냉정하게, 자연스럽게.

상사가 꺼낸 이야기라고, 사장 동생이라고 해서 마음도 내키지 않는데 종잡을 수 없게 기대를 갖게 하는 쪽이 오히려 역겹습니다! 여자가 정당하게 의사표시를 한데 대하여 '건방지다'고 하는 사람은 무시해 버리면 충분합니다.

노우 리액션에 철저를 기하십시오.

물론 그것과 일은 별개이므로 일에는 의욕적으로.

소문을 매우 좋아하는 인간은 소문의 대상이 아무런 반응이 없으면 그 사이에 전의를 잃어버리는 법입니다. 그날은 가까이 있습니다. 용기를 내세요!

평균병

"29세의 딸 문제로 상담합니다.

딸아이는 모 음악대학을 나오고 피아노 교사로 일하며 자활하고 있습니다. 일은 꽤 바쁜 모양이고 수입도 제 생활은 해나갈 정도가 되는 모양입니다.

원래가 어른스럽고 착실한 성격이라 생활도 깔끔합니다.

하지만 나이도 나이인 만큼, 내가 여러 차례 결혼을 재촉했지만 들으려 하지 않습니다.

그렇다고 달리 좋아하는 남자가 있는 것 같지도 않습니다.

딸의 말에 따르면, 결혼으로 지금의 일을 계속하게 될 수 없는 것이 싫다는 것입니다. 언제까지나 독신으로 있을 것도 아니고 어떻게든 설득할 수 없을까요?"

나의 의견.

"훌륭하게 자립하고 있는 따님이라는 사실을 모쪼록 자랑스럽게 여겨 주십시오. 세상에는 졸업증서는 가지고 있으나 언제까지든 부모의 신세를 지는 사람도 많습니다.

일도 하지 않고 놀러 다니기만 하는 건실하지 못한 젊은이도 있는가 하면, 애인이 많다는 것을 뽐내며 그다지 탐탁하지도 못한 남자들 사이를 이리저리 휩쓸려 다니는 여성도 있습니다.

새삼 말할 필요도 없겠으나 29세라고 하면 훌륭한 어른입니다. 염려하시는 부모의 마음을 이해 못하는 것은 아니지만 결혼은 '설득을 받아' 하는 것이 아닙니다.

따님이 '바로 이 사람'이라고 생각한 남성과 만나고 결혼을 생각했을 때가 따님의 적령기입니다. 그리고 그것을 결정하는 사람은 물론 따님입니다.

다만, 이것만은 따님께 전해 주십시오.

'결혼을 하면 지금의 일을 계속할 수 없게 된다'고 걱정하는 모양인데, 계속하느냐 아니냐는 어떠한 남성을 인생의 파트너로 선택했느냐에 따라 결정되는 것입니다.

따님을 일을 가진 여성으로서 이해하고 협력하고, 따님이 능력을 살리면서 살아가는 일에 파트너로서 긍지를 가질 수 있는 남성을 선택한다면 좋을 것입니다.

이상 S양, M양, Y양의 경우는 어딘가 적령기를 의식한 결과(혹은 의식하게 만든 결과), 하나의 벽에 부딪치고 있다.

T양이나 마지막에 나온 부모의 경우는 주위(T양의 경우는 직장의 상사)가 적령기를 의식하고 있는 예이다.

아이를 낳고 기르는데 적합한 연령을 생각하는 경우 이외에는, 적령기에 구애될 필요는 없다. 첫째로 적령기에 강박관념을 느끼고 있는 젊은 여성 중 몇 할이 진지하게 출산, 아이 양육의 문제까지 생각하고 있을까.

오히려 '남들처럼' 이라는 세상체면을 생각하고 있는 면이 많을 것이다.

결혼으로 자기다움을 빼앗긴 여성

참을성과 인내만으로는 잘 되지 않는다

유미는 28세, 남편 와타루는 31세.

와타루는 메이커에 근무하고 유미는 정보관계의 일을 하고 있다.

"조금이나마 일에 여유를 갖게 되면, 그때 아이를 갖고 싶다."

이것이 유미의 입버릇이었다.

1년 전, 와타루에게 오사카로의 전근명령이 떨어졌다.

두 사람은 밤을 새어가면서 며칠동안 한없이 이야기하고, 생각할 수 있는 한의 모든 케이스를 하나하나 검토했다.

당연한 일이지만 서로 사랑하고 있으므로 함께 살고 싶다. 그렇지만 남편의 전근은 2년 정도라고 한다.

유미도 일은 계속하고 싶었으나 남편과 함께 오사카로 갔다가 3년 후에 다시 도쿄로 돌아왔다 하더라도 현재의 일을 계속할 수 있다는 보증은 없다.

최종적으로 두 사람이 낸 결론은 주말동거였다.

비용은 많이 들겠지만, 주말이나 축일에는 한쪽이——대개는 교대로——다른 한쪽을 찾아가 함께 지낸다고 하는 형태이다.

"물론 이중생활의 불편은 많이 있었지만 떨어져 있는 탓인지 오히려 연애시절로 돌아간 느낌이었다."

유미는 말한다.

전화가 길어지면 비용이 많이 들므로 매일 밤 두 사람은 밤 11시에 전화를 걸어,

"별일 없어요. 안녕!"의 말 대신에 두 번 벨을 울리는 것을 신호로 알고 잠자리에 든다고 한다.

"그 시간에 집에 돌아오지 못하는 경우는 사전에 연락을 취해 놓기로 했으므로 조금도 절약은 되지 않았지만요."

하고 와타루는 웃는다.

그녀들과 정반대의 예가 Y군과 S양의 이야기이다.

S는 남편의 강요로 일을 그만두고 남편의 임지인 센다이로 옮겼다.

최근의 S로부터의 편지에는, 남편에의 불평불만이 나열되어 있었다. 그것도 특별히 내세워 말할 정도의 불평불만의 불씨라고는 생각할 수 없는 것뿐이다.

"자기가 남편의 희생이 되었다고 하는 원망이 어딘가에 있는지도 모르겠어요."

S는 그렇게 쓰고 있는데,

미국의 이혼원인에, 아내로부터의 신청 중 몇 번째인가에,

"나는 남편에 의해 자기 인생의 가능성을 빼앗겼다."

고 하는 것이 나와있다.

'빼앗겼다'고 하는 형태를 취하기 전에, 어째서 철저하게 이야기해볼 수 없었을까. 남자와 여자의 미묘한 사정은 그렇게 메카닉하게 되지는 않는 것이지만 '참는다' '인내한다'가 때때로 참아야 하는 측에게 있어서는 물론, 참게 만든 측에 있어서도 탐탁하지 않은 결론을 낳는 일도 있다.

　남편이든 아내이든 아이이든 누군가가 '자기다움'이나 '자기다움을 표현하는 길'을 빼앗기는 생활은 그럴만한 사정이 있다 하더라도 건전한 가정, 신뢰와 사랑으로 결합된 결혼이라고는 말할 수 없을 것이다.

아내가 이별을 선택할 때

아내에게 콤플렉스를 품는 남자

A부인은 니트 디자이너이고 남편 K씨는 잡지사 기자.

두 사람은 34세로 결혼한지 7년이 지났다. 놀이도 여행도 가사도 모두 함께 하는 동급생 부부였다.

모든 것이 원만하게 돌아가는 듯이 보였던 두 사람 사이에 균열이 생기기 시작한 것은 A가 디자인한 니트 슈트가 디자인 콘테스트에서 입상, 그녀에게 일이 쇄도하게 되고부터의 일이었다.

그녀의 재능을 인정하고 응원을 아끼지 않았던 K가 우선 일의 협의나 작품 촬영에 참석하기 위해 외출이 잦은 A에게 불만을 토로하기 시작했다.

결혼 당시에는 남편 쪽이 많았던 수입도, 그 사이에 거의 비슷해지고 이윽고 역전하여 A쪽이 많아졌다.

나의 친구 중에는 일의 성질상, 여자 쪽의 수입이 많은 커플이 꽤 있는 편인데, A와 K는 그런 부류 중에서 원만히 살아가던 전형적인 예였다.

직종에 따라 수입에 차이가 있는 것은 본인의 재능이나 의욕과는 관계가 없는 것이고, 그들도 처음에는 납득하고 있었을 것이다.

그렇지만 A는 수입이 많다는 점으로 남편에게 송구스럽게 느꼈고——반대로 거드름을 피우는 마누라도 있다. 어느 쪽이나 우스운 일이다—— 한편 K는 콤플렉스를 품기 시작했다.

그리고 이런 경우에 흔히 일어나는 K의 외도.

"나에게도 실수가 있었던 것인지 몰라."

A는 갸륵하게도 그 뒤치다꺼리를 떠맡았다.

두 사람은 서로 사랑하고 있었고 특히 K는 A의 재능을 누구보다도 인정하고 사랑하고 있었던 것이다. 아내에 대한 말할 수 없는 콤플렉스가 K를 다른 여자에게 몰고 갔는지도 모른다. 그렇다고 해서 나는 K를 변호할 생각은 없으며 외도를 긍정할 마음도 없으나.

몇 차례 옥신각신하던 끝에 결국 두 사람은 헤어질 수밖에 없다고 결심했다.

"그는 나와 함께 있으면, 자기 일에 대해서도 콤플렉스를 느끼고 의욕을 상실하고 말아. 수입의 차이 같은 것은 관계가 없는 것인데도."

A는 그렇게 말한다.

"수입 같은 것은 대수로운 게 아니라고 이해하지만……나도 결국은 남자의 체면이라고 하는 대수롭지 않은 것에 구애되는 낡아빠진 타입의 남자였다는 걸 비로소 깨달았다."

K의 말이다.

서로 사랑하고 있으면서도 어쩔 수 없이 이혼이라는 형태를 선택해버린 K와 A이다.

A가 수입이 많다는 것만으로 남편에게 송구스러움을 지나치게 느끼지만 않았다면, 그리고 K가 불필요한——일의 내용이 다르므로 어쩔 수 없다——콤플렉스를 품는 일만 없었다면……

그가 아내의 성공을 솔직하게 기뻐하고, 그 아내의 파트너인

146

자기에게 긍지를 가질 수 있는 남자였다면, 두 사람은 낡은 멜로드라마의 정석처럼 '사랑하면서도 헤어지는' 일 따위는 없었을 것이다.

여성이 사회에 진출하는 기회가 갈수록 늘어나고, 그 분야에서 재능을 충분히 발휘하는 것과 사랑하는 사람과의 생활이 양자택일로 갈라지는 것이라면 이런 슬픈 일도 없을 것이다.

수입의 차이에 구애되지 않는 남자와 여자——정신적인 자립과도 관련되지만——그런 커플이 더욱 늘어나지 않는다면 A와 K부부 같은 비극은 끊이지 않을 것이다.

〈줄리아〉가 공개되었던 때였다.

몇 명의 여자친구들과 이 영화를 봤을 때 모두 이구동성으로,

"다셸 하멧 같은 남자가 이상적이야."

라고 말했다.

연인인 릴리앙 헬만의 업무상의 성공을 함께 기뻐하고, 그렇다고 기뻐 날뛰는 것도 아니고 담담하게 받아들이고, 자기는 자기 목표를 향해 살아가는 남자.

확실히 그런 남자는 매력적이다.

"남자는 여자를 부양하는 것"

이라는 고전적 성별 분업이나, 남자의 체면에 구애되는 남자를 나는 결코 '남자다운 남자'라고는 생각하지 않는다. 구애되는 정도만큼 오히려 센티멘털하다.

'당신은 당신, 나는 나'로서 파트너의 성공을 기뻐하고, 비굴하지 않으며 자기 일에 긍지를 가질 수 있는 남자야말로 여자에게 있어서——특히 일을 가진 여자에게 있어서——마음이 편한 파트너일 것이다.

낳는 자유와 기르는 부자유

여행사에 근무하는 H가 '그녀의 문제로 의논할 일이 있다'고 찾아온 것은 한달 전이었다.

H는 29세. 2세 연하의 아내 가나코는 프리랜서 기자이다. 결혼할 때 두 사람은,

"2, 3년 후에 아기를 갖자."고 약속을 했다.

그렇지만 그 2, 3년이 지나서도 가나코는,

"아기는 갖고 싶지 않다."고 주장하여 아이를 좋아하는 H를 실망시키고 있다는 것이다.

가나코가 아기를 갖는데 소극적인 것은, "나 같은 프리랜서는 일이 일단 끊기면 복귀하기가 보통 힘든 일이 아니다," 라는 문제에 있다는 것이다.

H자신, 여성이 일을 갖는 것에는 찬성이고, 아이가 생기면 적극적으로 육아에도 협력하겠다고 했다는데……

어떻게 설득하면 그녀의 마음을 돌릴 수 있을지 모르겠다는 것이 H의 상담이었다.

나는 결혼하면 반드시 아이를 가져야 한다고는 생각지 않으나 H의 기분도 이해가 간다.

'낳을 자유, 낳지 않을 자유' 라는 표현이 쓰여진지도 꽤 세월이 흘렀으나 현실은 '낳지 않은 여자'나 '낳지 못하는 여자'는 어딘가 떳떳하지 못한 생각을 가지고 있고, '낳을 자유'를 행사한 여자는 낳은 것까지는 좋았으나 '기르는 부자유'에 부딪히고 있다.

대기업이나 관공서, 선택받은 직장에 있는 여성은 노동기본법에 의거한 산전산후 휴가가 보장되어 있으나 중소 영세기업은 아직도 까마득.

하물며 프리랜서에 있어서야, 가나코가 지적한 바와 같이 출산

을 끝내고 막상 일에 복귀하려고 하더라도 좁은 문은커녕 문 그 자체가 폐쇄되어 버리는 일도 있다.

한편 후생성이 인가한 보육소는 절대수가 부족하고 무인가의 베이비호텔에서의 사고는 사회적 레벨로 맞서서 해결하지 않으면 결말이 나지 않는다.

아이를 갖느냐 갖지 않느냐 하는 극히 퍼스널한(한편 사회적인) 두 사람의 문제에 내가 왈가왈부할 수는 없으나, 당연한 일이지만 부부의 합의가 없이는 이야기가 될 수 없다.

일하는 한 여성으로서 가나코가 품고 있는 문제에 귀를 기울이고 설득이 아니라 하나하나 문제점을 해결――또는 해결까지는 가지 않더라도 다소는 나은 방향으로 이끌어 가는 노력을 하는 것――하는 수밖에 없지 않을까 하고, 나는 H에게는 질문에 빗나가는 대답밖에 할 수 없었다.

이 문제는 개개의 커플 사이만의 의논으로는 어떻게 할 수 있는 것이 아니며, 사회적 레벨로 여자도 남자도 해결해 나가야만 할 테마인 것이다.

나도 기회 있을 때마다 보육원, 탁아소의 충실을 호소하고 있으나 이상(理想)과는 아직 거리가 멀다.

사랑에 대하여 진지하지 않으므로

여배우 모씨와 만났을 때였다.

"몹시 화가 나는 일이 있었어요. 내가 잘 아는 분의 부인이 글쎄 나에게 '우리 부부는 서로 외도를 인정하고 있어요,' 라고 말하는 겁니다. 거기다 한 술 더 떠서 '당신이라면 우리의 이런 관계, 이해하시겠죠?' 하고 반문하고 들더라구요. 자기들 부부가 굉장히 진보한 커플임을 자랑할 속셈이었겠지만, 농담이 아니었어요. 너무도 불결해요. 서로가 돌아갈 곳을 확보했다고 해서 놀이 삼아 외간남자와 사귀다니!"

몹시 분개하고 있었다. 마땅히 분개해야 할 일이다.

이 예만큼 극단적인 것은 아니지만, 학생시절의 여자친구들 중에 이러한 사람이 있었다.

"바람기 정도야 괜찮아. 매달 꼬박꼬박 월급봉투만 가지고 온다면. 바람기야 어쩔 수 없는 일이지."

이러한 마나님들이, 쓴맛 단맛 구분해낼 줄 아는 의젓한 부인이라는 인식이 이 사회에서 통용되고 있는데, 이 얼마나 긍지가 없는 말인가.

우리 여성의 사랑의 대상은 아내의 자리도 아니고 월급봉투도 아닐 것이다. 당연히 자기가 선택한 한 남자일 것.

그 남자가 공금을 횡령하듯 외도를 한다는 것은, 그만큼 두 사람 사이의 신뢰관계는 상처받게 된다.

'바람기라면 어쩔 수가 없다'가 아니라 '본정신이라면 어쩔 수가 없다'고 하는 것이 올바른 표현이 아니겠는가.

지난달 우연히 만난 필리핀에서 온 여성유학생이 단호한 어조로 말했다.

"우리 나라에 여자를 사러 오는 일본남자도 남자이지만, 그 남자가 어떠한 목적으로 여행을 하는지 짐작을 하면서도 아내의 자리를 위협받지 않는 한 눈감아줄 수밖에 없다고 생각하는 그 아내도 문제가 아닐까요?"

결혼만 하면 안심이라는 사고방식이, 즉 가정만 파괴되지 않는다면 눈감아 줄 수 있다고 재빠르게 변해버리는 것인가.

연인으로 있을 때는 그가 잠깐 한눈만 팔아도 매섭게 굴던 그녀가, 연인 사이의 자유로운 관계에서 법적으로는 가장 탄탄한 관계인 혼인제도 속에서, '잠시의 외도 정도야 어쩔 수 없지' 라고 인정해 버리는 것은 무슨 이유인가?

150

여기에는 여성측의 경제력 유무문제도 미묘하게 얽혀있다고는 생각되지만, 정말 한심스러운 일이다. 결국 사랑에 대하여 진지하지 않기 때문에 결혼생활도 비뚤어지고 형식적으로 되어버리는 것이라 생각된다.

결혼적령기에 우왕좌왕하고, 결혼을 위한 결혼이 아직도 많다는 점도 원인 중 하나일지 모른다.

'가정을 파괴하지 않는 한 외도는 남자의 변 함'이라고 호언하는 남자가 있다.

그렇지만 그런 부류의 남자는 지저분하게 남의 것이나 몰래 훔쳐먹는, 더 심한 표현을 쓴다면 '사람으로서의 변변함'은 손톱만큼도 갖추지 못한 겁쟁이 남자라고 생각한다.

대화를 잃어버린 가정

후미에 부인은 30세. 초등학교 1년생의 남자아이가 하나 있다.

섬유관계의 회사에 근무하는 남편 마사토 씨는 34세.

단기대학을 졸업하고 곧바로 취직했던 유통관계의 회사를 출산과 함께 퇴직할 때 후미에는,

"밖에 나가 일하는 것만이 자립은 아냐. 관리사회 밑에서 숨막히게 얽매이는 샐러리맨 생활 속에서는 오히려 잃는 것이 많다는 느낌이 들어요. 나는 자립한 전업주부가 되겠어."

하고 자신에 차있었다.

확실히 직장에 일하러 나갔다고 해서 자립했다고 하는 것은 환상이고, 그녀의 의견은 한편으로 진리이다.

그 무렵, 나는 후미에와 만나면 그녀로부터 남편과의 달콤한 정사 이야기만 듣고 있었다. 그런데 요 몇 년 사이 후미에로부터 듣게 되는 것은 남편에의 불만투성이이다.

그녀 왈, 회사와 집을 들락날락 하는 연락병.

왈, 집에 돌아오면 텔레비전이나 켜놓고 묵묵히 밥이나 입에 틀어넣는다.

왈, 책 한 권 제대로 읽는 걸 보지 못했다.

왈, 부부간의 대화다운 대화는 전혀 없다. 고작 한다는 얘기라야 아이에 관한 것뿐.

왈, 회사에 관해 물어도 시큰둥한 대답만 돌아올 뿐.

왈, 일요일이나 공휴일에도 스포츠를 하는 것도 아니고, 고작해야 낮잠이나 빠찡꼬로 하루를 날려버린다, etc.

"이런 무미건조한 생활이 앞으로 몇십 년이 계속될 것인가 생각하면 정말 숨이 꽉 막혀요."

하고 후미에는 한숨을 내쉰다.

실제로 이 사회에서는 남자가 집에 돌아와도 '밥' '목욕' '잔다'의 세 마디밖에 하지 않는 남편이 늘어나고 있다고 한다.

좀 과장된 말이지만 그러한 남편도 확실히 있을 것이다.

원인은 사람에 따라 다르겠지만 현행의 이 사회 기업형태, 사회 시스템 자체와 밀접한 관계가 있을 것이다.

한편으로는 가혹하고 치열한 출세경쟁이 있고, 다른 한편으로는 특별한 일이 없는 한 해고되는 일이 없다는 종신고용제가 있다.

그 결과 많은 샐러리맨은(여자도 그렇게 되어가지만) 맹렬사원이나, 또는 가도 아니고 불가도 아니고 그저 시키는 대로 꾸벅꾸벅 해나간다는 패기 없는 타입으로 양분된다.

어느 쪽이나 인간 본래의 모습에서는 거리가 먼 것이며, 또한 쌍방이 모두 가정에서는 무기력파가 되는 모양이다.

남편과 아내는, 아이와 어른이 그러하듯이 서로를 비추는 거울과 같은 존재라고도 말할 수 있다.

"남편의 무기력함만이 눈에 거슬린다,"고 말하는 후미에 자신은 어떠할까? 나날을 생동감 있게 살고 있는가? 화제라고 해봐야 아이문제와 (그것도 자기 아이에 관한 것뿐) 이웃집의 뜬소문 전파하기가 고작은 아닐까.

회사를 그만둘 때에 선언한 '자립한 하우스 키핑, 홈 키핑'의 나날을 실행하고 있는가?

후미에 자신이 아내이고 어머니인 동시에 하나의 인간으로서 매일을 패배하는 일없이 살았을 때 반드시 파트너도 다소 시간이 걸리기는 하겠지만 변화될 것이다. 우선은,

"당신이 당신의 인생에 테마를 갖는 것이 선결문제가 아니겠어?"

나는 그렇게 말하고는 당황하여,

"말하기는 쉽고 행하기는 어렵지만," 이라고 덧붙였다.

후미에에의 어드바이스는 그대로 나에 대한 자계(自戒)의 메시지이기도 하지만.

부부간의 메워지지 않는 틈

사람의 성격상의 특징은 해석 방법에 따라, 보는 관점에 따라 장점도 되고 단점도 될 수 있다.

후미에는 집과 회사를 연락병처럼 왕복하고 있는 남편을 '기개가 없다'고 탄식하지만, 연달아 외도만 하고 있는 남편을 탄식하는 아내도 있다.

남편의 강한 의지를, 남의 말은 귓등으로도 들으려고 하지 않는 원맨이라고 규탄하는 아내도 있다.

한 사람의 인간으로서 요컨대 장점과 단점은 서로 등을 맞대고 있는 것이다.

때와 장소에 따라서는 단점이 될 수 있는 상대의 특질을 장점으로 키우고 보완해 나가는 것이 생활을 함께 하는 자의 애정이

고, 권리와 표리일체의 의무가 아닐까. 세상에 완전무결한 사람이
란 없는 것이므로.

흔히 가정은 자녀를 정점으로 한 이등변삼각형의 형태를 취하
는 경우가 적지 않다. 아이를 중계점으로 하여 간접적으로 연결
되어 있는 부부이다.

남편과 아내가 독립된 인격체로서 마주서서 응시하고 사랑하
려고 하는 것은 신혼 때뿐, 그 뒤에는 오히려 아이들의 양친으로
서 함께 산다는 경향이 강한 모양이다.

그 결과, 자식이 독립하고, 막상 남편과 아내가 마주앉고자 하
면 부부 사이에 메우려 해도 메울 수 없는 거리와 틈이 벌어지는
일도 흔히 있다.

그리고 파트너에게 충족되지 못한 것만큼, 자식에 대한 과잉
기대로 이행되어 언제까지나 자식에게서 떨어지지 못하는 부모,
부모에게서 떨어지지 못하는 자식을 양산해 버리는 것이다.

"장래를 걱정하기보다 지금 현재 남편과의 사이에 어떻게 하면
커뮤니케이션을 회복할 것이냐가 문제가 아닐까?"

하고 말하는 나에게 후미에는 이렇게 말한다.

"그건 그래요. 다시 한번 자립한 하우스키핑, 홈키핑을 목표로
노력해 봐야 하겠어요."

여자가 이별을 고할 때

손에 넣은 사랑이 필요치 않아질 때

요즈음, 네 쌍중 한 쌍의 비율로 이혼이 성립되고 있다.

이혼율과 여성측의 경제력은 거의 정비례의 형태를 취하고 있으나, 이혼의 원인은 그것만은 아닐 것이다.

다만, 결혼하지 않으면 당연히 이혼이란 없을 터이므로 결혼의 동기 중에 이혼요인의 몇 가지가 잠재하고 있다고도 할 수 있을 것이다.

"일정한 연령에 달하면 결혼하는 것은 당연하다."고 하는 사회 통념은 아직도 강하다.

적령기가 되었으므로 '아무래도' 라는 그 '아무래도 결혼'이 감소하지 않는 한 이혼율은(여자의 경제력이 신장하는데 따라) 더욱 증가할 것이다.

누군가의 시에 "갖고 싶은 것이 손에 들어오지 않는 슬픔보다 갖고 싶은 것을 손에 넣고 막상 손에 쥐어보니 필요치 않다고 깨달을 때만큼 슬픈 일은 없다"고 하는 내용이 있었다.

하나의 사랑에 종지부를 찍을 때, 사람은 모두 그러한 심경에 빠져들 것이다.

그래도 언젠가 그 사랑을 원치 않게 될지도 모르는 자기를 상정하고, 갖고 싶은 사랑을 만나고도 손을 뻗치지 않는 인생은 역시 비겁하다.

언젠가 필요치 않게 될(이별) 날이 올지도 모르고, 오지 않을지도 모른다. 하지만 지금 나는 필요로 하고 있다. 그러므로 나는 손을 뻗는다. 내가 갖고 싶은 그 무엇이 손에 들어오든, 들어오지 않든 상관없이.

적어도 나는 사랑에 있어서의 소극성을 '고상하다'느니 '신중하다'느니 하고 찬미할 생각은 들지 않는다.

사랑은 만부득이한 것이며, 억제할 수 있다면 그것은 아직 가벼운 증세, 정신을 차리고 보니 이미 저만치 달려가 있었다고 하는 것이 사랑의 본질인 것이다.

그렇기 때문에 한번 손에 넣은 사랑을 필요치 않게 되었을 때, 사람은 '필요치 않게 된 자기'에게 상처 입는 것은 아닐까?

헤어지지 않았기에 불행해지는 아이도 있다

D부인은 29세로 초등학교 2학년생의 여자아이가 하나 있다.

3년 전에 같이 일하던 남편과 이혼하고 현재 모던댄스교실을 운영하며 생활해나가고 있다.

D부인은 아직 어린 19세에 결혼을 하고 26세에 이혼을 한 것이다. 그녀 자신,

"너무 어릴 때의 결혼이었기 때문에 지금 생각하면 함께 사는 것도 헤어지는 것도 어딘가 경솔했다는 비난을 면할 수 없어요."
라고 술회했다.

최근 들어 D의 외동딸은 아버지에 대한 동경심을 품고 한 달에 한 번 비율로 아버지와 데이트를 하고 있다.

D는 고민하고 있다.

"역시 그 아이에게는 아빠가 필요한 것일까? 내가 만일 재혼했

을 때, 그 아이는 그 사람을 아버지라고 생각해 줄까?"

몇 년 전에 번역된 에반 헌터의 『어른이란 무엇을 생각하지』에는 양친의 이혼과 어머니의 재혼 속에 고민하고 반발하는 소녀가 주인공으로 등장한다.

그녀는 어머니의 재혼상대를 한 인간으로서는 호감을 느끼면서도 한편으로는 헤어진 아버지에 대한 경애심과의 갈등으로 딜레마에 빠지고 결국 엄마와 그 재혼상대에게 증오심까지 품게 되는 것이다.

"세상에는 양친이 헤어졌기 때문에 불행해진 아이가 많이 있다. 그러나 헤어지지 않았기 때문에 불행해지는 아이들도 같은 숫자만큼 있다."

D로부터 상담을 받았을 때, 문득 생각난 것은 전술한 케스트너의 일문이었다.

비록 이제 와서 내심 부끄럽고 창피하다는 생각이 들었다 하더라도 이혼은 D자신이 선택하고 결정한 일이다.

그것은 '좌절'이 아니라 '결단'이었다고 우선 그녀 스스로 납득하는 것이 이혼해버린 자기에 대한 의무이고 동시에 딸에 대하여 그녀가 책임을 지는 방법일 것이다.

나의 어머니는 뒤에서 언급하는 것처럼, 혼인외로 출산했지만 그 점에 내가 열등감을 느낀 일은 없다.

오히려 자기를 속이는 일이 없이 살아간 한 사람의 여자로서 나는 어머니를 자랑스럽게 생각하고 있다.

'자식을 위해서'라는 말은 부모의 에고이즘이나 방패막이 또는 구실로 이용되어서는 안될 것이다.

D가 자기에게 열중하고 사는 자세야말로 딸에 대한 최대의 선물이 되지 않을까?

과거의 결혼과 이혼을 필요 이상으로 미화하지 말고, 동시에

비굴하게 되는 일도 없이 사실로서 인정하고 사실로서 자녀들에
게 전달할 것.

D가 딸에게서 문책을 받는 것은 이혼해버린 것이 아니라 이혼
후에 하나의 인간으로서 어떻게 살았느냐일 것이므로.

사랑하는 사람과 결혼해야 할 것인가

백의 커플이 있으면 백 가지 사랑의 형태가 있다

"결혼과 연애는 공통된 어떠한 것도 지니고 있지 않다. 양자는 완전히 양극처럼 떨어져 있다."

이렇게 주장한 것은 엠마 골드만이었다.

나는 그녀만큼 비관적이지는 않지만 확실히 통속 철학으로서는 결혼과 연애는 오히려 대극의 것이라고 생각할 수 있다.

연애의 기본은 전인적 에로스이고 결혼에는 전인적 에로스와 상반하는 많은 일상적 요소가 내포되어 있다. 그렇기 때문에,

"결혼과 연애는 별개야."

"연애하는 사람과 결혼하는 사람은 별개야."

"연애는 자유롭게. 결혼은 역시 생활이므로 보다 조건이 좋은 사람과 하는 거야."

이렇게 주장하는 젊은 여성이 적지 않다. 또한 그렇게 하는 쪽이 합리적인 사고라고 생각하는 사람도 있다.

결혼에 무엇을 요구하느냐는 사람에 따라 다르므로 생활의 안정이야말로 결혼의 첫째조건이라고 생각하는 여성도 있을 것이다.

그것은 그것대로 그녀의 사고방식이고, 내가 이러쿵저러쿵 할

형편은 못되지만, 나는 이런 식의 합리정신에는 찬성할 수가 없다.

당연한 이야기지만, 넋을 잃을 만큼 반하고 열중하게 된 상대와 함께 사는 것이 바로 결혼이고 연애의 연장선상의 '생활'이 아니겠는가.

아무리 생활이 안정되고 5캐럿의 다이아몬드 반지와 밍크코트로 몸을 감싼다 해도 사랑이 없는 생활 따위, 나는 딱 질색이다. 하기야 나는 다이아몬드도 밍크도 흥미가 없지만.

내가 그렇게 말할 수 있는 것도 나 자신, 자기생활을 스스로 해결할 수 있는 경제력이 있기 때문이며, 때문에 나는 '좋은 연애' '충실한 결혼'을 하기 위해서도 여자가 경제력을 갖는 편이 좋다고 지겨울 정도로 반복하고 설교하는 것이다.

자기가 사랑하는 남자가 처자식을 먹여 살리기 위해 그 자신의 꿈도 야심도 버리고 거세된 남자가 되어가는 것은 나로선 견딜 수가 없다.

동시에 나는 그것이 누구이든——사랑하는 남자라 해도—— 남의 수입으로 살아간다는 것은 생각하기도 싫다.

자기문제는 자기 스스로 책임질 수 있는 인간이 되었을 때 비로소, 인간은 상대의 인격이나 상대의 본질과는 아무런 관계도 없는 학력이나 직책 따위에 구애되는 일이 없이 한 남자, 한 여자로서, 어느 쪽이 위도 아래도 아니고, 인생의 기쁨도 슬픔도 사람으로서의 권리도 의무도 똑같이 나누고 서로 사랑할 수 있을 것이다.

그리고 그렇게 되었을 때 비로소 결혼은 '반드시 해야 하는 것'도 '세상에 대한 세레머니'도 아니고 두 사람 사이에 하고 싶으면 하고, 하고 싶지 않으면 하지 않는다는 자유선택의 영역, 잡박하게 말하면 취향의 문제가 되는 것이다.

사랑은(결혼도 연애도) 몇 가지 패턴 속에서의 '선택'이 아니라 '창조'이다.

거기에 백의 커플이 있으면 백의 커플 각자가 창조한 백의 사랑이 있어야 마땅하지 않은가.

Chapter *4*

나 자신을 사랑하는 데서
시작하자

──당신은 당신, 타인은 타인

일이냐 결혼이냐
캐리어이냐 가정이냐
양자택일의 시대는 끝났다
둘로 찢겨진 여자는
더 이상 필요치 않다.

일도 연애도 힘껏

자기 인생을 어떻게 살 것인가——셀프 매니지 & 컨트롤

이 주제의 소제목 'self manage and control'이란 인생을 자기 힘으로 관리하고 조정하는 것이다.

물론 이 가운데는 70년대에 요란하게 부르짖어졌던 것처럼, 경제적인 독립, '제 몸 하나 정도는 제 스스로 해결하기'도 포함된다. 그렇지만 70년대의 그것이, 어쨌든 여자도 밖으로 나가자고 하는 것에 주안점이 두어진 메시지였다고 하면, 지금 우리가 응시해야 할 것은 밖으로 나가 과연 무엇을 하고 싶은가, 무엇을 할 것인가 하는 일의 내용물에 대한 재검토가 아닐까? 동시에 그것은 집에 있으면서 무엇을 하고 싶은가, 무엇을 할 것인가와 등을 맞대고 있기도 하다.

왜냐하면 우리는 밖으로 나가 일단 경제력을 확보했으나 정신적인 자립에서 거리가 먼 나날을 보내고 있는 여자와 남자의 존재를 실제로 보고 있으므로.

가정에 머물렀던 여자들을 '전업주부'라는 그다지 유쾌하지 않은 이미지로 인식하는 시대는 끝났다.

중요한 것은 그녀가 밖으로 나가든 집안에 머무르든 그녀 자신이 어떤 자세로 인생을 살고 있느냐에 있다.

하기야 나 자신은 가정으로 들어가지 않기를 선택한 여자이고 그 선택을 후회한 일은 한번도 없다. 그렇다고 해서 나는 나의 경우가 여성이 살아가는 최선의 생활방식이라고도 생각하지 않는다. 자기가 어떻게 사느냐의 진리는 누구든 자기 스스로 찾아낼 수밖에 없다.

'일이나 가정'의 양자택일 시대는 끝났다

프랑스의 저널리스트 크리스티앙 꼬랑즈는 아니지만,

"종이와 펜을 손에 들고 타인의 인생에 참견을 하기는 쉬운 일이다. 그렇지만 타인이 생각다 못한 일에 간섭하거나 생판 모르는 여성이 단 한번밖에 없는 인생을 개척해 나가는데 참견을 한다는 것이 얼마나 책임이 무거운 것일까," 하고 나는 생각한다.

크리스티앙은 그의 저서 『나는 집으로 돌아가고 싶다』에서 이렇게 술회한다. 그녀의 술회는 그 70년대의 밖으로 나가는 일에 시점을 둔 자립 붐과는 일견 정반대의 말을 하고 있는 듯이 들린다.

예를 들면 이러하다.

"나는 집으로 돌아가고 싶다. 그렇다고 늘 그렇게 하고 싶은 것도 아니고.

나는 집으로 돌아가고 싶다. 좀더 자주, 보다 오래, 보다 자유롭게 (중략).

일하는 여자의 길을 택할 것이냐, 어머니의 생활을 택할 것이냐 하는 양자택일은 이제 질색이다.

오는 해도 오는 해도 죽을 지경으로 지루한 가사로 보내는 것도, 죽을 지경으로 피곤한 일로 보내는 것도 질색이다. 하루에 12시간 소리를 꽥꽥 지르면서 아이들 뒷바라지를 하는 것도 싫다. 일이 해방이라고는 생각하지 않고, 가정이 무조건 희생이라고도 생각지 않는다. 자기를 일의 도구라고도 가사기계라고도 생각지 않는다.

　나는 살고 싶다!

　나는 모든 것을 동시에 갖고 싶다!

　둘로 찢겨진 여자로 있는 것은 이제 진저리가 난다!"

　그녀의 이 에세이집은 프랑스를 비롯하여 서독, 이탈리아, 스페인에서도 베스트셀러가 되었다고 한다. 동시에 그녀는 그녀 자신이 두려워하고 있었던 것이지만, 일부 페미니스트들로부터 배반자라고 매도되기도 했다. 저널리즘 활동을 통하여 그녀 자신 오랫동안 "여자여, 밖으로!"라고 경제적 독립을 부르짖어온 사람인데, 그런 그녀가 지금에 와서 새삼스럽게 "집으로 돌아가고 싶다"고 주장하다니 무슨 말이냐는 것이다.

　또한 이 책의 역설적인 타이틀을 이용하여 일부 사람들이 "자아, 이제는 모쪼록 가정으로 돌아가시오. 아무도 말리지 않습니다"라는 캠페인을 펼쳤던 것도 사실이다.

　그렇지만 그녀는 결코 종래의 '남자는 밖에, 여자는 집안에'의 성별 분업 시스템을 긍정하려고 했던 것은 아니다. "일하는 여자의 길을 택하느냐, 엄마의 삶을 택하느냐의 양자택일은 싫다"고 주장하는 것이다.

　여자가 (남자도) 일이냐, 가정이냐 하고 둘로 찢겨지는 것은 싫다고 호소하고 있는 것이다.

　그것은 그대로 지금 우리들이 '일이냐 결혼이냐, 일이냐 출산이냐 하고 한 여자가 둘로 분단되기는 싫다'고 주장하는 것과 비슷할지도 모른다.

　우리는 누구나 남자이든 여자이든, 자기 인생은 스스로 관리하고 컨트롤하고 싶다고 생각한다.

　70년대의 자립 붐은 일을 얻어 밖으로 나가기만 하면 자립은 달성할 수가 있고, 반면에 가정으로 들어가 버리면 자립의 길은

166

막혀버린다는 기묘한 환상을 낳았다.

하지만 과연 그러했을까?

나는 나를 살겠다고 히로미는 퇴직했다

취재와 강연을 겸하여 나가노 시를 다녀왔다. 도착한 오후에
강연을 끝내고 밤부터 다음날 하루를 꼬박 소비하여 취재를 한다
는 분주한 1박 2일의 여행이었다.

그래도 호텔로 10년 지기의 여자친구가 찾아와 주어 '야호'하
며 쌓였던 이야기에 꽃을 피웠다. 그녀는 히로미라고 하고, 5년
전까지 큰 출판사의 아동국에서 그림책 편집을 맡고 있었다.

아동도서의 세계에서는 'S사에 히로미가 있다'고 알려질 정도
의 유능한 편집자였다.

바로 그녀가 13년간을 근무한 S사를 퇴직하고 고향인 나가노
로 돌아간 것은 5년 전의 가을이었다.

"어째서 회사를 그만뒀어?" "월급도 괜찮았는데." "편집이란
모든 여성이 동경하는 일이잖아." "아깝구나." "그래서 여자는 믿
을 수가 없어. 기분 내키는 대로 갑자기 그만둔다고 하는 말을 들
을지도 모르잖아." 등등.

주위에서는 떠들썩했다. 하지만 히로미는 "그만두고 뭘 하지?"
라는 물음에도 싱긋 웃고는 "무얼 한다고 말해도……나는 나를
사는 거야." 라고 대답했을 뿐이다.

그로부터 5년만에 만난 그녀는 약간 살이 찌고 해에 검게 그을
은 얼굴에 실로 건강해 보였다. 마감, 교료(校了), 협의 등, 지병이
었던 담석과 씨름하면서 창백한 얼굴로 일에 쫓기고 있던 시절의
모습은 찾아볼 수가 없다.

"그 무렵 나는 정신없이 빠져서 뭐가 뭔지를 알 수 없었지. 그
래도 여자는 못쓰겠다는 말은 듣고 싶지 않다고 어깨를 딱 버티

고서, 제 몸 망가지는 것을 빤히 알면서, 그래, 묘하게 자학적인 쾌감도 있었고 말이야. 덮어놓고 일과 씨름했었지. 하긴 일과 씨름한다는 자세가 아니라 일에 짓눌려 살았다고나 해야 하겠지. 그건……"

히로미는 그렇게 술회한다.

"사치스러운 고민이라는 말을 들을지도 모르고, 확실히 나는 여자라는 핸디캡이 없는 일을 선택받았지만, 팔리는 책과 내가 정말로 만들고 싶은 책 사이에 끼여 발악을 하면서 나 자신을 상실하고 있었어. 한번 베스트셀러를 내고 나면, 다음에도 기대를 걸고 있는 이상, 거기에 부응하려고 또 악을 쓰게 되지. 당연히 여유는 없어지고, 정신적으로도 육체적으로도 녹초가 돼버리고……

일단, 나도 캐리어 우먼 나부랭이라고 버티어 봤지만, 어느 날 감기가 악화되어 회사를 하루 쉬었지. 누긋하게 커피를 끓이고 베이컨의 기름도 말끔히 빼내 베이컨 에그도 만들고, 샐러리와 토마토샐러드를 몇 년만에 찬장구석에서 잠들게 했던 깨끗한 유리그릇에 담아놓고 FM음악을 들으면서 아침밥을 먹었어. 청명한 가을의 기분 좋은 아침이더라구. 아침식사를 끝내고 식기를 반들반들하게 닦고 났을 때, 나는 갑자기, 정말 갑자기, 이것이 바로 생활이 아닐까 하고 생각했던 거야.

나는 그때까지 확실히 직업상의 캐리어는 쌓았지만 사람으로서의 생활의 캐리어는 아무 것도 쌓지 못했다고 느꼈던 거야. 그리고 처음부터 다시 시작해 보자고 생각했어. 좀더 여유 있는 템포로 살아보자고 결심했던 것이지."

다소 거드럭거린다고 생각했는지 히로미는 자기 말에 멋적은 웃음을 띠었다.

일, 일, 하고 살아온 여자가 어떤 계제에 문득 이런 감각에 사로잡히는 것은 공감이 간다. 나 자신, 조직 속에서 일해왔던 8년 간에 이따금——항상 그랬던 것이 아니고 2, 3개월에 한번 정도 ——'이래도 좋은가' 하는 초조감에 사로잡힌 일이 있었다.

지금 히로미는 도서관에 근무하면서 휴일에는 포터 뒷칸에 그림책과 그림연극 표본을 싣고 지역의 어린이들을 찾아다니며 살고 있다고 한다.

"나는 나이 40이 되어서야 겨우 나에게 맞는 생활 리듬을 손에 넣었어."

하고 말하며 그녀는 시원스럽게 웃는다.

"아이들은 나를 보고 그림책 아줌마라고 불러주니까, 아줌마라구!"

히로미는 지금 일과 생활이 찢겨지지 않고 공존하는 장소에서 자기의 캐리어를 착실하게 쌓아올리고 있다.

그녀는 많은 여성들의 동경의 표적인——나도 학창시절 몹시 동경했던 직업이다——편집자라는 일을 버림으로써 셀프 매니지 앤드 컨트롤의 나날을 획득한 여자라고 할 수 있을 것이다.

일함으로써 남성사회에 동요를

노부코는 전술한 히로미와는 정반대로 남성사회 속에서 남자와 어깨를 나란히 하여 일함으로써 셀프 매니지 앤드 컨트롤의 길을 찾아낸 여성이다. 38세. 기혼자. 7살의 아들이 하나 있다. 그녀는 유명한 자동차메이커 산하에 있는 판매회사에 근무하고 있다. 영업부의 꽃인 과장님이다.

단기대학 시절 자동차부에 소속하고 있던 그녀는 졸업과 동시에 '하여간 자동차가 좋아서' 라는 이유로 판매회사에 입사했다.

그러나 그녀가 배속된 곳은 접수업무. "아무리 생각해도 내 적성에 맞지 않더군요." 그래도 2년간 참고 해봤지만 도무지 접수

업무에 흥미를 느낄 수 없었다고 한다.

그리고 3년째, 열심히 상사나 선배, 동료에게도 어필하여 그녀는 겨우 영업부로 전속되었다. 23세의 봄이었다.

"정말 너무 기뻤어요. 나는 원래가 밀고당기는 현장이 마음에 들었거든요."

그로부터 5년간, 그녀는 영업부의 남성 보조 겸 세일즈 우먼으로서 남들의 두 배 세 배나 '억척스럽게'──하고 그녀는 말한다──일했다고 한다.

"나는 여자입니다 따위로 말했다가는 '그거보라'고 깔보는 게 고작이 아니겠어요? 한 달에 백 시간 이상의 잔업은 다반사였죠. 솔직히 말해서 근로기준법 따위는 안중에도 없었어요."

마침내 그녀는 남성의 영업부원 보조에서 해방되어 당당한 영업부원 겸 세일즈우먼의 지위를 확보했다.

"물론 집안일은 남편과 반 부담. 집에 도착하면 녹다운이 되는 매일이었죠. 남편도 처음에는 싫은 얼굴을 했지만 나는 필사적으로 설득했어요. 당신은 자기의 사랑하는 아내가 활기차게 사는데 반대세요? 당신은 남편에게 자기 가능성을 빼앗겼다고 일생 남편을 원망하는 여자와 살고 싶어요? 등등. 반은 위협적인 말을 하거나, 무작정 감사, 감격의 빗발과 찬사를 퍼붓기도 하고, 이런저런 방법으로 구슬렀죠. 남편은 나의 일하는 방식을 보고, 당신은 남성사회에 가담하여 살고 있을 뿐이야. 일 일변도의 남자와 마찬가지로 자기 생활을 희생으로 삼고 있다고 말했어요. 나로서도 남편이 하는 말의 의미는 충분히 알고 있지요. 그렇지만 내가 좋아하는 자동차 판매일로 자기 스탠스를 확립하기까지는 그렇게 하지 않을 수가 없었던 거예요. 역설적이지만 남성사회에 파고드는 방법 이외에 지금의 남성사회를 무너뜨릴 수 있는 길은 없다, 어쩌구 하는 사명감에 불타고 있었죠, 나는."

그리고 30세. 노부코는 영업부 계장으로 승진. 1년 후, 산전휴가는 4주일, 산후 6주일을 쉬고 나서 곧 직장으로 복귀했다. 아기는 출근 전에 그녀가 친정에 맡겨두고 저녁에는 그녀나 남편 중 퇴근시간이 빠른 쪽이 데리러 갔다.

"그야, 아기가 엄마, 엄마, 하고 뒤를 쫓아오며 우는 것을 보면 마음이 아팠어요. 하지만 그런 때는 일부러 낙천적으로 자신에게 이렇게 타일렀어요. 나의 아들아, 엄마는 남성사회의 일원이 됨으로써 남성사회를 내부로부터 바꿔보려고 하는 거란다. 그래, 너의 미래의 걸프렌드나 연인, 그리고 아내가 취직을 할 때, 여자라는 이유만으로 보이콧 당하지 않도록. 지금은 그 과도기이니까 조금은 엄마한테 협력해주렴."

그래도 아이가 고열이 나고 아플 때는 몹시 괴로웠다고 한다.

"중요한 상담이 있어서 빠질 수가 없었어요. 병원에 데리고 갔다가 돌아오는 길에 얼굴이 빨개져 가쁜 숨을 쉬는 아기를 친정에 맡기고 회사로 발길을 돌리는 나는, 이래도 좋은 걸까 하고 고민한 적도 한두 번이 아니었죠. 누구에게도, 남편에게도 친정의 부모님께도 말하지 않았어요. 말할 수 없었던 것이지만."

지난해 그녀는 영업부 과장으로 승진했다.

"나는 지금 마침내 영업부 안에서 자기 장소를 확보할 수 있게 되었어요. 그리고 지금 후배 여성들이 나처럼 잔업 백 시간을 하지 않더라도, 노동기본법을 무시하지 않더라도, 여자인 자신과 사이좋게 지내면서 일할 수 있는 직장을 만들기 위해 힘쓰고 있어요. 반갑게도 우리 회사는 요 수년간 남자냐 여자냐의 차이가 아니라 개인의 능력차, 적성에 따라 배속을 결정하는 풍조가 생겼어요. 하지만 아직 시작입니다. 여자가 남성사회 속에 들어감으로써 남성사회에 동요를 주고 싶다고 생각합니다."

노부코는 그렇게 말하더니 마지막으로 "내가 여기까지 해낼 수 있었던 것도 남편의 덕택이죠, 정말로" 라고 중얼거렸다.

노부코는 결코 출세밖에 안중에 없는 그런 남자들과 같은 논리로 경쟁사회에 뛰어든 여자는 아니었다. 오히려 경쟁사회가 안고 있는 모순을 일찍이 깨닫고 그것을 조금이라도 시정하기 위해 일부러 불 속으로 뛰어든 것이다.

자기가 진급하여 발언권을 얻음으로써 다른 직업여성들에의 문호를 지금보다 더욱 넓히기 위하여.

히로미와 노부코, 그 생활상은 표면만을 보면 정반대로 보일지도 모른다.

그렇지만 두 사람의 자세에 일관된 것은 보다 자기답게 살고 싶다고 하는 자기 인생에의 애정이고, 셀프 매니지 앤드 컨트롤의 확립이라고도 할 수 있을 것이다. 퇴직을 하고 '나는 정말로 자유로워졌다'고 말하는 여자도 있다. 한편 일을 가지고 '나는 자기를 발견했다'고 말하는 여자도 있다. 어느 쪽이나 진실이고 우열이 있을 수 없다. 중요한 것은 '당신 자신의 경우'일 터이므로.

여자의 인생, 하나가 아니다

몇 살이 되든 인생에 덤이란 없다

여기서 '나의 경우'에 대하여 약간 언급해 보자. 그 전에 나는 내가 태어나고 자란 환경에 대하여 소개해야겠다.

나의 집은 할머니, 어머니, 나로 이어지는 전형적인 모계가족이다.

이 모계가족의 말단에 이어지는 나는 할머니와 어머니라는 두 여성으로부터 무의식중에 갖가지 영향을 받고 성장했다.

영향이라기보다는 자극이라고 말하는 편이 적당할지도 모른다.

여하튼 두 사람 모두 종래의 일종의 스테레오 타입인 여성상을 큰 폭으로 비어져 나와 살아왔던 여자들이므로.

할머니는 소녀시대 청탑사상(메이지 말기 히라쓰카라이초(平塚雷鳥)를 중심으로 기관지 靑鞜을 발행하고 여권신장을 주장한 여류문인 운동)에 몹시 감동했다고 표명했을 만큼 굳건한 신념의 페미니즘 지지자이다.

메이지 태생인 여성으로서는 진기하게 할아버지와는 열렬한 연애 끝에 주위의 반대를 무릅쓰고 야반도주하여 몰래 결혼했다. 여하튼 할아버지의 프로포즈는 이러했다고 한다.

"나는 내 시중을 들어줄 여자가 필요해서 당신과 결혼하는 것이 아니오. 내가 바라는 것은 나와 함께 성장하고 함께 자극을 주고 함께 서로를 승화시켜 나가는 인생의 파트너라오. 만일 두 사람 사이에 이별이 온다면, 그것은 두 사람 중 한쪽이 사람으로서의 성장이 멈춰버린 때라고 할 수 있을 것이오,"라고.

아무래도 할아버님은 '나를 따라오라'는 타입의 남자가 아니라 페미니스트인 할머니가 반할 정도의 '함께 살려는' 타입의 남자였던 모양이다.

물론 누구든 프로포즈를 할 때만큼은 다소 거드름을 피우며 그럴듯한 말을 할 수 있다. 문제는 그 뒤 결혼생활이 시작된 다음의 일이다.

할머니의 말씀에 의하면, 할아버지는

"결혼하고 나서도 프로포즈의 말대로 사신 분이었단다,"

라고 한다. 당시로서는 보기 드물게 맞벌이를 했다는 것도 플러스로 작용했을 것이다. 가사에도 적극적으로 참가했다고 한다.

"만일 두 사람 사이에 이별이 온다면 두 사람 중 한쪽이 사람으로서의 성장을 멈춰버린 때라고 할 수 있을 것이오."

이렇게 말한 할아버지였으나 이별은 결혼한지 10년만에 닥치고 말았다. 그것도 죽음이라는 형태로 말이다. 당시 초등학교 교감이었던 할아버지는 일주일 정도 자리에 눕더니 어이없이 세상을 떠나셨단다.

"당신을 잃은 슬픔에서 겨우겨우 일어섰을 때, 절실하게 일을 가지고 있는 게 다행이라고 생각했단다. 만일 일이 없었다면 네 명의 아이와 나는 다음날부터 거리를 방황했을 테니까. 일이 나의 경제적, 정신적 지주가 되어주었지."

할머니는 그렇게 말씀하신다. 그리고 할머니는 70세가 가까워질 때까지 "나는 은둔생활 같은 것은 성질에 맞지 않아. 딱 질색이다." 하시면서 일을 계속하셨다.

할머니는 여생이라는 말을 몹시 싫어하시고, "몇 살이 되더라
도 인생에 여분이니 덤 같은 것은 없다,"고 말씀하셨다.

살아있다는 것은 버리는 것이 아니다

이 할머니의 장녀가 나의 어머니이다. 그녀는 사정이 있어서
혼인외로 나를 출산했다. 즉 나는 본처 소생이 아니라는 말이다.

패전의 해인 1945년, 도치키의 시골읍에서의 일이었다. 그녀 자
신, "고생 얘기를 할만큼 내 신경은 둔하지 않으니까," 라고 많은
이야기는 하지 않지만, 당시 그녀가 주위로부터 어떠한 중상과
규탄을 받았는지는 대략 짐작이 간다.

......등등 써내려 가면, 오오 맙소사! 뭐랄까 동정을 바라는 식
의 끈끈한 '여자의 이력서' 같은 느낌이 들어 "비극의 히로인 따
윈 체질에 맞지 않는다,"고 그녀는 몹시 화를 낼 테지만.

정신적으로도 경제적으로도 몹시 고생을 했을 터인데, 내가 알
고 있는 그녀는 천하태평에 쾌활하고 행동적인 여성이다.

내가 자신의 출생에 대하여 열등감 따위는 새끼손가락의 손톱
만큼도 품지 않고 대범하게 클 수 있었던 것도 나의 어머니의 그
러한 성격이 있었기 때문인지도 모른다.

확실히 다섯 살 때였다.

소꿉동무에게 "야, 넌 아비없는 자식이라며?" 라는 말을 들었
던 때가 있었다. 일에서 돌아온 어머니에게 아비없는 자식이 뭐
냐고 물었더니, 나의 어머니 왈, 천연덕스럽게 이렇게 대답했던
것이다.

"아비없는 자식이란 아버지가 없는 아이를 말하지. 너에게는
아빠가 없으니까 그렇게 부르는 거겠지. 키가 큰 아이에게 너는
키가 크다고 하는 것과 같은 거야."

어머니는, 사실은 사실로서 결코 회피하려 들지 말고 인식하라

고 말하고 싶어서 그랬을 것이다. 아무리 그래도 조금은 정겹게 감싸주어도 좋았을 텐데, 하고 생각하는 사람도 있을지 모른다.

그렇지만 만일 그때 어머니가 한 세대 전의 신파극 장면처럼 나를 꼭 껴안고 눈물을 흘리면서 "아아, 불쌍한 내 자식. 츳츳, 가련한 내 새끼." 따위로 어르고 달랬다면....... 아마도 나는 자기를 비극의 주인공으로 꾸며내고 그 비극 위에 안주하고 있었을 것이다.

혹은 열등감에 휩싸여 비굴해졌을지도 모른다. 그리고 뒤틀리고, 비뚤어지고 무슨 일에서건 아버지가 없다는 것을 구실로 삼거나 면죄부로 삼는 아이가 되었을지도 모른다.

어머니는 진학이든 취직이든, 딸인 내 인생의 분기점에서 참견을 한 일은 한번도 없다. "네 인생이니까 네가 선택하면 된다,"고 중학생 시절부터 나에게 말해왔다. 동시에 "선택한 결과, 실패하더라도 그것은 스스로 책임을 져라,"고도 했지만.

대학시절, 학비투쟁에 깊이 관여하여 며칠씩이나 집에 돌아가지 않았던 일이 있었다. 그토록 대담하신 할머니도 허둥거리기 시작했을 때, 어머니는 "아무 것도 하고 있지 못한 우리들이 뭔가를 하고 있는 아이에게 잔소리나 늘어놓을 수야 없지요. 우리도 한번 데모대에 끼여 볼까요?" 하고는 한바탕 깔깔 웃어댔다고 한다.

어머니를 알고 있는 나의 친한 친구들은 이구동성으로 말한다. "너희 엄마는 조금도 고생을 하지 않고 살아온 느낌이구나."

친구들의 말을 그대로 전하자, 어머니는,

"호오, 대성공! 고생을 자랑거리로 삼는 것은 정신적으로 불결한 거야. 내 취미가 아냐. 게다가 자기만 남달리 고생했다고 생각하는 건 부끄럽고도 불손한 일이지. 안 그러니?"

그렇게 말하고는 그녀의 특기인 입을 크게 벌리고 후련하게 깔깔 웃어젖힌다.

이 '깔깔' 정신을 나는 어머니와 어머니의 어머니인 할머니로부터 배웠다는 느낌이 든다. 깔깔 정신의 밑바닥에 흐르는 것은 "무슨 일이 있어도 제 몸 하나 정도는 해결할 수 있다," 이고, 동시에 "살아있다는 것은 결코 버린 것이 아니다," 라는 옵티미즘이며, "싫은 일은 웃어넘긴다,"고 하는 웃음을 무기로 한 서민감각일지도 모른다.

입시에 실패했을 때도, 남들처럼 실연 따위를 맛보았을 때도, 취직에 실패했을 때도, 메마른 눈물의 저편에서 나는 '깔깔'을 보고 있었던 듯한 기분이다.

자기 생명을 무엇으로 불태우는가

할 수 없는 것이 아니라 하지 않는 것이다

도대체 청춘이란 몇 살 정도를 말하는 것일까?

사전을 펴보면 '인생의 봄에 비유할 수 있는 시대' 라느니 해서 매우 운문적인 해석이 실려있다. 그러나 호적상의 연령만으로 한 인간을 청춘이니 중년이니 장년이니 노년이니 ——작금은 숙년(熟年)이라고 하는 모양이다. 뭐랄까 완전히 익어버린 과일 같아 별로 느낌은 안 좋지만——따위로 나누어 버리는 것은 어쩐지 부자유하고 획일적이다.

하여간 십대의 한 시기에서 20대 전반까지 정도를 청춘이라고 부른다면, 나의 청춘시대는 사전이 해석하는 바와 같은 봄의 이미지와는 어딘가 거리가 있다.

어쨌든 심적으로 거북한 시대였다. 그것은 마치 새 신발에 발 뒤꿈치가 까지는 불쾌감과도 비슷했다.

발에 익숙하지 않은 신발을 신고 외출을 한다. 예상대로 7, 8분쯤 지나면 발톱이나 뒤꿈치에 위화감이 생긴다. 이윽고 알알한 느낌이 들기 시작한다. 본격적인 아픔이 찾아오기 직전의 가려움증을 수반한 따끔따끔한 감각이다.

그와 같은 어딘가 모르게 불안하고 거북한 감각, 나의 청춘시대는 바로 그러한 기분이었다.

내가 통학하고 있던 여학교는 이른바 '양처(良妻)교육'을 특기로 자랑한다는 학교로——어쩌다 내가 잘못 끼여들게 되었을까——"여자아이는 얌전하고 공손하게" "예절 바르게" "연애 따위는 고교생의 신분에는 천부당 만부당!" "시집을 갈 때까지 처녀성은 지켜야 합니다" 식의 학교였다.

이 분위기에 나는 도무지 익숙해질 수가 없었다. '연애 따위는 천부당 만부당'이라는 것이야말로 천부당 만부당한 인간성 무시가 아닐까 하고 연인도 없는 주제에 나는 반발했다.

처녀막을 애지중지 감싸고 시집가는 도구로 삼는 발상이야말로 그로테스크하지 않느냐고, 성을 공유할 남자도 없는 주제에 나는 저항했다. 학칙에 그런 류의 활동은 금지되어 있었음에도 불구하고 대학생과 어울려 반전데모에 참가했던 일도 있었다.

학생이 자율 운영하는 신문부를 만들어 주지 않는 학교측과 투쟁하여 수업을 보이콧한 일도 있다.

생각하면 당시의 나는 '여자아이는 예절 바르게'의 연장선상에 있는 '여자의 인생은 남자에게 달렸다. 좋은 남자에게 선택되는 것이 여자의 행복'이라는, 여자를 인형으로 취급한 사회통념, 자녀교육에 반발하고 있었는지도 모른다.

그래도 중도 탈락하는 일이 없이 일단 고교는 졸업. 취직을 할 것이냐, 진학을 할 것이냐 방황하던 끝에 일단——당시의 나는 아무래도 모두가 '일단'이었던 모양이다——응시한 제1지망의 대학에는 보기 좋게 낙방.

스스로 아르바이트를 해서 졸업하겠다는 각오를 '일단' 목표로 삼고 있었으므로, 당시 사립대 중에서 가장 입학금과 학비가 저렴했던 메이지대학에 눌러앉았던 셈이다.

부끄러운 일이지만 입학금과 전기 수업료는 어머니가 내주셨다.

이것은 "고교를 졸업하면 경제적으로도 정신적으로도 내 몸 하나 정도는 어떤 일이 있어도 나 혼자 해결하겠다"고 자신에 차있던 나에게는 괴롭고, 동시에 약간은 자존심을 상처받는 것도 사실이었다.

하지만, 어찌 하랴, 이쪽은 빈털터리. "취직하면 모두 갚을 테니까"라고 어머니에게 SOS를 발신하고, 그것만으로는 개운치가 않아서 "틀림없이 이자도 붙여드릴 테니까"라는 등 허세를 부렸던 것이다. 물론 이 약속은 취직을 하고 나서 틀림없이 지켰다. 하기야 이자는 핸드백으로 둔갑해 버렸지만.

그리하여 오리엔테이션이 끝난 4월의 두 번째 주부터 나는 맹렬하게 아르바이트 거리를 찾기 시작했다. 여하튼 입학금과 전기 수업료는 어머니에게 잠시 빌렸으나 후기부터는 "전부 혼자 해결하겠다"고 엄숙하게도 콧대를 높이고 선언해 버렸던 것이다. 나는 아무래도, 입밖에 낸 말은 실행하는 유형이라면 어찌됐든 상관없으나, 자기의 부적격성을 알고 있으므로 우선 말을 앞세우고 그 말의 뒤를 기신기신 따라가는 타입인 것 같다. 불쑥 이상(理想)이라는 말의 폭죽을 먼저 쏘아 올리고 그 불꽃이 꺼지기 전에 허허탄식하며 그 뒤를 쫓아 기어오르는 것이다.

어머니께 선언한 체면도 있고, 나 자신 경제적인 셀프 컨트롤은 자율적인 나날의 첫걸음이라고 생각하고 있었으므로 어쨌든 필사적으로 아르바이트를 했다.

영어교실의 지도원, 가정교사, 백중날이나 세모 때는 백화점 판매원이나 배송계 등등. 덕분에 일단 부모에게 부담을 주는 일이 없이 대학 4년을 마칠 수가 있었다.

"해보기도 전에 하지 못한다고 생각하지 말라. 하려고 마음먹으면 무엇이든 할 수 있다. 내 몸 하나 정도는 무엇을 하든 먹고 살 수가 있다."

이러한 자신감은 아마도 이 시대에 몸에 밴 것이라고 생각된다.

자활지원

그리하여 이럭저럭 대학 4년, 취직이다.

'내 몸 하나는 자기 혼자서,'를 신조로 삼고 있던 나는 직장 찾기에 동분서주했다.

많은 친구들이 일과 결혼을 왜 일이냐 결혼이냐의 양자택일로 말하는지 의심스러웠다. 취직과의 게시판에 나붙은 '여자도 可'――여자도라니! 덧붙이는 것 같아서 화가 치민다!――라는 문자를 노려보면서 어제 이와나미서점(岩波書店), 오늘은 쥬오고론(中央公論) 하고 시험장을 이리저리 뛰어다닌 것은 14년 전의 일이다.

중학시절부터 글쟁이가 되고 싶다고는 생각하고 있었으나 우선은 출판사에 들어가는 것이 퍼스트 스텝이라고 생각한 나는 한쪽 손가락으로 세어서는 모자랄 정도로 시험장을 뛰어다녔다. 그러나 제1지망의 출판사에는 모조리 실패했다.

필기시험의 성적이 나빠서 떨어진 곳이 대다수였겠지만, 개중에는 최종면접까지 가서 정실 소생이 아니라는 것이 문제가 되었다고 나중에 힌트를 준 회사도 있었다.

"유감스럽지만 희망에 부합되지 못했습니다." 라는 불합격 통지를 움켜쥐고, "나 같은 의욕이 넘치는 학생을 떨어뜨리다니 안목이 없구나," 하고 입을 크게 벌리고 깔깔 웃어보긴 했지만, 얼굴이 굳어졌던 것도 기억에 생생하다. 아무 데든 쑤시고 들어가지 못하면 어떻게 하지? 잠못 이루는 나날이 계속되었다.

'하루 다섯 끼를 자랑하던 케이코'의 식욕이 눈에 띄게 감퇴하여 "너, 실연 당했니?" 하고 친구들에게 놀림받은 일도 있었다.

농담이 아니다. 실연 정도로 내 식욕이 떨어질 리는 없다. 오히려 실연을 당하면 내 식욕은 올라가는 편이다. 이것은 실연이라는 하나의 억압이나 욕구불만을 무턱대고 먹음으로써 채우려는 증상으로 심리학적으로도 증명되어 있다고 한다.

이제 직종을 선택하고 있을 여유가 없다. 어쨌든 자활——당시는 자립이라기보다는 자활이라는 말이 유행하고 있었다——하기 위해서는 취직을 하지 못하고서야……하는 심정에, 나는 놀랍게도 스튜어디스 시험에까지 응시했던 것이다. 뭐라구? 스튜어디스라면 용모 단정에 신장 158센티 이상이 조건이 아니던가?

악취미의 친구들이 "얼굴이 삼겹이구나!" "와! 거울과 의논해보지 그랬니!" "너 157센티 아니었니?" "와아! 철면피" 라는 비방을 한 몸에 받고는, 맞받아치는 나의 대꾸——"용모단정한지 어떤지 그건 주관문제야. 시험관 중에 괴짜 좋아하는 사람이 있을지도 모르지" 하고 넉살을 떨면서 시험장으로 달려갔다.

모자라는 신장은 내 의욕으로 보태주리라 생각하면서, 의지는 마음으로 통한다고——어리석군——머리 꼭대기에 머리털까지 곤두세우고 조금은 158센티에 가까워지려고 속임수까지 써가면서 말이다.

결과는……시험관 중에 괴짜를 좋아하는 사람이 있었던 것이다! 어찌된 셈인지 최종의 건강진단까지, 기쁘게도, 뻔뻔스럽게 살아남을 수가 있었다. 하룻밤 한없이 들뜬 기분으로 "이제 일단은 자활할 수 있다!"고 기뻐했으나, 다음날 아침이 되자 갑자기 자신이 없어져 버렸다.

아무리 생각해도 나에게는 적성이 맞지 않는다고 생각되었던 것이다. 남에게 신세를 지는 것도 남을 보살펴주는 것도 몹시 싫어하는 내 성격을 생각하니, 해나갈 것 같지가 않았다.

내가 최종심사까지 올라갔기 때문에 확실히 어느 단계에서 불합격이 된 수험생에게는 면목이 없다. 땅바닥에 엎드려 사죄해야만 할 것이다. 그러나 입사하고 나서 "역시 나에게는 적성이 맞지 않는다"고 말하는 것은 더욱 무책임한 처사가 아닌가.

지금도 당시의 일을 생각하면 내심 부끄럽다는 생각을 짓씹지 않을 수 없으나 이틀간 고민하던 끝에 건강진단 3일전에 사퇴하고 말았다. 한편으로는 일단 안도의 숨을 내쉬었지만, 이것으로 나는 원래의 떠돌이 신세로 되돌아오고 만 셈이다.

역시 내가 갈 길은 활자밖에 없다고, "여자는 채용하지 않음"을 제창한 출판사를 원고 지참하고——비교적 낯을 잘 가리는 내가 용케도 그것만은 해냈다——찾아다니기도 했다. 하지만 무소식이 희소식이기는커녕, 거들떠봐주지도 않았다는 증거.

그러는 사이에 여름도 지나가고 가을바람이 솔솔 불기 시작하여——당시는 취직시험이 요즘처럼 10월 1일 해금이 아니었다—— 직장을 고를만한 여유는 없고, 아슬아슬한 극한 상태에 휘말려 들었을 때 우연히 눈에 띈 것이 라디오방송국의 아나운서 시험이었다.

나와 마찬가지로 때를 놓친 십수 명의 여자친구들과 시험을 보러 갔다. 하지만 받아줄 리는 없다고 전혀 기대하지도 않았고, 솔직히 아나운서에 대해 "그런 화려한 일은 싫다"는 편견이 있었던 것도 사실이다.

여자 친구들은 전과 다름없이,

"여자 아나운서는 마스코트적 귀여움이 없으면 받아들이지 않는다구. 넌 아무래도 무리야, 무리!"

그런 식으로 말했던 것이다. 그렇지만 취직을 하지 않으면 먹고 살 수가 없다. 스물두 살이나 된 주제에 무슨 낯짝으로 부모한테 얹혀 살아가겠는가? 하는 생각에 쫓겨 콧방울을 씰룩거리며

제1차 음성테스트에는 합격.

필기시험도 자신은 전혀 없었으나——나중에 들어보니 작문과 영어만은 괜찮았으나 그 외에는 지독한 점수였던 모양이다—— 일단 패스. 3차의 프리 토킹——몇 분간 자기가 좋아하는 말을 한다거나 한가지 테마를 부여받고 그것에 대하여 자기 생각을 말하는 테스트——도 합격. 이리하여 제 정신이 들고 보니 10월의 어느 맑게 개인 날 아침 합격통지를 손에 움켜쥐고 있었다. 훗날 상사가 된 당시의 시험관은 이렇게 말해주었다.

"자네의 경우, 종합점수는 별고 좋지 않았고, 말에도 사투리가 있었네. 대개의 수험생은 학생시대에 방송연구회에 소속했던 베테랑들만 모여 지금 즉시 현장에 투입할 수 있는 학생들이었네.

다만 자네는 프리 토킹의 내용이 유니크해서, 종래의, 매끈하게 낭독할 수 있는 아나운서나 귀여운 마스코트적 여자 아나운서와는 다른 각도에서 뭔가 해낼 수 있을 것 같다는 의외성을 높이 샀던 것이지."

나는 의외성으로 합격했던 모양이다. 프리토킹 때 "어떤 아나운서가 되고 싶은가?"라는 질문을 받은 나는 확실히 이런 식으로 대답했던 것으로 기억한다.

"지금까지 여자 아나운서에게 요구되었던 역할은, 어느 쪽이냐 하면 남자 아나운서의 보조적인 역할, 남자 아나운서가 뭔가 말할 때마다 '예' '그렇군요' '정말 그렇습니다' 하고 맞장구치는 것이 주요 업무였던 듯한 느낌이 듭니다. 그러나 나이 스물둘이 되었다면 자기의 가치관도 있고, 주의주장도 있을 것입니다. 한 인간으로서 자기를 분명하게 표현할 수 있는 아나운서가 되고 싶습니다."

게다가 나는 이렇게도 말했던 모양이다. 모양이라고 말하는 것은 나 자신 극도로 긴장하고 있어서 시험관 앞에서 무슨 말을 했

184

는지 전혀 기억이 나지 않지만, 들은 바에 의하면,

"아나운서로서 성공했다 해도 대단한 일은 아닐 것이다. 나는 훌륭한 아나운서를 목표로 삼기보다는 한 인간으로서 자기를 확립하고 싶다."

아나운서 시험을 받으러 가서 이런 막돼먹은 언사를 쓰는 수험생은 없을 것이다.

그것을 '유니크'하고 '의외'라고 생각한 시험관을 우연히 만났기 때문에 나는 합격할 수 있었던 것으로, 이는 오로지 행운이라고밖에 말할 방법이 없다.

키를 잡은 것은 나 자신

어쨌든 합격통지를 받아 쥐고 꿈을 꾸는 기분으로 이틀을 보냈다. 그런데 3일째, 야호! 이 어찌된 일인가. 전에 원고를 넘겨주었던——넘겨주었다기보다는 필요 없다고 하는데 억지로 맡겨둔——모 출판사에서 시급히 연락을 바란다는 전화가 왔던 것이다.

허겁지겁 달려가 보니, 그 회사의 아동물을 출판하고 있는 부서에서 여성 편집자가 출산으로 퇴직을 하게 되었으니 마음에 들면 일을 해보지 않겠느냐는 것이다.

그렇게 고대하던 제1지망의 편집 일이다. 아나운서 합격의 기쁨은 단숨에 시들어버리고 마음의 삼분의 이는 출판사 쪽으로 기울었다. 그러나 잘 들어보니 정규사원이 아니라 촉탁이라는 조건부. 즉 급료는 정사원과 다름없으나 신분보증은 제로. 다소 심술궂게 말하면 회사 형편에 따라 언제 목이 잘릴지도 모른다. 그러나 편집 일에는 몹시 마음에 끌린다. 아나운서 일보다도 성격적으로는 편집 쪽이 적성에 맞는다고도 생각된다.

자아, 어떻게 하지! 결단의 순간.

더구나 지난번의 스튜어디스 때는 아직 내정은 되지 않았으나 이번에는 분명한 내정(內定). 선결 우선은 취직의 최저 룰이고 에티켓이다.

여기서 '제일지망의 일이 생겼으니까' 하고 내정된 방송국을 차버린다면, 나에게 있어서 가장 참기 힘든 그 대사 "그러니까 여자는 무책임하다는 거야" "그러니까 여사원에게 책임 있는 일은 시킬 수가 없다."고 하는 분통 터지게도 현재도 존재하는 여사원에 대한 편견을 그대로 증명하게 되어버리는 것이 아닌가.

결코 정당하다고는 생각하지 않으나, 한 여자의 방종이나 무책임이 다른 많은 직업여성에 대한 평가를 떨어뜨리는 일이 될지도 모른다.

한 직장에 의욕이 없는 남자사원이 있는 경우, 사람들은 "저 녀석은 틀렸어." 라고 말한다. 그러나 여자의 경우는 어떠한가? 그녀 자신에게 무능하다는 레테르가 붙기보다는 오히려,

"그러니까 여자는 믿을 수가 없어."

"역시 여사원에게 있어서 일이란 임시직에 불과해."

라는 그 몸서리나는 발언으로 직결되는 것이 흔히 있는 일이다.

물론 이와 같은 표현은 개인차를 성차(性差)──남자냐 여자냐 하는 성의 차이──로 뒤바꿔놓는 불공평하고 과학적 근거가 없는 판단이기는 하다. 그래도 내가 '그만두겠다'고 내정된 회사를 차버리고 출판사로 발길을 돌린 그날, 비슷한 시점에서 비판받을지도 모른다.

나 자신은 비판받아도 어쩔 수 없는 짓을 저질렀으니 그래도 괜찮지만, 다음해, 다음 다음해, 그 방송국에 응시하는 여자가 "결국 여자란 건" 이라는 눈으로 보여진다면 어떻게 하겠는가?

오로지 입학금과 학비가 싸다는 이유만으로 들어간 메이지대학이지만, 그리고 학비투쟁으로 이제는 대립관계에 있는 대학이

긴 하지만, 4년간 지내온 애정은 있다. 그 메이지대 출신의 여학생이 내년에 방송국 시험에 응시할 때,

"지난해 우리가 내정했던, 오치아아라든가 뭐라든가 하는 메이지대 출신 아이는, 우리가 내정했음에도 불구하고 나중에 결정된 출판사 쪽이 더 좋다고 달아나 버렸어. 본보기 삼아 메이지대 출신 여자는 당분간 채용하지 말기로 하지."

등의 결과가 된다면 나는 그녀들에게 면목이 없다. 거짓인지 사실인지 모르지만, 취직시험에 임하기 전에 취직과의 가이던스에서 우리는 그러한 예에 대하여 누차에 걸쳐 주의를 받고 있었다.

고민에 고민을 거듭한 끝에 나는 출판사에 사정을 이야기하고 3일간의 유예기간을 얻었다. 중대한 결정을 할 때, 누군가에게 의논을 한다는 습관이 없는 나는 3일간 갈피를 못 잡고 고민하다가 결단을 내렸다. 어머니에게는 일단 사정을 이야기했으나, 그녀는 '네가 결정할 일'이라고 말했을 뿐이었고, 나도 그렇게 생각하고 있었다.

3일 후, 나는 출판사에 사퇴를 신청했다.

그날의 일은 지금도 선명하게 기억하고 있다. 사퇴를 알리고 밖으로 나와보니 어제부터 계속 내리고 있던 비가 멈추고 구름 사이에서 햇살이 내리고 있었다.

젖은 우산과 장화를 주체스러워하면서 나는,

"내가 잘못된 결단을 내린 것은 아닐까?"

"역시 제1지망에 따랐어야 하지 않을까?"

"지금이라도 늦지 않았다. 다시 번복해 버릴까?"

"남의 일이야 알게 뭐야. 자기가 하고 싶은 일을 하는 게 제일 좋지."

등등 지금 내린 결단과는 완전히 정반대의 목소리를 듣고 있었

다. 그리고 꽤나 어리석은 생각이었지만,

"다음 교차점에서 신호가 파란색이라면 역시 사퇴를 취소하자. 빨간색이라면 이대로 가는 거다."

따위의 어릿광대 같고 무책임한 생각에 나를 내맡기기도 했다. 고민하고 방황하는 일에 지쳐버린 것이다.

그런 생각을 하면서 걷고 있는 동안에 나는 자기 내면에서 또 하나의 목소리를 들었다.

"한번 결정한 일을 가지고 방황하다니 꼴사납다."

"방송국에 들어갔다고 해서 24시간 근무는 아닐 것이다. 쓰려고 마음먹으면 언제든 원고는 쓸 수가 있다. 샐러리맨 생활과 글쟁이의 양수겸장을 부르고 있는 사람은 많이 있다. 쓸 수 없다, 시간이 없다고 하는 것은 자기에 대한 구실에 지나지 않는다."

"할 수 없다는, 하지 않는다와 동의어이다."

"너라고 하는 배의 키를 잡은 것은 틀림없이 너 자신이다. 키를 누구에게 건네주지 않는 한 언제든 방향전환을 할 수 있다."

장화로 박자를 맞추면서 집에 도착하기 전까지 내 마음은 결정되어 있었다.

이제 방황하지 않는다. 방황할 수가 없다.

"재미있어. 해보는 거야."

22세의 여자는 비가 그친 뒤의 붉게 물든 저녁노을을 바라보면서 마음에 맹세했던 것이다.

열등감에 짓눌리더라도

그리하여 신입사원의 나날이 시작되었다.

"어차피 여자는 취직을 인생의 간이역 정도로밖에 생각하지 않는다."

당시는 아직 그와 같은 풍조가 강했다. 그것이 어쨌든 주류를 차지하는 것에는 반발하고 싶어지는 것이 나의 성격이라 물론 그러한 풍조에도 분노를 느끼고 있었다.

"여자는 원래 그 정도가 고작이야," 따위의 말을 듣고 싶지 않다. 어디 두고봐라, 그런 말이 나오게 할 줄 알고!......하며 꽤나 어깨를 재는 나날이었다.

애교를 부리며 고개를 다소곳이 숙이고, '자알 부탁합니다' 따위로는 죽어도 말하지 않는 타입의 나는, 꽃으로 여기는 신입사원 중에 가시를 노골적으로 드러낸 멋대가리 없는 여사원이었을 것이다.

방송국은 예능관계 사람이 많이 출입하고 있는 탓인지, 총무과나 인사과는 별도로 치고, 제작이나 아나운서부 등은 좋게 말하면 너그럽고 개방적이며, 좀 심술궂게 말하면 기묘하게 허물없는 분위기가 있었다.

사람들 중에는 그와 같은 분위기를 매우 좋아하는 인간과 아무리 시간이 흘러도 익숙해지지 않는 고집스런 인간이 있는 법이다. 나로 말하면 후자였다.

장난 삼아 어깨를 툭 건드려도 나는 정색을 하고 "그렇게 친한 척 하지 말았으면 좋겠어요." 따위로 물고 늘어져 빈축을 샀던 것이다.

사원여행 등에서 적당히 취해서 남성에게 응석을 부리듯 어깨를 기대거나 요염한 눈짓을 하는 여사원을 볼 때마다 나는 단호하게 '아양이나 떨고 응석으로 빌붙어서는 절대로 일 따위는 할 수 없다'고 콧방귀를 뀌었다.

"저 아이는 도대체 멋대가리가 없어." "풍류가 있어야지. 툭하면 물고 늘어지기만 하고." 라는 말도 들었지만 이쪽은, "멋이 없어도 나는 좋아!" 하고 더욱 가시깃발을 높이 치켜든다.

우선, 다 자란 스물두 살의 여자를 '이 아이' 라는 식의 감각으로 보는 것 자체가 업신여기는 사고방식이라고 나는 더욱 핏대를 올린다.

물론 훌륭한 선배도 있다.

세련되고 시원시원한 여성 선배들을 보고 "나도 해내겠어!" 하고 야심과 희망을 불태웠던 나날이었다.

당시 나의 제1목표는 남성 아나운서의 보조가 아니라 독립된 나로서 기획 제작에서 선곡(選曲)까지 모두 혼자서 할 수 있는 아나운서였다.

그러나 의욕만은 반짝반짝 눈부시게 석양과 아침햇살이 함께 떠오를 정도였음에도 불구하고 나에게 붙여진 레테르는 열등생이었다.

말투에는 시골 사투리가 배어있었고 극도의 상승성——시험 때는 어차피 받아들여질 리는 없다고 체념하고 있었으므로 그래도 괜찮았지만——이라 써먹을 수가 없다고 뒤에서 수군거리고 있었던 모양이다.

강습기간 중에 나는 강사(대선배인 남성 아나운서가 강습을 담당한다)로부터 "당신은 틀렸어" 라는 말을 들은 일도 있었다. 노골적으로 눈살을 찌푸리고, 남녀 합쳐서 5명의 동기생과 함께 원고 읽기 등의 강습을 받았던 때부터 나는 자신에게 붙여진 레테르가 어떠한 것인지 알고 있었다.

하지만 고집스런 나는 그런 것은 전혀 눈치채지 못한 척, 태연을 가장했다.

지금까지도 이 성격은 변하지 않았고, 여기서 이런 말을 해두면 후한 점수를 받으리라고는 알고있지만——알고 있기에 더더욱—— 말할 수 없을 것 같다.

동기 입사의 두 여자 아나운서가 차례로 프로그램을 담당하게 되는 것을 거들떠보지도 않고 2년8개월 보름을 나는 아침부터 밤까지 "현재시간은 8시 10분입니다" "9시를 알려드립니다" 등의 나날이 계속되었다. 솔직히 몹시 열등감도 느껴졌고 절망하여 '때려치우자!'고 생각했던 날도 있었다.

그래도 사직하지 않았던 것은 모처럼 손에 넣은 자활의 길을 내 손으로 막아버려도 되겠느냐, 하는 경제적 문제와 '하고 싶은 일을 할 수 없으니까 그만둔다'는 것은 자신에 대하여 너무나도 무책임하지 않을까, 하는 생각이었다.

어차피 그만둘 바에는 여기서밖에 할 수 없는 일을 모두 해내고 나서라도 늦지 않다고 생각했던 것이다.

아나운서로서 충분히 의무를 다하지 못한다는 꺼림칙함을 나는 부지런히 프로그램의 기획안을 씀으로써 얼버무리고 있었다. 커머셜의 카피도 꽤 많이 썼다. 그 방면만큼은 평판이 좋았고 기획했던 것이 프로그램이 되거나 커머셜 카피로 채용되기도 했으나, 막상 온에어(on air)가 될 때 담당하는 아나운서는 모두 나 이외의 사람들.

언젠가 직접 해보고 싶다고 마음속으로 다짐하고 있던 프로가 기획자인 나의 손을 떠나 다른 아나운서에 의해 실현되어 나간다....... 섭섭하지 않았다고 말하면 그건 거짓말이다. 몹시 서운했고 자신이 칠칠치 못해 보였다. 하지만 기획이나 카피면에서 나는 일에 참가하고 있다. 나는 월급이나 축내는 좀벌레는 아니라는 약간의 자족감이 꺼림칙함에서 나를 구제해 주기는 했다.

게다가 근성이 낙천적으로 생겨먹은 탓인지 "나에게는 나의 장점이 반드시 있다. 언젠가는 필시 나다움을 필요로 하는 프로그램을 만날 수 있다,"——대단히 뻔뻔스럽지만, 당신도 일하는 데는 이런 류의 낙천성이 필요하다!——고 믿고 있었다.

당신의 인생은 당신의 것

한편 달성할 수 없었던 활자에의 꿈도 갈수록 부풀어, 입사 때에 맹세했던 대로 원고를 써서는 여러 잡지에 투고하기도 했다. 채용률은 6대 4의 비율이었다.

물론 묵살이 6이다.

이야기는 뒤바뀌지만, 입사하여 2년째의 보너스를 모두 털어 어릴 때부터 써모았던 원고(라기보다 작문)를 자비로 출판했다.

멋있는 하드커버의 책 같은 것은 자금이 부족해서 까마득한 꿈. 완성된 것은 여행안내의 팜플렛 정도의, 불면 날아갈 만큼 얇은 소책자였다.

"아깝다." "헛된 낭비를 했군!" 이라는 말이 친구나 지기들 대부분의 반응이었으나 나는 혼자서 기뻐하고 있었다. 자비출판은 스스로 일해서 스스로 쓸 수 있는 돈을 손에 넣으면 꼭 실현해 보리라 생각하고 있던 꿈이었다. 당시 나는 자신의 책이 출판사에서 간행되리라고는 생각하지 않았던 것이다.

동시에 보너스를 '혼수준비용 가구를 산다' '결혼 전에 대충 옷가지를 갖추어 두어야겠다'고 결혼상대도 없는데 미래의 그날을 위해 투자하는 일부 동료들에의 사소한 저항이기도 했다.

찻집에 가더라도 식사를 하러 가더라도 결혼 이야기밖에 없는 많은 동료들과 접할 때마다 나는 도무지 이상해서 견딜 수 없었다.

"그야 결혼은 중요하겠지. 하지만 아직 눈앞에 닥치지도 않은 결혼에 어째서 그토록 에너지를 쏟아 넣는 것인가?" 하고.

그리고 연인이 생기면, 현저하게 일의 능률이 떨어지고. 의욕을 잃고 편한 방식으로 일을 하려는 사람들——모두라고는 할 수 없으나——도 또한 나에게는 불가사의한 존재였다.

당시 나에게도 대학시절부터의 남자친구의 연장으로 연인은 있었으나, 그리고 나는 내 나름으로 그를 사랑하고 있었으나——

이렇게 쓰면 멋적다!──일과 연애는 별도라고 생각하고 있었고 회사에서 연인 이야기를 한 일도 없었다.

어쨌든 나는 일에의 볼티지가 높아지는데 비례하여 연애에의 볼티지도 높아지는 성격인 모양이다.

그럭저럭 입사하여 3년째. 자비로 출판한 책이 돌고 돌아 신서관이라는 출판사의 편집장 눈에 띄고 시집출판의 제안이 나오게 되었다.

방송국 내에서는 사원이 다른 회사에서 출판물을 내는데 대해 고개를 갸웃거리는 경향도 많았던 모양이지만, 이런저런 곡절 끝에 출판을 양해받을 수 있었다. 그리고 비슷한 시기에 선배나 동기의 아나운서가 때마침 결혼 퇴직을 했기 때문에 열등생인 나에게도 프로그램을 맡을 기회가 돌아왔다. 겸손이 아니라── 필요 이상의 겸손은 혐오감을 주고, 어찌 보면 우월감을 뒤집어놓은 것이라고 나는 생각한다── 나는 종래의 유형에서 말하면 결코 '좋은 아나운서'는 아니었다.

꿈까지 꾸고 가위에 눌리면서 연습했으나, 여전히 액센트는 실수 투성이. 그것 때문에 아무 데도 나쁜 곳이 없는데 3개월 정도 전혀 목소리가 나오지 않았던 일도 있다. 여기저기 의사를 찾아다녀 보았으나 진단은 어느 의사나 '정신적인 것입니다,' 였다.

어쨌든 나는 간신히 나에게 배당된 프로그램에 전력투구했다. 인원이 부족한 탓도 있고, '한번 정도는 그녀에게도 기회를 주자'고 회사측에서는 배려했을 것이다. 한편으로는 시집도 출판된 덕에 이따금 원고 의뢰가 들어오고 있었다. 같은 시기에 회사의 일도 서서히 늘어났다.

그 즈음부터 퇴직한 6년 전까지 나는 어쨌든 최대한으로 일을 했다.

"그 아인 외부 원고일을 하느라 회사의 일에 소홀하다"고 하는 말을 듣고 싶지는 않다고, 내 입으로 말하는 것은 쑥스럽지만, 다른 사람의 3, 4배는 더 열심히 일했다. 그리고 입사한지 8년.

회사일도 늘어나는 한편, 원고는 더 큰 폭으로 늘기 시작하여, 아나운스먼트 3, 원고 7의 비율이 되었을 때 나는 사표를 냈다.

30을 눈앞에 두었을 때였다.

그 사실을 안 친구들은 "역시 조직 안에 있는 편이 더 안전해." "양다리 작전도 좋지 않겠어?" 등등 나의 퇴직을 아쉬워하고 걱정하는 사람도 있었으나 이번에는 주저하지 않았다.

"30을 목전에 둔 여자가 혼자서, 그것도 첫발부터 다시 시작한다니 정신이 돈 게 아냐!"

이렇게 말한 친구들도 있었다.

그들이 걱정하는 심정은 나에게도 충분히 이해가 가고 고맙게 생각한다. 친구들은 아나운서 일을 사퇴한 순간, 나에게 원고 의뢰가 오지 않는다. 즉 나에게 원고를 의뢰한 사람들은 아나운서 오치아이 케이코로서 존재 가치를 인정했을 것이다. 그러니 그만둔 그 순간 원고청탁이 오지 않으면 어찌할 것인가, 하고 생각했을 것이다.

물론 남의 의견이 아니더라도 나 자신 그 불안이 없었던 것은 아니다.

그러나 나는 아나운서라는 일을 그만둔 순간 원고청탁이 오지 않으면, 그것은 그것대로 어쩔 수 없는 일이라고 생각했다. 동시에 설령 그렇게 되었다 하더라도 여자 하나, 자기 홀몸 정도야 먹고 살 수 있다는 자신도 있었던 것은 사실이다.

이 자신은 우리집이 마음 편할 정도로 무산계급의 가난한 가정이고, 그래도 할머니나 어머니는 혼자서 그럭저럭 타인에게 폐를 끼치지 않고 살아왔다고 하는 한가지 모델케이스에서 배웠을 것이다. 또한 나 자신 빈털터리 생활에 익숙해 있었던 것도 자신감을 주었을 것이다.

"똑같이 후회할 바에는 하고 싶은 무엇인가를 하지 않고 후회하기보다는 한번 해보는 거야."

이리하여 나의 글쓰기 생활이 시작되었다. 그리하여 6년. 다행히 퇴직 때에 친구들이 걱정해주었던 우려는 기우로 끝났다. 하지만 지금도 나의 내면에는 "내 홀몸 하나 정도야 무슨 일을 해서든 먹고 살 수 있다"는 각오가 단단히 뿌리박고 있다. 또한 그러한 각오가 없었다면 체제 비판 따위는 두려워서 쓰지도 못할 것이다.

Chapter..................................5

여자는 남자를 변화시킨다

남자는 남자로서 태어나는 것이 아니라
여자에 의해 성숙해간다.
보부아르의 '여자는 여자로서 만들어져 간다'는
성차별의 고발이었지만,
여자가 남자를 개조해 나간다는 것은
오히려 해방으로 연결되는 것은 아닐지……

상실에서의 출발

자기 정신과 육체의 '주인'

......이렇게 해서 나의 내면에서 하나의 시기가 끝을 맺는가. 그렇게 생각했을 때, 치호꼬는 갑자기 자기가 몹시 가벼워졌음을 느꼈다. 슈이치에 대한 생각에서 해방된 것만이 아니다. 요 몇 년 간 언제나 치호꼬의 마음을 초조하게 했던 막연한 불만, 아무런 결실도 없는 인생의 초조, 언제나 채워질 것 같으면서도 채워지지 않는 마음의 공허......그러한 것이 어느 사이엔가 말끔히 치호꼬의 몸에서 떨어져 버린 것이다.

그렇다. 나는 지금까지 언제나 스스로 자기 마음을 얽어맸다. 치호꼬는 생각했다. 자기 마음에 얽매여 있으면서 어떻게 자기가 자유로울 수 있을 것인가. 나는 그것을 알지 못한 채 그저 초조감에 빠져 있었던 것이다.

이렇게도 사람은 누긋해질 수 있는가. 치호꼬는 크게 한숨을 지으면서 생각했다. 나는 그 사람과 만남으로써 자기를 파괴할 수 있었다. 그리고 지금 그 사람으로부터 떠나 자유로운 마음으로 내일이라는 날 속을 걸어갈 것이다.......

꽤나 긴 인용을 하고 말았다. 시바타 쇼 씨의 『10년 후』에서 인용한 것이다.

치호꼬는 극히 평범한 샐러리맨 가정에서 자란 딸이다. 고교를 졸업하고 2년, 그다지 큰 좌절이나 아픔도 없이, 이것은 큰 기쁨도 없었다는 말이 되는데, 매일 아침 정해진 시간에 눈을 뜨고, 머리를 빗고, 통근전차에 뛰어오르는 생활을 보내고 있다.

사람들은 그녀를 "밝고 착한 딸"이라고 부른다. 그렇다, 나이 찬 아들을 가진 어머니가 그 아들의 반려를 생각할 때, 최초로 머리에 떠오를 이상적인 숙녀의 유형 그대로의 나날을 보내고 있다.

계절이 바뀔 때는 양복을 한 벌 새로 맞추고, 때로는 상사를 따라 술집이라는 곳에도 한번 들르고, 여름이면 비키니로는 아무래도 내키지 않아 배꼽이 살짝 보일 정도의 세미비키니로, 남자친구와 당일치기의 레저를 즐긴다……. 그러한 매우 평범한 여성이다.

그러한 밝은 숙녀의 가면 밑에 그녀는 언제나 초조감과 끊임없이 손톱을 깨무는 것 같은 불완전 연소의 또 하나의 얼굴을 가지고 있다.

무엇이 불만이냐고 묻는다면, 말로는 도무지 나타낼 수가 없고, 어디가 불편하냐고 물으면 '별로 아픈 데는 없다'고 대답할 수밖에 없는, 그렇지만 확실히 자기 마음속에서 금방이라도 폭발할 것 같은, 그런데도 폭발출구를 찾지 못해 허둥거리는 뜨거운 충동을 자기 마음속에 내포하고 있었다.

그녀는 적당히 일하고 적당히 놀다가, 적당한 곳에서 손을 떼고 결혼이라는 제도에 안주하는, 다른 여성과 같은 생활을 할 수 없는 유형의 여자였다. 자기 마음과 타협하는데 서투른 것이다.

그런 그녀가 어느 날 우연히 만난 것이 슈이치라는 남자였다. 연상의, 확실히 몇 개의 계절을 넘어온 사람 특유의 자신과 내일의 한계를 알고 있는 사람의 일종의 체념을 가진 중년남성이었다.

슈이치는 지금까지 그녀가 사귀었던 '부드럽고 미덥지 못한, 윤

곽이 없는 표정을 가진 젊은 남자들'과 어딘가 다르다.

그 따분함은, 젊은 남자들도 슈이치와 같은 나이가 되면 슈이치와 비슷한 침착성으로 바뀌게 되리라는 것을 알기에는 치호꼬는 아직 젊었다. 치호꼬는 일찍이 없던 정열로 슈이치에게 다가갔다. 무의식적으로, 그리고 반은 의식적으로.

그리고 치호꼬는 익숙해진 그의 팔안에서 지금까지 자기의 내면에 잠들어 있던 자기의 또 하나의 얼굴을 발견하는 것이다.

슈이치에게는 물론 아내가 있었다. 그러나 치호꼬에게 있어서 그것은 아무래도 상관없었다. 그녀가 필요로 한 것은 어쩌면 '슈이치' 자신이 아니었을지도 모른다. 그녀의 일상의 껍질을 외부에서 깨줄 누군가, 무엇인가, 하나의 사건, 액시던트만 있으면 충분했을지 모른다.

"나는 몹시 가벼워졌다. 불만, 초조, 공허가 어느 사이엔가 나의 몸에서 떨어져나갔다"고 슈이치와의 사랑의 종막에——사랑이라고 부르기에는 너무나 덧없고 순간적인 접촉이긴 했으나——그녀는 중얼거리는 것이다.

설령 그것이 납득이 갈만한 육체적인 결합이든, 그 사랑이 일종의 형태로 끝을 맺었을 때, 그 상투적인 피해자의식이니 뭐니 하는 것을 방패로 이것저것 끌어다대는 여성도 아직은 적지 않다. 그리고 언제나 그렇듯이 '속았다' '배반당했다'고 하는 원망의 가요곡 인생. 인생상담의 선생, 한참 분주하게 만드는 투서자가 된다.

치호꼬의 훌륭함은 언제나 자기 행동의 주체에 '나'를 가지고 있었던데 있다.

연애를 한 것은 나 자신. 성을 공유하기를 선택한 것도 자기의 의지.

언뜻 보면 어디에나 있을 것 같은 한 여성이 보다 주체적이고 시원스런 한 여자, 한 인간으로서 성숙한 것도, 그녀가 어떤 장면에 있어서나 자기 정신과 육체의 '주인'이었기 때문이 아닐까.

이른바 '상실'이니 뭐니 하는 것을 무엇인가의 끝으로 생각하느냐, 새로운 여로의 첫발로 생각하느냐에 따라 그녀의 그 후의 인생 경치는 크게 달라질 것이다.
주체적으로 그 순간을 가진 여자에게 있어서, 성은 결코 무엇인가를 상실하는 행위가 아니라 지금까지 보지 못했던 경치를 새롭게 자기 내면에 받아들이는 행위가 아닐까.

현명한 여자

......귀여운 여자가 제일입니다. 영리한 여자는 아니꼽고 역겹습니다. 남자는 당신뿐이에요, 하면서 매달리는 여자가 가장 귀여운 것이지요......

따위로 어딘가의 누군가가 말했다.

여기서 반론하면, "그 멍청이, 자기가 영리한 여자라고 착각하고 남의 흠집이나 들추면서," 하고 또 어딘가의 누군가가 말할 것 같지만, 나는 자기를 영리하지도 않고, 그렇다고 멍청하지도 않은 극히 평범한 머리를 가진 여자라고 생각하고 있다.

그렇지만 세상의 남성 제씨들 간에 만연하고 있는 영리한 여자 알레르기에 대해서는 다소 불만이 있다.

아무래도 세상의 남성들 중에는 정말로 영리한 여자와 약아빠진 여자, 정말로 똑똑한 여자와 약삭빠른 여자를 한데 뒤섞고 있는 사람이 있는 것 같다.

정말로 영리한 여자는,

"이것 봐요! 이것 보라구요! 나, 영리하죠," 하고 요란한 간판을 눈앞에서 흔들어대거나 하지 않는다.

정말로 똑똑한 여자는 자기 이마에,

"나는 똑똑하다! 똑똑하다!"

라고 번쩍번쩍 점멸하는 네온사인을 붙이고 다니지는 않는다.

그런 점, 이것저것 구별도 못하면서 한데 뒤섞어서

"영리한 여자는 귀엽지 않다,"고 자랑스럽게 큰소리치는 것은 너무나도 단락적이라고 할까, 여자를 모른다고나 할까.

나의 여자친구들은 모두가 영리하고 귀염성이 있는 여자들이다.

여자가 조금 자기 의견이라도 말하고자 하면, 내심 허를 치고 있는 모습이 손에 잡히는 것 같아서, 이래서야 여자는 바다 밑바닥에 조용히 잠들어있는 조개처럼 평생 입을 다물고 있어야 하는 것인가!

굳이 겁먹은 스피츠처럼 온종일 짖어대겠다는 생각도 없고, 남의 말은 들을 줄도 모르고 짖어대는 것만이 자기주장이라고 착각하고 있는 여자는 그다지 훌륭하다고는 말하기 곤란하다..

요즈음 여성지를 읽고 있으면, 연달아 남성이 등장하여 과거에 그들의 연인이었던 A양이나 B양, C양의 결점을 왈가왈부하면서, 생각나는 대로, 얼마나 그녀들이 아니꼽고 '똑똑한 여자'였는가를 고백하고 있었다.

왈, 남자를 쉽게 놔두지 않는다. 왈, 남자의 응석을 받아주지 않는다. 자기 의견만 밀어붙이고 계산만 앞세운다, 운운.

그 어느 것을 보더라도 정말로 영리한 여자가 하는 언동 아니다.

영리함과 약아빠짐의 구별도 하지 못하고 발언하고 있다.

정말로 영리한 여자는 자기가 반한 남자가 피로에 지치면 뜨거운 차 한잔이나 냉수를 넣은 차가운 위스키 한잔을 살짝 내미는 일도 마다하지 않고, 좋아하는 음식을 만들어주고, 편히 쉬게 해주기도 한다. 해준다고 하는 불손한 표현이 아니라 그렇게 하고 싶어한다.

응석을 받아줄 줄도 알고 자기도 응석을 부린다. 의견은 말하지만 결코 강요하지는 않는다. 다만 상대에게 인생을 통째로 맡기거나 하지 않는다. 자기 문제는 스스로 책임진다.

또한 계산 따위는 도외시하고 상대가 기뻐하도록 배려할 줄도 안다.

그것이 자기의 기쁨이기도 하다는 것을 알고 있기 때문이다.

영리한 여자는 그를 위해 애썼다는 둥, 생색을 내는 듯한 말은 하지 않는다.

사랑이 식은 순간, 그토록 내 인생을 다 바쳤는데, 나를 배반하다니, 완전히 속았다는 둥, 피해자 의식을 드러내는 것은 부끄러워해야 할 일이라고 알고 있다.

사랑은 50대 50이라고 알고 있다.

아무래도 그들은 자기가 사귄 언뜻 보아 영리해 보이지만 실은 약아빠졌을 뿐인 여성을 영리한 여자라고 착각하고 있는 것 같다.

굳이 내가 화를 낼 필요까지야 없겠으나 한번은 서로 사랑했던 일이 있는 과거의 연인을 이러쿵저러쿵 흠을 잡는 것은 공정하지 못하다.

상대 여성측에서의 발언은 등장하지 않았으므로 뭐라고 말할 수 없으나, 이런 식의 고발 놀음은 읽어봐야 뒷맛이 개운치 않다.

지금은 소원한 관계라 하더라도 조금은 배려가 있어도 좋지 않겠는가.

가령 이러저러한 사정으로 헤어졌다 하더라도 상대에게 꽃다발을 쥐어주는 것이 영리한 여자, 영리한 남자의 배려라 할 수 있겠다.

과거의 연인에 대한 험담, 과격한 비난 자체가 누워서 침뱉기, 그대로 자기 마음의 가난함, 식견이 없는 증명이 된다고 그들은 깨닫지 못하는 것 같다.

그들의 고발을 백퍼센트 믿는다 하더라도 그런 연인을 선택한 것은 다름 아닌 그들 자신이므로.

헤어진 뒤에 미련과 증오를 뒤섞어 이러쿵저러쿵 하는 것은 여자의 전매특허(아니 이것은 여성에 대한 모욕이다!)라고 생각되었던 것도 옛날 이야기.

남자도 체면이나 사내다움에 구애되지 말고 더욱 자유롭게 본심을 토로해도 좋겠지만, 적어도 헤어진 사람에 대한 최소한의 에티켓은 지켜주었으면 좋겠다. 이것은 여자로부터의 소망.

사랑에 룰은 없지만 유일하게 있다고 하면 그것이 룰이 아닐까.

"오로지 당신뿐이야, 하고 매달리는 여자가 최고,"

따위로 말하면서 매달리면 매달릴수록 귀찮다, 이 더운 날씨에 끈끈이처럼 엉겨붙는다는 둥, 반은 진저리 치고 반은 으쓱한 기분에 여자를 밝히면서도 눈살을 찌푸리는 잔재주를 부린 것은 누구였을까. 그 입술에 침이 마르기도 전에 "매달리지 않는 여자는 귀엽지 않다," 라니.

역시 영리한 여자는 아름답다.

그리고 그 영리함을 웬만해서는 함부로 드러내지 않는 여자가 더욱 영리한 여자라고 알고 있는 여자가 정말로 영리한 여자이다.

여자는 남자를 변화시킨다

남자는 남자로서 키워지는 것!

"여자는 여자로 태어나는 것이 아니라 여자로서 만들어지고 있는 것이다," 라고 역설한 사람은 보부아르였다.

갓 태어난 아기에게는 성별의 의식이 없다. 그것이, 자아가 싹틀 때부터 사회나 주위의 어른들의 도덕이나 룰로,

"너는 여자다. 그러니까 당연히 이렇게 되어야 한다," 라는 여러 개의 말뚝이 박히게 되고 스스로도,

"나는 여자이니까……"

하고 테두리로 에워싸이고 그럭저럭 하다가 규격품의 여자로 만들어지는 것이라는 뜻일 것이다. 확실히 그렇게 느껴진다.

오랜만에 우연히 동기동창을 만났다.

광고관계의 회사에 근무하고, 유능한 크리에이터로 활약하던 중 1년 6개월 전에 결혼했단다. 그들은 맞벌이를 하고 있다.

독신 시절의 그녀는 그런 대로 충분히 매력적이었다.

"나는 활동하고 있습니다. 남자와 동등하게 같은 선상에서 노력하고 있습니다."

라는 슬로건이 항상 엿보이고 있어서 보는 이로 하여금 숨이 가쁜 생각이 들게 했다.

그러나 지금, 그녀는 매우 여유 있는 자기 페이스로 일을 잘 소화시키고 있는 듯이 보인다.

그녀의 남편은 그녀보다 2세 연하였다. 그런 탓인가 연애 기간 중이나 결혼 후에도 한동안, 그가 하고 있는 일이 일의 내용에 있어서나 평상시의 이런 일 저런 일로 해서 유치하고 어리광스러워서 믿음직스럽지 못하다고 푸념을 하고 있었던 것이다.

"어때? 그 사람하고 요즘은 충돌하지 않니?"

하고 그녀에게 조금 짓궂은 질문을 던졌다.

"그게 말이지, 이제야 겨우 깨닫게 된 것 같아. 그러니까……"

하면서 그녀가 무릎을 내밀고 하는 말이 걸작이었다.

"남자는 남자로서 태어나는 것이 아니라, 여자에 의해서 남자로 키워지는 것이 아닌가 싶어."

하는 것이었다.

보부아르 여사가 무색할 만큼의 명언이라는 생각이 들었다.

확실히 자라난 환경과 부모의 관심도에 따라 남자의 인생관이나 가치관은 많이 다를 것이다. 어머니도 여성이면서 남존여비 사상을 가진 어머니에게 키워지면 여성 멸시가 심한 남자가 된다. 마찬가지로 어떠한 여성과 결혼했는가에 따라 '그'의 인생관은 변한다.

즉 그녀가 말하기를,

"내 남편을 한 인간으로서 한 남성으로서 더욱 성장시켜 나가는 것도 아내인 나의 기쁨이고 의무이다."

라는 엄청난 얘기를 들려주었던 것이다. 남자로 만든다고 하는 말이 어쩐지 한 세대 이전의 말 같기도 하다.

그러나 남편으로서는 '남자로 만들어지기 위해서' 아내에게 사육 당하고 있는 것은 그다지 유쾌한 일은 아니잖은가?

"여자라도 사육되는 기분은 싫은 일인데," 하고 그녀에게 반문했더니,

"그럴 거야. 그러나 유치원의 유희 모양으로 손잡고 이것저것 가르치는 것이 아니고, 요컨대, 남편이 자신을 갖도록 만드는 것, 이것이 남편을 성숙한 어른으로 만들고, 옆에서 북돋을 수 있는 제일 좋은 방법이지."

라고 말한다.

"연애 시절의 나는 오직 그를 리드해서 그의 콤플렉스를 자극시키기만 했었지. 하지만 이젠 그걸 지양하고 그에게 자신을 갖게 하는 거야. 일이 잘 되지 않아서 풀이 죽어있으면, 당신은 유능한 사람이니까 하고 용기를 주는 것이 중요하다고 생각했어. 말하자면 그에게, 나도 재능이 있는 인간이라는 자신을 갖도록 밀이야. 그랬더니 얼마 안 가서 자신감을 회복하고 일도 잘 해내는 것 같더라구. 집안 일도 그래. 우리 남편은 집안 일 따위는 전혀 도와주지 않는다고 푸념하는 여성이 있는데, 그건 하지 않는다기보다 하는 기회를 만들어 주지 않는 거라고 생각해."

확실히 어지간히 마조히스트가 아닌 이상, 무시당하고 짓밟히기보다는 칭찬하고 자존심을 부추겨주는 편이 훨씬 보기도 좋다.

……남자는 남자로서 태어나는 것이 아니고 여자에 의해서 성숙해 가는 것이다.

보부아르의 '여자는 여자로서 만들어져 간다' 라는 것은 성차별의 고발이었지만, 여자가 남자를 개조해 나간다는 것은……오히려 해방으로 연결되는 것이 아닌가 하고 문득 생각해 보기도 한다.

때마침 황혼이라 거리를 걷는 젊은 커플을 바라보면서,

"저 아가씨는 곁에 있는 그를 잘 이끌어낼 수 있을까?"

하고 생각하며 빙긋 웃어본다.

현지탐방——결혼 상담소

결혼 상대도 합리적으로

어느 잡지의 르포 취재를 맡게 되어 난생 처음으로 '결혼상담소'라는 곳에 찾아갔다.

건물의 방 하나를 상담소의 면회실로 배당한 그 방에는 수백 장이나 되는 엄청난 수의 남녀의 신상명세서와 사진이 쌓여 있다.

흡사 냉동식품의 쇼케이스를 보는 것 같은 생각이 들었다. "냉동실에서 꺼내서 백에 넣은 채로 물에 넣으면 약 5분 정도로 맛좋은 비프 스튜가 되어 나옵니다,"와 비슷한 느낌으로 미래의 남편, 미래의 아내가 쭉 늘어서 있다.

이에 따르는 극비사항과 상담소의 회원이 되기 위한 경비는,

입회금과 약혼 성립까지......만오천엥
맞선 조회비 1회당......만오천엥
(즉 10회 맞선을 보면 15만엥이다.)
약혼 성립의 사례......9만엥~30만엥이라고 한다. 성립시의 사례가 다른 것은 어떤 뜻일까.

그런데 이 상담소를 방문해서 규정의 요금을 납부하고 회원이 되는 타입은 대체적으로 어떤 타입들일까 하고 유심히 살펴보았

다.

방문하기 전에 나는 이러한 상상을 하고 있었다.

예를 들면 몹시 내성적이고, 여성에게 전화 한번 거는 데에도 일주일 이상 고민하는 소심한 사람들로 생각했다. 즉 연애에 성 공하기 어려운 타입.

뻔뻔스럽고 이기적인 사람이 너무 많은 세상에 이것도 꽤 호감 을 느끼게 하는 것이 아닐까?

또는 결혼을 하고 싶지만 이성과 교제할 기회가 없었던 사람 들......그렇다고 해서 독신 남녀를 짝지어 주는 일에 인생의 의의 를 발견하고 어디엔가 다음 커플은 없는 것일까 하고 찾고 있는 마음씨 좋은 중매인도 자기 주위에는 없다고 불평하는 독신자들.

또는 아내를 사별하거나 혹은 무슨 사정 때문에 생이별을 하고 아이를 떠맡아서 홀아비가 된 남자로 채신없이 연애 전선에 나서 기에는 약간 망설여지는 남성이라든가.

그러나 직접 방문해서 알아보니, 현실은 그렇지도 않았다.

첫째 등록해 있는 남성의 소개서라는 것을 훑어보니 거의가 일 류 대학 출신인 30세 전후의 유능한 사람들이었다. 결코 내성적 인 타입도 아니었다.

게다가 그들이 요구하고 있는 상대의 조건도 이 또한 최고급이 다. 가문은 중류 이상, 머리가 길고 중키에 알맞은 체구의 미녀. 명랑, 쾌활, 성실, 지적인 여자 등등으로 요구조건이 많아 한숨이 나올 지경이었다.

우연히 내가 방문한 상담소가 그런 특색을 가진 곳이었는지도 모른다. 그러나 사람의 내왕이 끊어진 틈을 엿보았다가 용기를 내면서 상담소의 문을 밀고 들어간다는 식의, 내가 상상했던 타 입은 전혀 없는 것 같았다.

그들은 대단히 합리적인 것이다.

인간의 교제 범위는 한정되어 있다. 낚시터에서 낚시를 하기보다는 큰 바다에서 낚시질하는 것이 낚을 수 있는 물고기도 큰 고기가 있을 것이 아니냐는 강태공형.

설사 약혼이 성립될 때에 9만엥에서 30만엥의 사례금을 빼앗기더라도 그 편이 안전하다는 돌다리를 두드리는 안전형.

예를 들어 매일 아침 빌딩의 엘리베이터를 같이 타는 아가씨가 있다고 가정하자. 노력해서 데이트를 하기까지에 이르렀다. 그들은 다정한 연인이 되어 매일같이 찻집이다, 식사다, 영화구경 등을 다녀야 한다. 때로는 핸드백이나 오데콜론이라도 선물을 해야 한다.

경우에 따라서는 그 처녀의 아버지에게는 양주라도 한 병, 어머니에게는 케이크라도 한 상자 사들고 문안을 가야 한다. 그래도 골인이 된다면 노력한 만큼의 대가가 따르겠지만 사람의 마음이란 그렇게 맺고 끊어지는 것이 아니다. 어찌어찌 하다 보면 '이제는 안녕!'도 있을 수 있다.

그때에 이르러서야,

"너하고 데이트하느라 나는 매달 몇 만원 몇십 만원을 써버렸어. 그런 돈은 내 봉급의 총 몇 퍼센트……"

하고 넋두리 할 수도 없고……

"그때, 너는 나를 사랑한다고 말했잖아."

하고 물고 늘어져도,

"그때는 그랬죠. 하지만 사람의 마음에 쇠고랑을 채워놓을 수는 없잖아요!"

따위로 배신을 당하지 않는다고도 할 수 없는 노릇이다.

여름의 해변에서 만나 사랑을 속삭이며 어깨를 나란히 하고 스냅사진을 찍었던 연인도 가을바람과 함께 안녕을 고하는 일도 있을 수 있다.

그러나 상담소에 등록해 있는 회원끼리라면 사전에 '결혼 의사'는 확인되어 있으니까 귀찮은 프로세스는 필요치 않다.

우선 신원도 가족구성도 수입도 결혼 후의 부모님과의 동거 여부까지 명시되어 있다.

결혼한 순간에 IDK(주방, 식당이 딸린 방) 아파트에 어머니를 비롯해서 동생, 여동생까지 몰려들 염려도 없다. 그래서 지극히 합리적인 것이다.

취재에 응해준 어느 청년의 인터뷰였다. 가령 여성의 사진에 마음이 끌려서 만나 보았다. 그러나 막상 그녀와 만나보니 흔히 있는 일로써 사진과 실물이 틀리는 과대광고였다. 그래서 그는 당당하게 그 날의 데이트 비용을 각자 부담으로 청구했단다.

어려운 시간을 틈내서 상대를 만나게 되었다. 그러나 사진과 실물이 전혀 다르다. 지나친 선전을 했던 것이다. 그러니까 그날의 데이트 비용은 각자 부담이 정당하다는 청년의 이론이었던 것이다. 나도 부담을 주는 것이 싫어서 각자 부담을 좋아하지만, 이렇게도 시스템화된 남녀교제란 어떻게 생각해야 좋을지……

물론, 결혼상담소를 현실적으로 필요로 하는 사람도 있을 것이다.

그러나 현실이라는 것을 모두 다 합리적으로, 라는 생각으로 상담소를 찾는 남성들은 결혼하면 틀림없이 아내에게 이렇게 말할 것이다.

"그야 인스턴트 식품은 편리하고 합리적이야. 그러나 더러는 손수 만든 음식을 먹고 싶어." 라고.

세상이란 쓸데없는 것도 때론 즐거운 법이다. 시간이나 에너지의 낭비 또한 기분 좋다.

합리 일변도로는 너무도 삭막한 세상이 아닐까?

결혼을 하든 말든

어떠한 사랑의 형태를 취할 것인가

"항상 '여성 세븐'을 읽고 있습니다.."

이렇게 자기를 소개한 여성으로부터 한 통의 편지를 받았다. 유꼬라는 여성이었다.

그녀는 모 잡지사에서 여성지의 편집 일을 하고 있단다.

"어째서 모든 사람들은 결혼한 사람에 대해서는 왜 결혼했느냐고 묻지 않고, 결혼하지 않은 사람, 특히 여자에게 왜를 연발하는 것일까요. 결혼만이 사랑의 전부는 아니잖아요? 혼인 이외에도 여러 가지 유형의 애정관계가 있다고 생각됩니다. 나는 유별나게 활동하고 있는 여자도 아니고, 또 그 말이 가지고 있는 어쩐지 경박한 여운도 좋아하지 않습니다. 하지만 결혼이 즉 여자의 행복과 같다는 식의 사고방식에는 아무래도 납득이 가지 않습니다."

유꼬 씨의 편지는 매우 볼티지가 높은 가락으로 쓰여져 있었다.

유꼬 씨!

사람들이나 세상이 어째서 '왜'를 연발하는지 그 답은 간단합니다.

숫자의 문제죠. 양적인 문제라고 생각합니다.

만약, 결혼을 하지 않은 여자가 현재보다 더 많아지면 아무도 '왜'를 연발하지 않게 될 것입니다.

게다가 사람은 자기와 다른 가치관을 가지고 실천하고 있는 인간에게 신경을 쓰게 되는 것이죠.

'왜'라는 질문에 신경을 쓰지 않을 정도가 되는 것이 현명하지 않을까요.

오히려 중요한 것은 이 세상에 나와는 다른 의견이나 가치관을 가진 사람들이 있는 것이라고 진지하게 인정하는 것이 좋으리라 생각합니다.

그 인식이야말로 사람으로서의 성숙이라고 생각합니다. 또한 '결혼'이라는 말 자체에 필요 이상으로 구애되지 않는 편이 좋을 것 같습니다.

결혼이든 동거이든 기성으로써 자기 사랑을 무리하게 거푸집에 끼워 넣을 필요는 없잖아요?

말이라는 것은 A와 B를 구별하기 위해서 존재하는 단순한 부호에 지나지 않는 것이니까.

사람들 각자가 자기에게 가장 어울리는 사랑의 방법을 택하면 되는 것입니다.

그리고 거기에다 자기가 좋아하는 명칭을 붙이면 되는 것입니다.

자기들의 사랑의 형태를 결혼이라고 이름짓거나 동거라고 이름짓거나 공동생활이라고 이름짓거나 항구라고 이름짓거나 'As you like it.'입니다.

중요한 것은 레테르가 아니니까요. 알맹이와 맛을 내는 양념이 결정적인 것입니다.

현행의 혼인제도가 자기에게 가장 맞는다고 생각하는 사람이

214

라면 결혼하면 좋을 것이고, 당신처럼(나도 그렇지만) 고개를 갸웃하는 사람은 결혼하지 않으면 되는 것입니다.

어쩐지 너무 어이없는 것 같기도 하고, 너무 노골적이어서 인정도 재미도 없는 결론입니다만, 선택권을 가지고 있는 것은 다름 아닌 당신 자신이니까요.

제도라는 것은 물론 강요도 목적도 아니라고 생각합니다.

덮어놓고 따르지 않으면 안 되는 것도 아니.고 말입니다.

자기가 자기의 의사로 선택 결정하는 것입니다. 당연한 일이니까요.

제도가 혼자서 독주하는 세상은 그다지 바람직한 세상이라고 할 수 없지요.

"무턱대고 철저를 추구하는 것은 감상일 뿐입니다. 왜냐하면 그것은 복잡한 사실을 몽땅 덮어 감추는 안개 같은 것이니까요."

라고 말한 것은 화이트 헤드였던가?

자기의 생활태도라면 또 모르되, 남의 생활태도(방식)까지 철저하게 추궁하는 것은 감상을 넘어선 불손이라고 할 수밖에 없습니다.

아무래도 우리 문화는 '단언하는 문화'라는 말이 마음에 듭니다.

흑이냐 백이냐, 선이냐 악이냐, 우냐 좌냐 정확하게 딱 잘라 말하지 않으면 안심하지 못하는 사람이 많습니다.

물론 딱 잘라서 단언해야 할 것도 많이 있습니다.

그렇지만, 인간적으로 성숙해 나간다는 것은 흑과 백 사이에 회색이, 그것도 그라데이션을 한 미묘하게 농도가 다른 회색이 확실히 존재한다는 것을 아는 것이 아닐까요?

여자의 생활방식이나 사랑의 형태에 관해서 무턱대고 명확함을 추구하고, 단언을 하는 것은 더욱 위험한 것이라고 생각합니다.

하물며 타인의 생활방식까지 간여하게 되면 더욱 더......

요는 지금의 당신에게는 어떠한 사랑의 형태가 제일 적합한가, 하는 것밖에 없습니다.

자본주의적 생산에 의한 소유관계가 없어지고, 남녀가 진실한 애정에 따라 결합하는 것이 이상이라고 생각한 엥겔스는,

"그 때에 비로소 상호간의 사랑 이외에 어떠한 동기도 생각할 수 없게 된다."고 역설하고 있습니다.

자본주의적 운운하는 것 자체는 제쳐두고라도 남자와 여자의 결합의 동기는 엥겔스가 말한 대로입니다. 즉, 사랑밖에 없습니다.

다만 두 사람의 사랑의 역사 속에서 그 사랑이 활활 타버릴 것 같은 불꽃으로부터 시간을 두고 달구어진 모래땅과 같은 따스함으로 바뀌는 일은 있습니다만.

사랑이 모든 것의 기조이며, 동기라면......

사랑의 형태를 '결혼'이라거나 동거라거나 하는 말로 구별하는 것 자체가 부자연스럽다고 나에게는 생각됩니다. 유고 씨는 어떻게 생각하는지요.

더욱 중요한 것은 제도 안에 있는가, 밖에 있는가가 아닙니다. 형태의 명칭도 아니죠. 자기가 자기의 사랑의 주체가 된다는 것이 사랑의 테마가 아닐까 생각합니다.

보이지 않는 경치

나 자신이 종지부를 찍기 전까지 그 사랑은 지속된다

소녀 시절부터——나에게도 소녀라고 부르기에 적당한 시대가
있었다니, 나 스스로도 믿어지지 않는다!——나는 상담을 몹시
싫어했다.

성격 탓일까. 어릴 때부터 남에게 상담을 해본 일도 없었다. 상
담을 받아보지도 못했다. 그러한 습관이 나의 생활 속에는 전혀
없었던 것이다.

어떤 의미에서는 아이답지 않은 아이였을지도 모른다. 그 어떠
한 의미에서도 귀여운 여자아이였다고는 할 수 없지만. 하여간
작은 일에서부터 큰 일까지 모두 나 혼자 결정해 왔다.

결코 똑똑하고 믿음직한 아이였던 것은 아니다. 가정 환경이
그러했기 때문이다.

우리 집의 어른들이신 할머니와 어머니도 남에게 상담 따위를
하지 않는 타입이었다. 무슨 일이라도 혼자서 결정하고 지체없이
혼자서 해치운다. 물론 잘 될 때도 있고, 실패로 끝날 때도 많이
있다.

실패해도 그다지 낙담하지는 않았다. 그냥 고개를 갸우뚱하면
서 웃어버리신다. ——이런 점이 우리 집 여자들의 특색일지도

모른다. '거드름 피우는' 성격이 나타나는 것이다. 울고 싶어도 절대로 눈물을 보이지 않는다. 도리어 웃음으로 더욱 쓸쓸하게 마무리지어 버리는 것이다——이러한 방식으로 중요한 일도 처리해 버린다. 일 자체는 결말이 나지 않아도 자기 마음속으로는 억지로 결말을 지어버린다. 그리고는 또 끙끙대고 웃으며 뒷처리에 착수한다. 이런 점은 정말 대가 세다고 해야 할 것이다. 정말 대단하다고, 보는 이마다 혀를 내두른다.

할머니는 할아버지를 일찍 여의셨다. 결혼제도 속에는 들어가지 않았던 어머니는 남편이라는 이름조차 없었기 때문에 바로 그 '깔깔' 하고 웃어버리는 기질이 없어서는 숨이 막혀서 한 순간도 살아나갈 수 없었을지도 모른다.

자기 일은 자기가 결정하고 그 결과는 자기가 짊어지는 생활이 몸에 배게 된 것이었다.

이와 같은 여자들 속에서 자란 나도 그렇게 시키지 않아도 자연 그렇게 되어버렸다. 즉 서당개 3년이면 풍월을 읊는다는 식으로 배운 것이다. 학교의 진학이건, 취직이건 서슴없이 자신이 결정하고 누구와도 상담하지 않았다. 다른 집 부모님들은 아이로부터 아무런 의논도 해오지 않으면 불안해지기도 하고 소외감을 느끼기도 하는 모양이지만……

그러나 우리 집의 어른들께서는 태연하셨다. 손녀 자식이라 해도 사는 것은 한 사람의 작업이라고 하는 어떤 고급 철학이 있었기 때문은 아닐 것이다. 두 분 모두가 자기 일만으로도 벅찼을 것이다. 덕분에 나는 이렇게 하라, 저렇게 하라고 귀찮은 잔소리를 듣지 않고 자랐다. 무슨 일이든지 결정을 하거나 할 때, 반갑기는 하지만 다소 번거로운 육친의 규제를 받은 일도 없었다. 우리 집에는 아직까지도 이러한 불문율이 살아있다.

할머님이나 어머님이나 내가 지금 무슨 일을 하고 있는지 모르신다. 뭔가 원고지칸을 메워서 생계를 꾸려나가고 있는 모양이라는 것 정도는 알고 있으나, 그 다음은 물어보려고도 알려고도 하지 않는다. 상담도 하지 않고, 상담을 받지도 않는 제각기 자유행동을 하는 어처구니없는 여계가족(女系家族)이다.

그러나 자신은 상담을 남에게 꺼내지 않는 대신에 교분이 있는 그룹으로부터 상담을 자주 받고 있다. 아무래도 세상에는 상담을 해야 하는 타입과 상담을 받는 타입의 두 가지가 있는 모양이다.

"이거 어떻게 했으면 좋다고 생각하지?"

"나는 망설이고 있는 거야. 어떻게 하겠어, 만약 당신이 내 입장이라면……"

하는 식으로 상담을 받아도 나는 만족스럽게 답변해줄 수 있었던 예가 없다. 오직 한결같이 가지고 온 상담에 귀를 기울일 뿐이다. 듣는 정도밖에 하지 못한다. 적절한 어드바이스도 찾아볼 수 없다. 그래서 항상 뒷맛이 씁쓸한 기분이다.

그러나 상담을 하러 오는 사람에게는 한결같이 진지하게 들어주는 것이 제일 좋은 처방인지도 모른다는 생각이 든 것은 20대 후반에 가서였다.

대답을 원해서, 그래서 상담하는 사람은 별로 없다. 자기 나름의 결론은 어렴풋이 알겠으나 그래도 누군가가 들어줬으면 좋겠다. 누구에게든지 이야기하고 싶다는 욕구가 상담의 형식을 취하게 되는 것 같다.

요전에도 강연에 초대를 받은 회장에서, 20대의 여성으로부터 이런 상담을 받았다.

"내 일이 아니고, 친구의 일입니다만……"

하고 서두를 꺼내더니, 그녀는 이야기를 시작했다.

어떻든 나하고는 상관없는 일이지만, '내 일이 아니고'라고 하는 경우, 대개가 '내 일'이었던 것이다. 그것은 그것으로서 아무런 잘못도 아니라고 생각한다. 내 일을 상담한다는 것이 거북해서 그랬을 뿐이다.

"내 친구가 유부남과 연애하고 있어요. 주위 사람들은 속은 것이라고 반대하고 있습니다만 오치아이 씨는 어떻게 생각하십니까?"

라는 상담을 받은 것이다.

인생상담 같으면 대부분 그런 결실이 없는 연애 따위는 빨리 결말은 내버리라고 말할지도 모른다. 그리고 그것이 정론이겠지만……

남에게 그런 말을 듣고 그렇게 할 수 있는 것이라면, 그녀는 벌써 옛날에 그렇게 했을 것이다. 그러나 그렇게는 할 수 없는 것이, 사람이 기계일 수 없는 슬픔이며, 또 사람이 사람된 소이라고도 할 수 있다.

작금의 자립 붐은 경제적으로 남자에게 부담시키지 않고, 또 아내의 자리도 요구하지 않는다는 일면에서 보면, 남자의 입장에서 형편이 좋은 '캐리어우먼'을 산출했다. 그러나 그렇다고 해서 그런 연애 따위는 그만두라고도 할 수가 없다.

결국에 가서는 그녀 자신이 종지부를 찍을 때까지 그 사랑은 계속될 것이다.

그래서 나는,

"굳이 좋은 일이라고 권할 생각은 추호도 없으나, 그녀 자신이 결론을 내리는 수밖에, 달리 도리가 없잖아요. 그만두라고 하면 도리어 불에다 기름을 붓는 격이 될 것이고……여하튼 속았다는 자존심 없는 발상은 갖지 않는 것이 중요하다고 생각합니다. 연애라는 것은 원래가 어찌할 수 없는 감정의 움직임이니까……"

이런 식의 말을 건네고 주위 선배 부인들로부터 그런 애매한 충고를 해서는 곤란하다는 눈총을 받았다.

가속도를 내면서 계속 질주하는 기차를 정지시킬 수 있는 것은 결국 자기자신밖에 없다. 쓰러지기 전에 지팡이(유비무환)도 필요한 것이겠지만······

사람에게는 쓰러져도 피를 흘리지 않으면 안 보이는 경치라는 것도 있는 것 같다. 하물며 연애에 있어서야 더할 나위도 없이······

4월의 중년 남자들

이 회색의 계절에 피워보는 공상

벚꽃 망울도 드문드문 보이고 꽃피는 4월로 접어들자 직장에는 또다시 싱싱한 신입사원의 꽃이 피고, 이것저것 해서 마음 설레는 계절이 되었다.

대부분 밍크와 크림색의 옷차림에다 반짝반짝 빛나는 구두에 늘씬한 자태들, 입술연지를 바르는 데는 익숙하지 못한 탓인지, 생끗 웃을 때 이빨에 묻어있는 연지도 애교로 보아줄 만하다. 약간만 쿡 찔러도 뜰 듯이 웃어대고, 보는 것 듣는 것이 모두 신기한 듯 회사 안을 바삐 뛰어다니고 있다.

보고 있는 사람도 흐뭇해서 같이 즐거워한다. 그녀들을 보고 있는 것도 즐겁지만, 그녀들을 맞이한 남성 사원의 반응을 보고 있는 것 또한 재미있다.

독신 남자는 말할 것도 없거니와 지긋한 중년 남자들마저, '금년에는 어떤 아가씨들이 들어올 것인가' 하고 손꼽아 헤아리고 히죽히죽 웃으면서 넥타이 한 개라도 새로운 것을 준비해서 이제나저제나 하고 기다리면서 들뜨고 어수선한 모습들이다.

점심때가 다가오면, 제법 한량인 체하는 노련한 남자 두세 명이 이마를 맞대고, "요즘 젊은 녀석들은 마음을 놓을 수가 없어요. 신입 여사원만 들어오면 금방 데이트를 청하고, 눈 깜짝할 사이에 낚아챈단 말이야. 아니, 그러니까 우리도 눈을 부릅뜨고 지켜봐야 합니다. 허헛."

하면서 서로 경계선을 펴기도 한다. 마음속으로는 이 녀석들을 앞질러 줘야지 하고 눈독을 잔뜩 들인다.

젊은 아가씨들을 다정스레 어깨를 껴안다시피 하고 일을 가르치는 날이 오기를 한결같이 낙으로 삼아 기다린다. 1년 365일, 꿋꿋이 회사를 다니던 보람까지도 느껴질 테니까.

숙취로 깨질 듯이 아픈 두통을 참아가며 만원 전차에 처박혀서 남의 것인지 자기 것인지도 모를 쉰 땀냄새에 눈살을 찡그리고, 부딪히고 호되게 발을 밟혀가면서 회사에 출근하자마자 상사로부터는 호된 꾸중을 듣고, 여차하면 함께 입사했던 동료보다는 한 발 출세가도에서 뒤쳐지고, 지친 몸 이끌고 집이랍시고 돌아가 보면,

"이것도 비싸졌다, 저것도 비싸졌다, 이런 물가고에 어떻게 살란 말예요. 당신 봉급은 오를 줄도 모르나요?"

하며 마누라는 바가지를 긁어대고, 마음 편할 새가 없다. 싱싱한 새들의 지저귐도 듣고, 꽃을 사랑할 여유도 없어져버린다. 그러한 회색의 생활에 4월은 신입 여사원의 꽃이 만발하는 것이다.

누구나 격에 맞지도 않게 가슴 설레면서 갑자기 양복 어깨에 수북히 떨어진 비듬에 신경을 쓰기도 하고, 약간 화려한 기하학무늬의 넥타이라도 사서 매고, 오늘도 여느 때와 같이 만원 전차 안에서 직장의 신입 여사원의 도톰하고 부드러운 앞가슴을 생각하면서 혼자서 터무니없는 공상에 젖어든다.

망상은 자유라지만

예를 들어, 어느 날 밤 잔업으로 혼자서 책상 앞에 앉아있노라

면, 어디선지 모를 아늑한 향기가 그윽하여 고개를 들어보니, 퇴근했을 여사원이 수줍어하면서 차 한잔을 내밀어 준다.

"아직 안 갔나?"

"네. 과장님이 그대로 계신데 퇴근할 수가 있어야죠."

둘이서 어깨를 나란히 해서 거리로 나오게 된다. 벌써 번화가에는 네온사인이 휘황찬란하다. 지갑 두께를 머리 속으로 계산하면서, 저녁식사를 권하고 큰 마음 먹고 택시로 그녀를 집까지 바래다주게 된다. 택시를 내릴 때 그녀의 이상하게도 뜨거운 시선을 느낀다. 그리고는, 그 다음에는......하면서 망상은 한없이 펼쳐진다.

또는 어느 날, 그녀는 조그마한 실수를 해서 부장에게 꾸지람을 듣는다. 풀이 죽어있는 그녀와 우연히(사실은 면밀히 계획해서) 집으로 돌아가는 길에서 만나게 되어 함께 걷는다.

"실수란 것은 처음엔 으레 있기 마련이야. 그렇더라도 그 부장이 그렇게까지 화를 낼 필요야 없을 텐데 말이지. 이 자리니까 말이지만, 그 친구 사람 들볶는데는 정평이 나있어. 신경 쓰지 말라구. 그 친구는 다음 번 인사이동에서 다른 부서로 전속된다는 소문도 있으니까."

하면서 그녀를 찻집으로 안내하게 된다. 그의 '이런 자리니까'의 이야기들이 차례차례로 쏟아져 나온다.

"묘한 이야기지만, ○○군에게는 조심해야 해. 아무튼 신입 킬러로서 지금까지 여러 여자를 울렸으니까 말이야."

라고 하면서 평소에 여자에게 인기가 좋은 후배를 먼저 못된 사람으로 깎아 내린다.

"사적인 자리이니까 말인데, 영업부의 ○○부장에게는 조심해야 돼......여자에겐 손이 빠르니까 말이지."

"인사부의 ××와 우리 부의 ◇양은 3년째 보통 사이가 아니니까, 함부로 말하다가는 곧바로 새나갈 테니 조심하는 것이 좋아," 라는 식으로, 결국 직장에서 믿을 수 있는 것은 '나'뿐이라고 은근히 강조한다. 그리고는,

"혹시 어려운 일이나 복잡한 일이 생기면, 어떤 일이라도 나에게 의논하라구."

……그의 망상은 자꾸만 이어진다.

그런 일이 있은 수개월 후의 퇴근 무렵 직원들이 잽싸게 빠져나간 사무실에서,

"과장님, 드릴 말씀이 있습니다."

하며, 바로 그녀가 심각하고 진지한 표정을 짓는다. 좀처럼 용건을 꺼내지 않는 그녀에게,

"무슨 일인데, 잔무를 처리해야 하니까 빨리 말해봐."

그러자, 그녀는 책상 위에 엎드려서 어깨를 떨고 울면서 고백하기를,

"저는 과장님이 좋아졌어요. 그래서는 안 된다고는 알고 있어요. 하지만 어쩔 수 없어서……"

"그건 곤란해. 나에겐 처자가 있고……"

"물론 폐는 끼치지 않겠어요. 오직 과장님의 사모님께 주는 사랑을 조금이라도 나눠주시면……그것만으로 만족할 거예요."

이윽고 그는 그녀의 어깨를 끌어안고서 장밋빛 제2의 인생을 밟기 시작하는 것이다……

등등, 공상하는 것까지야 자유이다. 상상 속에 빠져서 전철을 한 정거장 더 지나쳐버린 과장님은 문득 제정신이 들었을 때, "이런 한 정거장 지나가 버렸군," 하고 씁쓰름한 미소를 짓겠지.

4월 내내 과장님은 첫사랑을 맛보는 소년처럼 불안정한, 그리고 들뜬 기대에 가슴 두근거리는 나날을 보내는 것이다.

4월도 지나고, 5월, 벌써 여름이 왔구나 싶은 계절이 되어도, 그

의 생활에는 기대했던 일 따위는 아무 것도 일어나지 않는다.

신입사원은 퇴근 벨이 울리면 입술연지를 다시 고치고는 재빨리 빠져나간다. 개중에는 같은 부서의 독신 남성과 연애중이라는 소문도 간간이 들려온다.

잔업을 해도 차를 살며시 끓여다 주는 아가씨도 없다.(차를 마시고 싶으면 자기가 끓여서 마시지!)

그래서 점심때면 중년 남자는 몇몇이 이마를 맞대고 투덜거리기를,

"금년에 입사한 여직원들은 도대체가 매력도 귀염성도 없단 말이야."

"회사를 무엇으로 생각하고 있는지 모르겠어. 입사하자마자 젊은 남자들 호릴 생각만 하고 있으니, 정말 요즘 젊은애들이란......"

하면서 신입 여사원들을 맞이한 4월의 용기도 어디로 갔는지, 푸념만 서로 늘어놓는다.

그리고는 마음속으로 은근히 "내년에는 꼭" "금년엔 틀렸어도 내년이 있잖아" 하며, 이루지 못한 꿈의 속편을 추구하는 것이다.

괜찮은 대사(臺詞)

여자가 묻는다.

——도대체 당신은 무엇을 질투하고 있는 거죠?

——당신에게.

——하지만 왜요? 내가 무엇을 했다는 거죠?

——도무지 알 수가 없어……그것을 알고 싶어!

사차 기트리의 『질투』라는 책에 나오는 대화이다.

꽤 흥미로운 대사다. 빙그레 웃게 해놓고, 과연, 하는 감탄이 절로 나오게 한다.

요즘 나는 소설이나 영화에 등장하는 이런 식의 대화나 대사에 열중하고 있다. 오래된 와인처럼 끈적끈적한 감칠맛이 있고, 그러면서도 뒷맛이 산뜻한 멋이 있는 것이 많다.

기트리의 『질투』가 나온 김에 또 하나 소설의 대사를 소개해 보겠다.

이것은 미스터리의 『질투』쪽이다.

피엘 보일로와 토마 나르스차크의 작품이다.

——그래서 부인에게 배반당했다는 말이죠.

——그렇습니다.……말하자면 육감에 불과합니다만.

——증거는 있습니까?

——예, 우선 나의 아내는 미인입니다.

하고, 이야기는 전개되다가 마지막에 가서 거꾸로 뒤집히는 데
에 다다를 때까지 또다시 고개를 갸우뚱하다가 겨우 납득이 되는
미스터리이지만, 이것 또한 유머러스하고 약간 무서운 대사이다.

작년 연말에 텔레비전에서 『카사블랑카』를 방영했다.

이 영화에서도 가슴이 짜릿해지고, 코끝이 찡하게 와 닿는 대
사가 많이 나온다.

먼저 험프리 보가드가 분장하는 릭과 술집 여자와의 대화부터.

——어젯밤에는 어디 있었지?

——그런 옛날 일은 기억하고 있지 않아요.

——오늘밤에 만나 주겠어?

——그런 미래의 일도 몰라요.

상업 선전에도 등장한 일이 있는 대사이므로 아시는 분도 많겠
지만, 몇 번을 들어도 매력적인 대사다.

하기야 이 대사는,

"그런 옛날 일은 기억하지 않는다"라든가, "그런 미래의 일도
모른다"고 말하고 있는 주인공은 어떤 기분인지 모르겠지만 듣는
사람으로서는 이처럼 괴로운 대답도 없다. 정말 애가 타는 일이
다.

친한 친구 중에, 온갖 방법을 다 동원해도 도무지 효과가 없이
집요하게 계속 구애를 해오는 청년에게 이렇게 마지막 결정타를
먹인 여성이 있다.

"나는 별로 좋은 것만 골라서 취하는 성격이 아니에요. 특히 이
성관계에 있어서는. 절대로 당신은 싫어요!" 하고.

『카사블랑카』라고 하면 또 하나 기억에 남는 대사가 있다.

보가트 씨와 잉글리드 버그만의 러브신에 나오는 대사이다.

보가드 씨가 버그만을 바라보며 이렇게 묻는다.

——10년 전에 당신은 뭘 하고 있었지?

서로를 보다 깊게 알고자 탐색하는 단계에 있는 연인끼리 흔히 주고받는 실없는, 그러나 진지한 회화이다.

이렇게 물었을 때 당신 같으면 어떻게 대답하겠는가?

나 같으면 현재의 나이에서 10년을 빼고 "20세였어요" 하며 아무 맛도 매력도 없는 대답을 해버릴 것이다.

그러나 쿨 뷰티 넘버 원(cool beauty number one)인 버그만은 그렇게는 대답하지 않는다.

——10년 전에 당신은 뭘 하고 있었지?

——사랑니가 아파서 울고 있었어요.

약간 귀엽고 동시에 약간 얼버무리는 듯한 멋이 있는 대사가 아닌가.

하나 더 소개해 본다면 이렇다.

연하의 남성과 약간 냉정한 느낌이 드는 연상의 여자와의 대화다. 두 사람은 초면이고, 장소는 어느 파티 석상이다.

——뭐하는 사람이지요, 당신은?

청년이 제법 진지하게 묻는다.

——나? 나는 심심해하고 있는 사람이지. 모든 것을 귀찮게 여기고 있는 사람, 죽고 싶을 정도로……

——심심해하는 사람은 결코 죽지 않아요.

그야 죽음에 대하여 생각하고 있는 사람은 결코 심심하지 않을 테니까. 이것은 나의 『여자가 작별을 고할 때』 속에 있는 한 구절. 변변치 못해 부끄럽다.

——비서를 채용해야겠는데, 주위에 좋은 여성 아는 사람 없나?

하고 전화를 걸어온 것은 그녀의 전 남편.

——알고 있어요. 저예요.

라고 그녀가 대답하고 나서,

——하여간 당신은 상사로서는 최고의 남자예요. 틀린 것은 남편으로서의 당신이구요.

『스카이작』이라는 소설 속의 대사다.

이어서 등장하는 것은 요리를 잘하는 여성과 쇼걸에게 동시에 사랑을 청하고 있던 요령 좋은 남자의 이야기이다.

어느 날 남자 앞으로 두 여인으로부터 연명의 편지가 왔다.

"우리는 레스토랑 시어터가 아닙니다." 라고.

레스토랑 시어터, 즉 요리를 즐기면서 쇼도 즐길 수 있는 극장이 딸린 레스토랑, 레스토랑이 딸린 극장이다. 그 편지는 이렇게 끝맺음되어 있었다고 한다.

"두 토끼를 쫓는 자는 한 마리도 잡지 못한다는 속담이 있듯이……요리를 즐기거나 쇼를 즐기거나 어느 한쪽을 택하는 것이 어떠세요……그럼 부디 안녕."

여자의 결점

성 차이보다는 개인 차

"여성 시청자를 대상으로 하는 프로그램에서는, 여자의 욕이나 결점을 말하면 시청률이 올라갑니다. 여성이란 정말 이상합니다. 어떤 욕을 먹어도 자기의 일이 아니다, 나하고는 관계가 없다, 그 것은 다른 여자의 일이다, 라고 안이하게 생각하는 것일까요?"

이렇게 톤을 높이며 흥분한 남성이 있다.

어느 텔레비전 방송국에서 와이드프로의 생방송을 맡고 있는 프로듀서의 말이다.

정말일까?

나는 사회의 지식층이나 문화인이라고 불리는 남성이 여자의 험담을 하고 있는 것을 들으면 화가 벌컥 치밀어 오른다.

또 여자가 여자의 전반적인 험담을 하고 있는 것을 들어도 결코 용납하지 못한다.

"흥, 자기 혼자 잘난 체하는군."

하고 화가 치밀어 오르는데.

그리고 화를 마구 내면서도 '아, 이것은 나도 공감하는 데가 있는 결점이구나,' 하면서 반성을 하기도 한다.

약간 큰소리로 꼬집는다면,

"여자란 욕을 먹어도 자기와는 관계가 없다고 생각하는 모양이죠."

하는 식의 말투 자체가 그다지 유쾌하지 않다.

그 말의 이면에 있는 것은,

"여자란, 그러니까 어리석다는 것이다."

"결국 그 정도 수준밖에 되지 않는다."

라는 혹평을 듣는 것은 아닌지 모르겠다. 하기야 여기서 트집을 잡으면 또 다시,

"그러니까 여자란 존재는 유머를 이해 못하는 동물이란 것이죠. 어째서 그렇게도 시야협착증일까."

하고 또 한마디 공박을 들을 것 같다. 그렇다고 해서,

"그녀는 다른 여성과는 드물게 이해성이 많은 사람이군요."

라는 평판을 들을 것을 계산해서 한다면, 이거야말로 얄팍하고 비열한 행동이 아닐까.

평판을 계산해서 행동한다는 것은 모양을 약간 바꾼 어리광이고 아부라고 생각한다.

나는 그런 것은 질색이다.

"저어……여자의 결점에 대해서 한마디 의견 부탁드립니다."

하고, 모 잡지사의 남자기자 양반이 전화를 걸어왔다.

소위 전화 인터뷰라는 것이다. 그러나 나는 그런 것을 싫어한다.

전화통에 대고 열심히, 그야말로 입술에 침이 마르도록 떠들어 봐야 불과 서너 줄로 간추려서 적어 버린다.

한데 모아서 정리해 주는 것은 고맙지만, 원형을 그대로 남기지 않는 경우가 허다하다.

기획 의도에 편리하도록 각색하고 간단하게 생략해 버린다.

서로 얼굴을 보지도 않고——전화이니까 당연하겠지만——지

껄이고 있는 것 자체가 우습지 않은가.

개중에는 자기 의견과는 다른 엉뚱한 말을 하게 되면,

"아니? 그렇지만 말입니다. 그렇게는 말씀하시지만, 저는 그렇게 생각하지 않는데요, 저로서는 말입니다......"

하는 사람도 있다.

필시 아주 성실하고 불확실한 것은 하지 못하는 꼼꼼한 사람이 겠지만, 나는 전화통에 대고 논쟁을 할 생각은 없다.

아무래도 내 의견을 듣기 위해서라기보다는 자기 의견을 표명하기 위해서 전화를 건 것처럼 느껴지는 분도 더러는 있다.

때론 즐겁기도 하지만.

그런데, 여자의 결점에 관하여 전화를 주신 기자 님이,

"이를테면 질투심이 강하다고 하면 어떨까요. 질투는 여성의 전형적인 결점이라고 생각지 않으십니까?"

하고 힌트를 던져주신다.

일부러 힌트까지 주셨는데 죄송하지만 질투는 남녀 공통적인 것이 아닐까.

나는 남자에게는 전혀 없고 여자에게만 공통되는 결점이 있다고는 생각지 않는다.

질투심이 강한 여자도 있고, 질투심이 강한 남자도 있다.

A양은 B씨보다 질투심이 강하다. B씨는 C양보다 질투심이 강하다고 하듯이 상대적인 것이라고 생각한다.

성별로 말하기보다 개인별로 말하는 편이 나로서는 납득이 간다. 혹은, 인간(남자이든 여자이든)은 많든적든 간에 질투의 감정을 지니고 있다. 그러나 그 질투를 어느 방면에서 느끼느냐는 사람 나름이라고 하면 이해할 만하겠지만.

연애관계나 남녀간에 있어서 질투심이 강한 사람도 있을 것이며, 일에 관해서 질투를 느끼는 사람도 있을 것이다.

사람은 제각기 개성이 있으므로, 이것은 남자이거나 여자이거나 관계가 없다고 생각한다.

"그렇다면 히스테릭하다는 것은 어떨까요. 히스테리는 여자의 결점이겠죠?"

라고 그는 말한다.

확실히 히스테리는 그리스어의 히스테라(자궁이란 뜻)에서 파생된 말로서 어쩐지 여자의 전매특허라는 인상이 강하다.

친분이 있는 의사에게 여쭈어본 일이 있는데, 남자 1명에 대하여 여자 7, 8명의 비율로 압도적으로 히스테리가 여성에게 많다는 것이다.

그러나 이것은 여자가 처해온 상태나 역사적 배경이 히스테리를 일으키기 쉬운 것이었기 때문이라고도 해석할 수 있다.

그만큼, 남자에 비해서 여자는 억압되고 있는 부분이 많다고도 말할 수 있는 것이 아닐까 생각된다.

또 생리적 기능의 차이와도 관계가 있을지 모르지만.

그러나 남성 중에도 히스테릭한 사람이 종종 있다.

회의석상에서 자기의 플랜이 통하지 않으면 이마에 핏대를 올려서 화를 내는 남성도 많이 있다. 아마도 그는 정직한 사람일 것이다.

여기서 또한 히스테리도 여자만의 결점이라고는 말할 수 없다는 결론에 도달한다.

어쩐지 수화기 저쪽의 그에게 일일이 반박을 하고 있는 것 같아서 미안하지만.

"그러면 감정에 치우치기 쉽다는 것은 어떻습니까? 논리성이 부족하다는 것은 여성의 결점이 아닐까요?"

라고 기자 씨는 말한다.

이것 역시 사람 나름이라는 생각이 든다. 다만 이렇게는 말할 수 있다.

종래에 여자는 논리적으로 생각하거나 정리하거나 발표하는 장소나 기회가 적었기 때문에 훈련이 아직 되어있지 못하다고는.

게다가 논리와 상대적인 의리나 인정의 세계를 그려내는 액션 영화를 좋아하는 것은 오히려 남성에게 많은 것 같다. 그것은 나도 매우 좋아한다.

이렇게 해서 총점검해보니 역시 여자에게만 공통되는 결점이라는 것은 별로 없는 것 같다.

성 차이로 말하기보다 개인차를 주시하는 편이 보다 명쾌하다.

"어쩐지 특집의 의도와 빗나가 버렸지만, 어쨌든 재미있으니 반론으로서 게재하겠습니다."

기자양반, 그렇게 말한다.

미안한 생각이 들었지만 생각하지도 않은 말을 할 수는 없다. 겨우 서너 줄이라도 거짓말을 하기는 싫다.

"그런데 이 정도로 융통성이 없고, 고집에 센 것을 당신은 여자의 결점이라고 생각하세요?"

하고 그 기자에게 질문하니까, 그는 피식 웃고 나서,

"아닙니다. 그것은 개인차이겠지요. 결점이 아니라 오치아이 씨의 개성이겠죠?"

하며 꽤나 관대한 체하면서 대답해 주었다.

어디에선가 그런 식으로 남자의 말에 일일이 반론하는 것 자체가 여자의 결점이 아닐까? 하는 소리가 들려올 것 같다.

나는 모든 여성들의 명예를 위하여 선언한다!

이것은 전부 나 개인의 결점이다.

남자의 섬세함

알다가도 모를 남자의 공포

남 "어땠어?"

여 "어땠냐니, 뭐가요?"

남 "감상이?"

여 "감상이라니?"

남 "요컨대 너를 만족시킬 수 있었냐구?"

여자는 여기서 멋적은 웃음을 띄우면서,

여 "이를테면, 어떤 식으로 말하면 당신은 만족하겠어요?"

남 "예를 들면......대단히 좋았다거나, 즐거웠다거나, 땅이 흔들흔들 흔들리고 있는 것 같다거나......"

여자는 샐쭉한 표정으로......

여 "남자란 모두 마찬가지로군요. 어째서 그런 것만 묻고 싶어하죠? 그렇다면 말씀 드릴게요. 그저 그렇구 그런 거죠 뭐. 섹스란......"

최근에 본 것 중에서 오랜만에 크게 웃어본 『위크 앤 러브』의 한 장면이다.

대화를 주고받는 분위기로 보아 총명한 아가씨들은 비밀스런 대화를 주고받은 것이겠거니 짐작하리라 생각한다.

소위 세상물정이란 것을 분별할 줄 아는 적령기의 남녀가 처음으로 침대를 같이 한 후에 주고받은 대화이다.

여자로부터 "그저 그렇고 그렇네요, 섹스란," 이라는 말을 들은 남자는 여기에서 애처로우리만큼 격노한다. 그래서, "내가 그만큼 열심히 노력을 했는데도 너는 그저 그렇다고 말하나? 그런 말로 처리해 버리는 거야? 너는 남자의 섬세함 따위는 전혀 모르고 있어. 무슨 여자가 이렇게 무신경하지."

하며 아우성을 친다.

물론 코미디 터치의 영화이니까 다분히 코미컬하게 묘사되어 있기는 하겠지만, 이 신을 보고 문득 생각이 나는 일이 있다.

대부분의 여성 관객이 스크린에 나오는 두 사람의 대화에 여기저기서 킥킥대며 웃는 소리가 가득했다. 남성 관객은 조용하다. 혹은 어색한 듯 웃음소리도 기침소리도 들리지 않는다.

그것은 그들이 스크린의 주인공에 같이 공감하고 있다는 뜻일까? 아니면 스크린의 그 주인공의 괴로움을 그대로 자기자신의 괴로움으로 받아들이고 있는 것일까?

큰 소리로 그야말로 배를 움켜쥐고 웃은 관객 중 한 사람이었던 나는 이 남성 관객의 반응에 신경이 쓰였다.

게다가 스테이크라도 한 턱 내면서,

"맛있어, 어때?"

하고 묻는 듯이 단단히 제몫을 할 만한 남자가 여름방학 과제물을 선생님 앞에 제출할 때처럼 불안과 기대에 눈을 빛내면서 동침한 여성에게,

"아까의 나, 어땠어?"

하고 묻는 심리는 도무지 이해할 수가 없다.

그래서 훗날, 마침 이 영화를 보았다는 한 중년남자에게 물어보았다.

"대개의 남성은 그와 같이 감상을 묻는 것인가? 묻지는 않아도 몹시 신경이 쓰여서 불안해지는 것인가?"하고.

그의 답은 예스였다. 그는 덧붙이기를,

"남자로서는 입신양명하는 것과 마찬가지로 함께 잠자리에 든 여성을 백퍼센트 만족시키는 것은, 인생의 커다란 기쁨이며 훈장이다,"

라고 심각하게 말했다.

온갖 수단과 방법을 다 동원해서, 드디어 베드인할 단계에 이르면, 남자는 갑자기 공포심에 시달린다고 한다.

될 수만 있으면 돌아서서 후퇴하고 싶어진다고 한다. 이 여성을 실망시키면 어떻게 하나. 이 여성에게 "기껏 그 정도인가 하는 생각이 들게 하면 어떻게 하나," 하고 마음이 산산조각으로 흐트러져 버린다고 한다.

일이 여기에 이르기까지는 조급히 서두르는 마음을 억누르지 못할 지경이었는데, 막상 운명의 순간에 이르고 나면 '이제는 안녕!' 하고 도망치고 싶은 심경이라고 한다.

그 불안과 공포와 싸우면서, 마음을 결정하고서의 베드인이다. 드디어 막바지를 맞이한 그 순간부터 그의 마음은 또 하나의 새로운 공포가 고개를 들기 시작한다고 한다.

"과연 그녀의 감상은 어떠할까," 하고.

더구나 파트너인 여성에게 연애 경험이 많으면 많을수록 그녀를 거쳐간 과거의 남자보다 강한 파워를 자랑하고 싶고, 그녀를 정복하고 싶다는 라이벌 의식이 머리를 쳐든다는 것이다.

"아니, 어쩌면 그렇게 유치해요, 어린애들처럼!"

하고 말했더니,

"그래요. 남자란 그 일에 관해서는 꼴사나울 정도로 유치해집니다."

하면서 그 신사도 수긍했다.

그의 논리에 따르면 남성의 소위 세상에서 말하는 처녀숭배라는 것도 그 점과 관련이 있단다.

요컨대 남성 경험이 없으면 적어도 그녀에게는 비교할 대상이 없는 것이다. 그러니까 그는 다른 남자와 비교가 되면 어떻게 할까? 솜씨 한번 형편없다는 생각이라도 하게 된다면 끝장이라는 등의 불안을 품지 않아도 된다는 것이다.

그렇기 때문에 남성은 처녀를 동경한다. 어쩐지 눈물겹다고나 할까, 센티멘털하다고나 할까, 정말 그로테스크한 이야기이다.

분명하게 느낄 수 있는 것은 유치하다는 점이다. 자기가 자진해서 성적 대상물로 되고 있는 것 같기도 하다. 성은 더욱 더 멘탈한 것인데.

그러나 서로 사랑한 뒤에 감상을 구한다는 것은, 그만큼 섬세한 신경의 소유자인 남성으로서는 약간 델리커시가 모자라는 것은 아닐지?

섹슈얼 커뮤니케이션

'여성의 시대, 자기의 시대'

"성에 대하여 생각해 보지 않겠습니까?"

80년대는 '여성의 시대'라고 한다.

나 개인으로서는 여자는 물론이려니와 남자도 또한 뭔가에 얽매이거나, 구애되지 말고, 자유롭게 여유 있게 자기의 삶을 유지할 수 있는 시대——'자기의 시대' '개인의 시대'라고 한다면——가 바로 좋은 시대가 아닌가 생각한다.

아무리 여성 상위시대니 뭐니 해도, 종래의 억압으로부터 해방되었다 하더라도……여자의 인생 파트너인 남자가 부자유하기 짝이 없는, 얽매인 나날을 보내고 있어서야 수지결산은 결코 플러스가 되지 않을 것이다.

그래서 나는 '여성 시대'란 것을 '자기의 시대' '개인의 시대'를 확립하기 위한 전초전이라고 해석하고 있다.

그리고 개개의 여자가 빈 껍질이 아닌 자기의 삶을 영위하기 위해서는 자기로서의 '성'을 완전히 파악하고, 관리하는 것도 중요한 조건의 하나가 되는 것이 아니겠는가.

잡지를 펴면 반드시라고 해도 좋을 만큼 성(性)의 기사가 나온다. 물론 성실하게, 꽤나 진지하게 성과 맞붙어서 씨름하고 있는

240

기획도 있다.

그러나 개중에는 한결같이 성의 노하우나 기술론으로 일관한 것이나 회수의 통계라든가 타인과의 비교에 구애되는 그로테스크한 기사도 적지 않다.

이와 같은 기사도,

"다른 사람도 나와 비슷한 고민을 가지고 있다,"

라든가

"특별히 나 혼자만 이상한 것이 아니다,"

등으로 안도감을 주기 위한 참고 자료로서의 효과는 있다고도 할 수 있다. 과학적 데이터로서는 귀중한 것인지도 모른다.

그러나 성만큼 개성적인 것은 없다.

일반론이나 방정식이 이처럼 통용되지 않는 개인적 영역은 달리 없을 것이다.

거기에 천 명의 여자가 있으면 천 가지의 '나의 경우'가 있을 것이고, 그 '나의 경우'야말로 전부이고, 절대라고 해도 좋을 것이다.

성의 해방이란 자기 이웃에 있는 남자를 번갈아 바꿔가며 사귀는 것도 아니고, '숫자'로 이야기할 수 있는 것도 아니다.

'결혼할 때까지는' 하면서, 무슨 일이 있어도 성과 가까이 하지 않는 것이 일종의 성의 억압이라면, 성이 즉 하반신과 같다고 하는 단락적인 발상에서 생긴 것이 아닐까 한다.

이 편견으로부터 해방되지 않는 한, 우리는 스스로 성의 관리자, 지배자가 될 수 없으며 여자의 시대라는 구호도 자기와는 관계가 없는 멀리서 불어 지나치는 일과성 폭풍우에 불과하게 되어 버린다.

자유로운 인간이란 것은 성에 소유된 인간이 아니고, 자기의 성을 소유할 수 있게 된 인간일 것이므로.

　우리의 사랑이란 행위의 대상은 상대의 하반신이 아니고, 한 사람의 인간, 상반신 하반신을 겸비한 토털한 남성이므로.

과거의 축적을 통해 오늘의 자기는 완성된다
　젊은 모 작가를 만났을 때,
　"남자는 상대 여성이 처녀인지 아닌지에 대해서 대단히 구애되는 것입니다,"
　라고 말했다.
　"다른 남성과 비교가 되면 기분이 나빠지므로."
　언젠가 만났던 중년 남성과 마찬가지로 정직한 분이기는 하나, 이러한 말을 들으면 나는 이상한 생각이 든다.
　우리들 여자는 남자로부터 단순한 성적 대상물로 보여지는 것을 거부하려고 애쓰는데, 왜 그들은 스스로 자진해서 여자의 성적 대상물이 되고 싶어하는 것일까?
　비교되면 곤란하다고 하는 발상 자체가 성을 하반신으로밖에 해석하지 못하는, 스스로를 성적인 대상으로밖에 현재화할 수 없는 발상이라고 말할 수 있는 것이 아닐까.
　요컨대 성 이퀄 성기라는 그 사고방식이다.
　남성 중에 이와 같은 성에 대한 모종의 미신이 있으므로,
　"과거의 체험을 그에게 고백하는 편이 좋을까요?"
　하는 아나크로적인 고민이 인생 상담에 오르기도 하는 것이다.
　과거를 고백해서 무슨 소용이 있겠는가? 고백을 하면 미움을 산다거나 손해를 본다는 말이 아니다.
　고백함으로써 과거가 말소되는 것은 아니다. 고백을 해서 자기가 짊어져야 할 것을 상대에게 떠맡긴다거나 상대를 공범으로 끌고 들어감으로써 면죄부를 발행해주기 바라는 사고방식만큼 비굴한 것은 없다.

그것이 자기로서는 그다지 바람직하지 못한 과거일지라도 후회하거나 비굴해질 필요는 없다. 그리고 과거를 고백하고 상대를 공범으로 만들어 버리는 것보다 자신 속에 간직해 두는 편이 몇천 배나 어려운 작업이다. 어려운 작업이므로 억지로라도 해야 하지 않겠는가.

또 자기 눈앞에 있는 '그녀'를 사랑한다는 것은 자기와 만나기 이전의 그녀 자신까지 받아들이는 것이다.

누구든지 몇 천 몇 만이라는 과거의 축적의 결과로 오늘의 자기가 있는 것이므로.

성에 관하여 과거에 구애되는 것 자체가 성 이뤌 하반신이라는 강박관념의 노예가 되는 것이라고도 말할 수 있다.

성을 하반신에서 해방했을 때 여자와 남자는 온갖 섹슈얼 커뮤니케이션을 발견할 수가 있다. 성의 감동을 받는 것은 신체의 극히 일부분에 국한되고 있는 것이 아니라 더 넓게 더 깊게 더욱 전체적, 전인적인 것이다.

이를테면 여기에 한 사람의 남자와 여자가 있다. 여기는 어디라도 좋다.

침대 위라도, 레스토랑의 한 구석이라도, 신호를 기다리는 교차로라도 상관없다.

어디에 있거나 무엇을 하고 있거나 서로간에 상대를 더욱 깊이 받아들이고 싶다는 기분이 있다면 온갖 섹슈얼 커뮤니케이션은 가능하다.

좀 정서적으로 표현해 본다면——

한 접시의 요리를 두 사람이 아주 맛있게 먹는 것도……

한 테이블을 사이에 두고 이런저런 이야기를 나누는 것도……

한 장의 LP에 함께 귀를 기울이는 것도……

손가락을 휘감는 것도, 등을 맞대고 서로 다른 일을 하는 것도……

광의로 보아서는 섹슈얼 커뮤니케이션이 되는 것이다.

시선이, 시각이, 두 사람 사이에서 일어나는 바람의 살랑거림이, 말이, 숨결이, 존재 자체가 모두 다 섹슈얼 커뮤니케이션이다.

그와 같은 모든 섹슈얼 커뮤니케이션을 포함하여 그 연장선상에 있는 것이 '성'이라고 나는 생각한다.

그와 같은 하나하나의 프로세스나 커뮤니케이션을 소중하게 보호 육성하는 것이 여자 자신의 성을 완수하는 발판이 되는 것은 아닐까.

나는 여자와 남자의 관계는 정신적으로도 육체적으로도 하나의 '문화'라고 생각한다.

문화를 성숙이라는 말로 바꾸어 말해도 좋다. 성을 단순한 하반신의 메커니즘으로밖에 받아들이지 못하는 한 쌍의 남녀에게 이 '문화'는 성립되지 않을 것이다.

'여자의 시대'를 논할 때, 또 당신이나 내가 참답게 자기의 시대를 살아갈 때, '성'은 히죽히죽 웃거나 아슬아슬한 음담의 대상으로서가 아니라 진지하게 바로 쳐다보아야 하는 커다란 테마의 하나가 아니겠는가?

키스 설교

인간은 키스할 때 눈을 감는가

최근에 스태미나 부족인지, 나이 탓인지, 퇴근하면 밤거리를 헤매는 일도 없이 곧바로 집으로 돌아오는 날이 많아지고 있다.

조금 일찍 집으로 돌아온다고 해서 곧 잠자리에 드는 것도 아니고, 2시 3시까지 책을 뒤적거리기도 하고 갑자기 생각난 듯이 친구에게 편지를 쓰기고 하고 잡문을 끄적거리기도 하고, 심야 텔레비전 프로의 서양영화를 물끄러미 바라보다가 결국 수면부족이 되고 만다.

지난번의 일이지만, 여느 때처럼 외화극장이란 것을 보고 있다가 갑자기 몹시 어처구니없는 일에 신경이 쓰이게 되었다.

인간은 키스할 때 왜 눈을 감는가 라는 문제이다.

초등학교, 중고등학교를 통하여 선생님에게 배운 기억은 없다. 물론 헌법에 그런 조문이 있는 것도 아니다. 육법전서에도 대사전에도 그 답은 없다. 자, 그러면 어떻게 하나? 답이 없다고 하면, 더 해명해 보고 싶은 것이 인지상정이다.

그렇다고 해서 회사의 상사를 붙잡고 부장님, 왜 사람은 키스할 때, 눈을 감고 하나요?

하고 물을 수도 없는 노릇이다.

그러던 어느 날 밤, 오랜만에 남자친구와 함께 영계백숙을 마주 앉아서 먹게 되었다.

절호의 기회다. 문자 그대로 남녀관계를 초월한 둘도 없는 친구다. 요즘에 와서 내 마음을 사로잡고 떨어지지 않는 그 질문을 던지기에 알맞은 상대이다.

조금 이상한 질문을 던져도 당황해서 허둥지둥할 만큼 그 친구는 순정파도 아니다.

"왜 사람은 키스할 때 눈을 감는 거지?"

나이도 어지간히 먹은 여자가 약간 머리가 돌았다고 오해받을 것을 각오하고 질문했던 것이다.

그 남자는 취재협력비로서 이번 여성세븐 잡지의 원고료로 맛있는 것을 먹여줘야 한다는 약속을 받아놓고 나서 이런 식으로 대답하고 있었다.

남　"질문을 하기 전에 이쪽 질문에 먼저 대답해줘. 여자는 키스할 때 눈을 감는가?"

여　"감는다……고 생각한다……적어도 나의 경우에는……(여기서는 분명치 않음)

남　"그것은 왜 그럴까?"

여　"……별로 이유는 없지만, 아마 습관으로……"

남　"습관으로 그렇게 하다보니, 눈을 감는다는 것인가?"

여　"아니, 해야 한다는 문제가 아니라 깨닫고 보니 감고 있었다. 하는 것이 사실인지 모르겠다."

남　"그렇다면, 자기가 눈을 감고 있는데, 어떻게 파트너 남자도 눈을 감고 있다는 걸 알 수가 있나? 때로는 잠깐 눈을 뜨고 상대를 훔쳐보기도 할 것이 아닌가?"

여　"훔쳐보려고 생각한 일은 없지만 가끔 상대보다 약간 빨리 눈을 뜨다가 당황해서 다시 눈을 감는 일도 있다."

246

남　"그런데, 세상의 여자들은 남자가 키스를 할 때, 반드시 눈을 감고 있다고 확신하고 있는가? 그렇게 생각하고 있나?"

여　"그러면……눈을 뜨고 있나?"

남　"생각해 봐. 키스라는 것은 충동적인 행위이니까 키스를 할 때 장소나 때를 가릴 여유가 없다. 대낮에 백화점의 식료품 판매장에서 그 충동에 휩싸이는 일도 있을 것이며, 횡단보도에서 청신호를 보고 한참 건너가다가 그것을 하고 싶을 때도 있다.

그렇게까지는 아니더라도 사람의 통행이 없는 드로이거나, 밤의 공원이거나, 어디에 사람의 눈이 있을지 모르는 요즘이다. 그러니까 백퍼센트 무아지경으로는 될 수가 없다. 열이 식어있는 부분을 안고 있는 것이다. 그래서 키스를 하고 있을 때에도 가끔 눈을 가늘게 뜨고, 주위를 살피는 습성을 버리지 못한다. 그것은 극히 원시적, 동물적인 자기 방어본능에 가까운 것인지도 모른다. 게다가 키스를 하고 있는 순간의 상대 여자의 반응을 보고 싶은 욕망도 있을 것이고."

여　"자신의 실력 여하를 확인해 보고 싶은 것인가?"

남　"아니, 그런 것이 아니고, 사랑을 하는 남자란 몹시 자신이 없는 존재이며, 상대 여자가 황홀하게 눈을 감고 있으면 안심을 하게 되는 것이다."

그리고 그가 말하기를 키스를 할 때, 황홀하게 눈을 감고 있는 여자의 머리 속에는 무엇이 있는가를 알고 싶다는 것이다.

설마 눈을 감고서 엉뚱한 공상을 하고 있는 것이 아닐까 하고.

남　"취재에 협력했으니까, 이번에는 내가 질문하겠어. 많은 여성들이시여, 키스를 할 때 당신은 눈을 감고 도대체 무엇을 생각하고 있는가?"

당신 같으면 이 질문에 어떻게 대답할 것인가?

Chapter.................................*6*

나의 안티 히로인論
——수동적 히로인은 더 이상 필요 없다

수동적인 히로인에게
아름다움을 발견하기란 불가능하다.
주체적으로 상쾌하게, 사랑의 능동체로서
자기를 전적으로 떠맡을 수 있는 여자......
안티 히로인이야말로
지금, 가장 매력 있는 여자가 아닐까.

수갑 족쇄를 차고 살고 있지는 않은가

빌린 것이 아닌 자기 인생

과거에 영화나 소설에 등장한 히로인들은 어떠했을까?

수동적이고 불행의 파도에 농락 당하는 여자였다. 조금쯤 다른 것이라 하더라도 대개는 그 불행을 달게 받아들이고 다기치고 가륵하게 살아가는 히로인이었다.

인내하는 여자, 기다리는 여자와 같은 수동적인 히로인상은 픽션 속에서만 등장하는 허상(虛像)이라면, 그 나름으로 감상은 할 수 있다.

그러나 그와 같은 '허상'이 유포됨으로써 현실의 여자들도 여자는 그러해야 된다는 해독에 오염되지나 않았을까?

수동적으로 사는 것이 여자의 속성, 여자의 바람직한 모습이라고 전염되지는 않았는지?

여자는 팔자라든가 업(業)에 지배당하는 것이라는 환상을 여자에게 불어넣지는 않았는지?

여자가 다른 누구도 아닌 자기의──그렇다. 바로 자신이다── 인생을 사는데 있어서 수갑과 족쇄를 차지 않았던가. 여자가, 의지를 가진 존재라는 것조차 부정하지는 않았던가.

남자에게 형편이 좋도록 농락 당하고, 필요가 없어지면 휙 차

250

여버리는 여자를 그럴듯하게 '인내하는 여자'라고 하는 신화를 유포하지 않았던가.

활기차게 입을 크게 벌리고 웃는 여자보다 구질구질하게 울며 지새는 여자를 '여자답다'고 정의하지는 않았던가.

시원스럽게 자기 뜻대로 살고 있는 여자보다 운명의 파도에 떠밀리는 여자——요컨대 스스로 인생을 헤쳐나가지 못하고 물길 따라 세월 따라 살고 있을 뿐인데——쪽이 미적(美的)이라느니, 가련하기에 아름답다느니 극구 찬양하지는 않았던가.

남자의 뜻대로 피임도 하지 않고 임신할 때마다 중절을 하여, 정신적으로 만신창이가 되어 가는 여자에게 '가련한 여자팔자'라느니, 기가 막혀 말도 나오지 않을 캐치프레이즈를 내걸지 않았던가.

불운을 만나 그 불운을 행운으로 바꾸고자 노력도 하지 않고 "어쩌면 이다지도 불행한 여자일까?" 하고 밤마다 쓰러져 울부짖는 여자를 '가련하고도 아름다운 여자의 팔자' 라느니, 어쩌느니 말 같잖은 말을 한 것은 누구일까?

그것이 남자의 경우라면 '무지'라는 한마디로 치부되었을 일을, 여자의 경우에만 '업'이니 '팔자'니 뭐니 하고, 몸이 오싹해지고 끈적끈적 달라붙는 수식어로 치장한 것은 누구일까?

그와 같은 히로인상에 당신도 오염되고 있지는 않은가.

수동적인 히로인에 안티의 자세를 취한 시점에서 당신의 해방된 나날은 시작되는 것이다.

여기서는 수동적인 히로인상을 부정하는 데서 고고(呱呱)의 소리를 울리는 안티 히로인에 대하여 써보기로 하자.

지금 히로인으로 가치가 있는 것은 종래의 히로인상을 파괴한 안티 히로인뿐이므로.

여자다움, 남자다움의 신화

과거, 여성들 중에 극소수의 사람을 제외하고는 결혼과 일, 출산과 일, 육아와 일은 양자택일의 영역으로 생각해왔다.

일이라는, 한 인간으로서의 자기실현과, 한 여자로서의 자기실현(특히 출산이나 자녀 양육)은 동시에 손에 넣을 수 없다는 것이 사회 통념이었다.

일을 선택한 여성은 출산을 포기한다.

결혼, 출산, 자녀양육을 선택한 여성은 일을 포기한다는 식으로.

지금도 탁아소 문제나 기타 여러 가지 사정(혹은 자기 희망) 때문에 출산을 앞두고 직장을 떠나는 사람이 있다.

그렇지만 한 세대 전과 비교하더라도 기혼자나 어머니의 취업률은 급격하게 높아지고 있다. 예를 들면 1980년도 전체 노동인구 중의 약 40퍼센트가 여성이다. 그리고 그중 70퍼센트가 기혼자인 것이다. 이 사실 하나만 보더라도 일과 결혼, 일과 출산, 육아는 VS관계의 시대를 끝내고 공존의 시대로 접어들고 있다고 할 수 있다.

물론 쌍방을 모두 한 몸에 끌어안고 버티는 여자에게 있어서 현재의 사회나 제도가 이상적이냐 하면 그렇지는 않다.

예를 들면 요즈음 매스컴을 요란하게 장식하는 베이비 호텔의 문제. 아내나 남편의 부모 집이 가깝고 아이들을 봐줄 수 있는 경우는 좋다.

그러나 20대의 젊은 부부의 경우, 조부모도 '아직 현역으로 열심히 일하는 중!'이라는 경우도 있다. 부모가 가까이 있더라도 맡아줄 수가 없다. 다행히 조모가 특별한 직업이 없는 주부이고 집이 가까이 있더라도 그녀에게는 그녀의 인생이 있고, 아무리 귀여운 손자를 위해서라 해도 일요일이나 공휴일, 정월휴가, 여름

휴가 이외에는 시간이 없다고 한다면 숨막히는 일일 것이다. 그렇다고 아이가 품에서 떨어질 때까지 일을 중단해 버린다면 재취직은 어려워진다.

직장에서 능력을 인정받기 위해 자기 내면의 '여자'를 왜곡하거나 억압하는 것은 부자연한 일이다. 또한 왜곡하지 않을 수 없는 사회나 직장의 시스템은 우리들의 힘으로 고발하고 시정해 나가야만 할 것이다.

일하기 위해서 자기 내면의 '여자'를 억압하는 일은 '여자'를 상품으로 삼는 것과 정반대로 보이지만 사실은 '여자라는 것'에의 자의식 과잉이 취하는 처사일 것이다.

억지로 '여자다움'을 연출할 필요가 없는 것과 마찬가지로 여자가 억지로 '남자다움'을 연출할 필요도 없는 것이므로.

여자라는 것에 속박되지 말라

오랫동안 여자는 외적으로도 내적으로도 '여자이니까' 라는 사실에 구속되어 왔다.

이른바, '여자이니까' 무엇무엇을 해서는 안 된다.

이른바, '여자이니까' 무엇무엇을 해야만 한다.

당신도 언제 어디에선가,

"여자애는 이렇게 해야 한다," 든가

"여자애는 그런 일을 해서는 안 된다,"

는 말을 들은 일이 있을 것이다.

다행히 나는 청탑사상에 경도한 조모와, 세상에서 흔히 말하는 여자의 인생에서 큰 폭으로 벗어난 어머니를 가까이 보면서 성장한 탓으로, 무엇인가를 할 때 자기가 여자라는 사실이 브레이크나 액셀이 되는 일은 없었다.

나에게 있어서 여자라고 하는 것은 나의 내면의 소중한 원파트이기는 하다.

나는 여자인 동시에 인간이고——당연한 일이다. 여자이기 전에 인간이라고 말해버린다면, 마치 여자는 인간이 아닌 것처럼 되므로 일부러 동시에, 라고 말했지만——그 이전에 나 자신인 것이다.

예를 들면 나는 종래 '여자다움'의 조건이라고 열거되었던 여러 조건을 모두 겸비하고 있다고는 생각하지 않는다.

종래 '여자다움'의 조건이라고 일컬어진 '상태'를 생각해보자.

㉠ 여자는 소극적이다.

누가 뭐래도 '저예요, 저예요' 라는 돋보이기 정신은 딱 질색이고, 그와 같은 정신이 매스컴 속에서 살아가는 데는 때때로 무기가 된다는 것도 알고 있지만, 나는 돋보이기 정신에는 일종의 수치심을 느낀다. 하지만 내가 '소극적'이냐 하면 천만에. 말하고 싶은 것이나 쓰고 싶은 것을 적당히 얼버무리지는 않는다.

하기야 그렇기 때문에 타인의 주장에는 귀를 기울이려고 노력하지만.

인생에 대해서도 결코 '소극적'이 아니다. 오히려 탐욕적이다. 그야 나의 인생이므로. 그러한 나를 소극적이 아니라고 해서 당신은 "여자가 아니다," 라고 말할 것인가. 아니 나는 여자이다.

㉡ 여자는 약하다.

육체적으로는 물론——20대 시절과는 대적할 수 없으나 지금도 나는 건장하다. 일주일 정도라면 수면시간은 하루 두 시간으로 충분하다—— 정신적으로 약한 편도 아니다. 보통 여자가 약하다고 일컫는 전기제품이나 기계에 대해서도——전기제품의 수리 등은 매우 좋아한다——약하지 않다. 힘도 없는 편은 아니다.

그것이 연애의 파트너라 해도 척 기대는 것은 딱 질색이다. 즉 나는 결코 '약한 여자'가 아니다. 그러한 나를 '약하지 않으니까'

254

여자가 아니라고 말할 것인가? 아니, 나는 틀림없이 여자이다.

㉺ 여자는 겁쟁이이다.

나는 살아가는데 대한 두려움은 알고 있으나 무턱대고 겁을 내지는 않는다. 오히려 좋은 일이라고는 할 수 없을지 모르나 꽤나 만용을 부리는 타입인 모양이다. 한 세대 전의 할리우드 영화처럼 뭔가 곤란한 일, 두려운 일을 만나면, 비단을 찢는 듯한 비명을 지르고 기절했던 일은 한 번도 없다.

일에 대해서는 겁쟁이라고 말할 수 없다. 싫은 일은 처음부터 거절한다. 그래서 건방지다는 말도 들었다. 인간관계에 있어서도 상대가 동성이든 이성이든 '좋다'고 생각하는 사람과는 반드시 친구가 되었다. 남의 이목 따위는 생각한 일도 있다. 오해받으면 어떻게든 오해를 풀려고 노력한다. 아무리 해도 안되면 단호하게 잘라버릴 수밖에 없다. 권위, 권력에도 겁을 먹은 일은 없다. 오히려 권위라든가 권력 등에는 맹렬히 달려들어 물어뜯는 편이다.

"당신 같은 반체제 인간은 머지않아 위험한 일을 당할 거야. 표현의 자유는 좁아지고 있으니까. 권력층의 블랙리스트에 오르면 봉변을 당한다구."

이렇게 주의를 주는 사람도 있지만 굳이 발언에 브레이크를 걸 생각은 추호도 없다.

이러한 나를 겁쟁이가 아니라는 이유로, 누가 '여자가 아니다'라고 말할 것인가.

출생계는 틀림없는 여자이다.

㉻ 여자는 수동적이다.

한번밖에 없는 이 인생, 틀림없는 나 자신의 이 인생을 수동적으로 살아서 무엇하랴. 인생의 충족감이라는 게 하늘에서 떨어지는 것도, 남이 가져다주는 것도 아니다. 스스로 만들어 가는 것이다. 자기가 선택해 가는 것이다.

그리고 '만드는' 것도 '선택하는' 것도 살아가는 것 자체가 능동적인 행위이다.

사랑에 있어서도 마찬가지로 말할 수 있다.

밖에 나가서 일하는 여자보다 언뜻 보기에 수동적으로 보이기 쉬운(그런 일은 없을 테지만) 하우스 키핑의 일, 가사도 육아도 결코 수동적으로는 해나갈 수 없다.

확실히 능동체로서 사랑하는 일은 때로는 고통스런 일이기도 하다.

하지만 사랑받고 있다는 수동적 상태는 상대방에게 의탁한 것이다. 상대가 당신을 사랑하기를 단념했을 때 두 사람의 사랑은 끝장난다.

당신이 아무리 사랑해 달라고 간청해도 말이다. 사람이 각자의 인생의 주인으로서 능동체로 사는 것, 그것이 사람으로서의 권리이고 의무일 것이다.

남자와 여자가 서로 상대방을 사랑하는 능동체로서 마주설 때 두 사람은 비로소 똑같은 높이로 동등하게 '사랑하고 사랑받는' 반려가 될 수 있는 것이다.

나는 수동적인 여자가 아니다. 그렇다고 해서 누가 나를 '여자가 아니라고' 주장할 것인가.

㉺ 여자는 히스테릭하다.

히스테릭의 어원, 그리스어의 히스테라가 자궁을 의미하는 데서, 여자는 히스테리에 감정일변도의 생물이라고 일컬어져왔다. 여자는 자궁으로 사물을 생각한다는 사람도 있다.

그러한 남성은 자기가 가지고 있지 않은 자궁을 나쁜 의미로 신성화하는 사람일 것이고, 그러한 여자는 남자가 만들어낸 자궁 전설을 그대로 아무 생각도 없이 받아들인 여자라고 할 수 있을 것이다. 자궁을 가지고 있다고 해서 당신은 "앗, 지금 나는 자궁

256

으로 생각하고 있다"는 따위로 생각한 때가 있을 것인가.

남자중의 누군가가,

"아, 지금 나는 고환으로 사물을 생각하고 있다."

고 의식한 일이 있을 것인가.

육체의 차이는 존중해야 할 것이고, 차이를 중요하게 인정한 토대 위에서 차별을 철폐해 나가지 않는다면 아무 것도 해결되지 않는다.

무엇이든 자궁과 결부시켜 버리는 방식은 너무나도 안이한 통속철학이다.

나는 히스테릭한 여성과 똑같은 수만큼 히스테릭한 남성을 알고 있다.

논리적인 남성과 같은 수만큼 논리적인 여성도 알고 있다.

히스테리냐 아니냐 하는 것은 하나의 기질이고, 그 사람이—— 남자냐 여자냐에 관계없이—— 현실의 생활 속에서 얼마나 정신적 육체적으로 억압을 받고 있느냐 아니냐에 따라 변화하는 것이라 생각된다. 억압이 많은 사람은 히스테릭하게 되기 쉽고, 적은 사람은 그렇지 않다고 할 정도의 차이가 아닐까?

설사, 임상예로서 히스테리 기질의 환자로 여성이 많다고 증명되더라도, 그것은 역사적으로도 사회적으로도 여성이 억압받기 쉬운 입장에 오랫동안 놓여있었기 때문이지, 일반론으로서 통용되는 것은 아니다.

무엇보다도 "여자는 히스테릭하지 않은가!"

라고 고함치는 남권주의자의 그 사고방식 쪽이 어지간히 감정적이고 히스테릭하게 여겨지지 않는가.

사는 것은 자기의 룰로

이상, 종래의 여자의 속성이라고 일컬어졌던 몇 가지 점이 반드시 여자 전반의 속성이 아니라는 사실을 깨달았을 것이다.

즉 흔히 '여자다움'이라고 일컬어진 것은 여자 자신이 알지도 못하는 곳에서 '여자란 이러한 것'이라고 관리하는 측이 관리하기 쉽도록 만들어낸 조건에 불과하다.

타고난 기질이나 성격을 왜곡시키고 비틀어서까지 어째서 '여자다움'이라는 주형에 자기를 끼워 넣을 필요가 있을 것인가.

사람이 스스로 자기를 살 수밖에 없는 이상, 당신은(나는) 어디까지나 당신답게(나답게) 살면 그것으로 족하다.

세상에는 '여자란 이러해야 한다' '여자는 이렇게 살아야 한다' '여자인 주제에' '여자답지 않게' 하면서 선심 쓰듯이 보살펴 주고 싶어하는 사람이 있다.

타인의 눈을 신경 쓰는 사람일수록 타인을 보살펴주고 싶어한다.

여자의 주형에 자기를 끼워 넣을 필요는 전혀 없다.

당신이 어떻게 살아가든 당신이 '여자'라는 것을 부정하는 요소가 될 리는 없을 터이므로.

'여자란 의존심이 강하고 심술궂고 시야가 좁다'고 여자의 험담을 자랑스럽게 늘어놓는 남자가 있다.

그가 말하고 있는 '여자'란 결코 모든 여자가 아니라 그 자신이 접해온 여자이다. 자기의 얼마 되지 않는——여성의 전체 인구에서 계산하면 0.0001퍼센트에도 미치지 못하는—— 이성 체험으로 '여자' 전반을 알고 있다는 듯이 말하는 것은 불공평한 일이다.

그가 여자의 험담을 하면 할수록, 얼마나 유치한 여자하고만 사귀고 있었는가의 역증명이 되는 것이 아닐까.

독립한 여성과 사귀고 있는 남자는 함부로 '여자란' 하고 개개의 서로 다른 여자를 싼값으로 일반화하여 말하지 않는 법이다.

하여간, 자기답게 삽시다.

여자다움 따위는 당신이 여자라고 하는 존재인 한, 의식하고 연기해 보일 필요는 없다.

여자도 남자도 외야석의 언쟁 따위에 신경 쓰지 말고 자기의 룰을 소중히 살리는 사람이 가장 매력적이다.

당신은 당신

다시 한번 자기를 응시하자

일반적으로 여자는 감정적이라고 일컬어지고 있다.

이 경우의 '감정적'은 결코 긍정적으로 쓰여지고 있는 것은 아니다. '감정이 풍부한'이라고 말하는 경우와는 다른 것이다.

바람직하지 않은 하나의 습성으로서 부정적으로 사용되고 있다.

즉 자기본위로, 제멋대로, 감정을 자율적으로 컨트롤하지 못하고, 논리는 지리멸렬이라는 의미에서 그렇게 표현되고 있는 것이다.

약간 비꼬아서 말하면 '여자는 감정적!'이라는 표현 그 자체가 어지간히 비논리적이고, 분명 '감정적'이라고 생각하지만.

왜냐하면 십인십색, 사람에 따라 달라야 할 각각의 여자를, 우연히 '여자'라고 하는 이유만으로 한데 뭉뚱그려서 '감정적'이라고 단정하는 행위야말로 '감정적'(부정적인 의미에서) 이외의 아무 것도 아닐 것이다.

그런데 내가 왜 감정적 아래에 일부러 괄호를 치고 <부정적인 의미에서>라고 단서를 붙였을까.

그 이유를 설명해보자.

확실히 많으냐 적으냐의 기준을 어디에 둘 것이냐는 문제이지만, 지나친 감정과다(즉 부정적 의미에서의)는 아무래도 개운치 않다.

이야기를 하더라도 또박또박 정확한 말로 자기표현을 하지 못하고 무턱대고 감탄사만 연발!

갑자기 울적해 하거나 들뜨기도 하다가 금방 뿌루퉁해지는 등 감정변화가 심하고 정서불안정. 이러한 타입의 사람을 귀엽다고 말하는 사람도 있으나 솔직히 말해서 피곤하고 짜증나는 대상이다.

사춘기의 소년소녀라면 몰라도, 나이도 먹을 만큼 먹은 사람 중에도 이러한 사람이 있다. 확실히 그런 부류의 타입은 언뜻 보기에는 남자보다 여자에게 많은데, 그것은 여자가 원래 그러한 속성을 가지고 있기 때문이 아니라 '여자란 그런 것이다' 라고 그녀 자신 어릴 때부터 길들여져 왔기 때문이 아닐까? 동시에 논리적으로 사물을 생각하는 트레이닝에 익숙해지지 않았기 때문일 것이다.

이런 류의 정서 불안정 타입은 예외로 하고, 여기서는 보다 긍정적인 측면에서 감정을 생각해 보기로 하자.

나는 일상생활 속에서의 감정의 진폭, 싱그러운 동요나 고조를 오히려 긍정하고 있다. '기쁘다' '슬프다' '즐겁다' '분하다' '화가 난다' '아름답다'고 하는 감정의 미묘한 움직임.

그때 그때의 마음의 표정이나 색조는 인간이 인간답게 살아가는데 있어서 소중한 것이다. 그것까지 부정해 버린다면 인간이기를 포기하는 수밖에 없다.

우리는 오히려 '감정적'이라는 것의 부정적 요소를 배제하고, 동시에 감정의 큰 파고나 흔들림은 장점으로서 자랑하고 드러내야 좋지 않을까. 생각해 보면 남자아이는 어릴 때부터 "너는 남자지! 그러니까 참아라" 하고 감정을 솔직하게 표현하는 일에 브레이크를 거는 예절을 주입시켜 왔다.

이것은 여자가 여자이기 때문에 '이렇게 해라' '이렇게 해서는 안 된다'고 하는 억압을 받아온 것과 마찬가지이다.

아마도 이 세상에는 여자가 여자이기 때문에 받는 억압과 같은 양만큼, 남자가 남자이기 때문에 받는 억압이 존재하는 것은 아닐까.

세상에는 감정 일변도의 인간도, 머리 꼭대기부터 발끝까지 논리만이 꽉 찬 인간도 없는 건 아니지만, 여기서 일단 당신도 자기를 분석해 보라. 그 결과 당신이 논리보다 감정을 극단적으로 선행시키고 사물을 판단하는 타입이라면, 논리적으로 사물을 보는 트레이닝도 쓸모 없는 일은 아닐 것이다.

반대로 당신이 극단의 논리 지향으로 사물을 생각하는 타입이라면(나는 어느 쪽이냐 하면 이런 타입이다) 약간은 자기 감정의 목소리에 신중하게 귀를 기울여보자.

왜냐하면 감정과 논리의 균형이 그 사람 나름으로 잡혀 있어야만 비로소 총체적인 인간으로서 매력적인 존재가 될 수 있으므로.

여하간 나는 감정을 논리보다 열등한 것이라고는 생각지 않는다.

다만 잊어서는 안될 것은, 타인이 당신과 비슷한 감정의 진폭 리듬을 가지고 있다고는 단정할 수 없다는 점이다.

당신이 '기쁘다'고 느끼는 일에 반드시 타인이 같은 감정을 갖는다고는 할 수 없다. 당신이 화가 난다고 분노를 나타내는 일에 반드시 타인이 동질의 감정을 갖는다고는 할 수가 없다.

성 차별에 대하여 말할 때는, 더욱더 나의 볼티지가 올라가고, 같은 감정의 동요를 공유할 수 없었던 경우, 더구나 상대방이 여성이었던 경우, "어째서? 당신도 그 차별을 받고 있는데 아무 것도 느끼지 않지?" 하고 그야말로 부정적인 의미에서 '감정적'이 되는 일이 있다.

그러한 감정은 때때로 공감을 얻을 수 없는 상대에 대하여 분노에 가까운 감정을 품게 한다.

솔직히 말해서 과거에 나도 그러한 '감정'을 품은 일이 있었다고 여기서 고백해야 할 것이다.

그러나 생각해 보면, 보이는 경치는 사람에 따라 각기 다른 법. 타인이 보고 있는 경치와 내가 보는 경치가 반드시 동일하다고는 할 수 없다. 오히려 다른 경우가 많을 것이다.

하나의 메시지를 상대에게 전하고자 한다면, 우선은 자기가 보는 경치를 상대에게 해방하는 동시에, 상대가 보고 있는 경치 속에 뛰어들지 않고서는 서로 이해하지 못하고 대립관계인 채로 끝나버릴 것이다.

우리들의 '말'은 타인을 윽박지르는 무기가 아니라 타인과 자기와의 거리를 측정하고 그 거리를 조금이라도 좁히기 위해 있는 것이므로. 혹은 거리는 완전히 좁혀지지 않더라도 서로의 스탠딩 포인트를 이해하고, 서로 인정하기 위하여 있는 것이므로.

누군가의 인생의 '모든 것'으로는 되지 않는다

당신이 당신의 심적 동요에 귀를 기울이는 것은 당연한 일이지만, 당신의 감정의 흔들림까지 타인에게 강요하는 것은 유아적 심리 이외의 아무 것도 아닐 것이다.

당신은 당신의 마음의 주인이긴 하지만 타인의 마음의 주인이 될 수는 없다.

"그대는 나의 모든 것"이라는 클래식한 구애(求愛)의 대사가 있지만, 누군가의 인생의 '모든 것'이 될 수는 없다.

상대가 동성이든 이성이든 서로가 서로에게 있어서 '모든 것'

이라는 관계는 어딘가 모르게 아름답고 사랑이 가득 찼다는 인상
이지만, 서로가 서로에게 예속되는 관계임에 다를 바 없다.

어쨌든 당신에게 있어서, 마음에 구름 한 점 없는 가을의 청명
한 아침이라 하더라도……

"살아있다는 게 얼마나 근사한 일인가!"하고 백만 번을 외쳐
보고 싶은 아침이라 하더라도……

사무실에서 옆 책상에 앉아있는 사람은 편두통과 위경련, 치통
과 관절염과 치질을 참아내면서 사무를 보고 있을지도 모르는 것
이다.

반대로 당신이 스쳐 지나는 사람마다 콧부리에 주름을 잡고
'앙!'하고 물어뜯고 싶을 만큼 분통터지는 저녁녘.

예의 옆 사람은 훨훨 하늘을 날을 듯한 기분 좋은 정신상태에
있을 수도 있는 법이다.

이러한 경우 솔직한 것은 결코 나쁜 일은 아니지만, 자기의 감
정밖에 보이지 않는 사람은 종종 그 부정적 의미에서 '감정적!'이
라고 일컬어지는 일이 많은 것 같다.

정말로 캐리어를 쌓은 여자란

작금, 여성 주간지 등에 캐리커처화 되어 등장하는 이미지에
'날으는 여자'가 있다. 처음에는 추켜세우고 그 다음에는 헐뜯어
깎아 내리는 일종의 센세이셔널 저널리즘의 상투적 수법이다.

하지만 머리가 굳어진 어른들——이라고 쓰고, 나도 나이로 말
하면 이쪽 그룹에 든다고 느껴지지만——은 눈을 부릅뜨고 트집
을 잡아 '날으는 여자'를 공격하고 있는데, 그들이 눈살을 찌푸리
는 부류의 '날으는 여자'는 숫자로 말하자면 불과 한줌에 불과할
것이다.

미혼에 일을 가진 여자라고 하면, 즉 성적으로도 허술하고 생

활면도 야무지지 못한 '날으는 여자'라고 색안경을 쓰고 보는 풍조 자체가 그릇된 인식이라고 생각한다.

진지하게 자기 일과 맞붙어 살면서 공교롭게——혹은 자기 의지로——혼인제도 속에 들어가지 않은 어떤 여자가, 언제 어디서 자기에 대해 '날으는 여자'라고 말했다는 것인가.

아무도 그런 말을 하지 않는다.

매스컴이 제멋대로 갖다 붙였을 뿐이다.

그것을 무턱대고 믿고 마치 그러한 실체가 존재하는 듯이, 날으는 여자 공격을 하고 있는 사람을 보면 고개를 갸웃거리게 된다.

확실히 지성까지 패션화 시켜버린 여성도 있기는 하지만, 그녀들은 '날려진 여자'인 것이다.

붐에 태워진 것은 도대체 어느 쪽일까? 실체도 없는 '날으는 여자'의 험담을 하는 것 자체가, 일부 어른이 매스컴에 '날려지고' '놀아나는' 것의 역증명이 아닐까.

어떤 세상에나 정보에 놀아나는 남자가 있는가 하면 여자도 있으니, 그것은 별로 새로운 일이 아니다.

좀 심한 사람의 경우는 캐리어 우먼——말만이 아니라 실제로 캐리어를 쌓은 여성——과 날으는 여자를 싸잡아 동일시해 버리는 사람도 있다.

젊은 여성을 그렇게 업신여길 것이 아니라고, 젊지도 않은 나라도 변호를 하고 싶어진다.

적어도 내가 알고 있는 젊은 여성들은 모두 자기 인생과 진지하게 맞붙어 고민하고, 생각하고, 탄탄한 인생설계를 세우고 있다.

어쨌든 젊은 여성의 어느 누가 자기에 대하여 날으는 여자라고 불렀을까? 하여간 지성까지 패션화하는 것은 자기 인생에 책임이 없는 것이다.

감성과 논리성이 당신을 만든다

Y양은 감정의 기복이 심하고, 그런 만큼 스트레이트한 성격의 여성이다.

"기쁘다!" "슬프다!" "분하다!"고 하면 한밤중이라도 개의치 않고 전화를 해준다. 나는 밤부터 아침까지 앉아서 일을 하고 있으므로 몇 시에 전화가 걸려오든 그것은 구애하지 않는다. 다만 일이 궤도에 올랐을 때 30분이건 1시간이건 중단 당하면 솔직히 곤란하다.

그래도 처음에는 망설이고 있었으나, 이 상태로는 그녀와 나의 친구관계에도 금이 갈 것이라고 어느 날 Y에게 말해보았다.

"아무 말도 하지 않은 내가 나쁘지만, 앞으로 사정이 좋지 않을 때에 너에게 전화가 오면, 그 취지를 분명히 밝혀두겠어. 그렇지 않으면, 나는 머지않아 너에게 시간을 빼앗겼다고 피해자 의식을 품게 될지도 모르고, 너는 너대로, 머리 반쪽은 일에 쏠려 있는 나의 맞장구나 대꾸가 재미없고 차갑다고 생각하게 될지도 모르잖아. 서로의 친구관계를 일그러뜨리지 않고, 그리고 오래 지속시키기 위해서도, 일손을 놓을 수 없는 경우에는 일단 끊었다가 내가 다시 거는 형태를 취하겠어. 물론 긴급한 경우는 예외이고."

Y는 기분 좋게 찬성해 주었고, 지금 그녀와의 관계는 20년째가 되어가고 있다.

그런데 감정에 대치되는 것이라고 하면 논리일 것이다. 감정이 동적인 것이라 한다면 논리는 정적인 것일지도 모른다.

또한 감정이 문자 그대로 '느끼는' 것이라면 논리는 생각하고 분석하고 통찰하고 계획하고 문제제기를 하는 것으로, 감정이 아지랑이 같은 것이라면 이론은 하드웨어라고도 할 수 있을 것이다.

한 채의 집으로 말한다면, 감정이 공간을 포함한 인테리어라면 논리는 외장과 같은 것, 엑스테리아라고 할 수 있을지 모른다.

포근함도 공간도 없는 경직화된 인테리어는 맛이 없다. 한편, 집의 외곽이 다부지지 못하다면 바람이 약간 불기만 해도 장난감 집짓기처럼 금방 부서져 버린다.

감정의 풍요와 논리의 구축성, 인테리어와 엑스테리어가 적절히 융합했을 때, 그 사람은 현대에 있어서의 가장 히로익(heroic)한 안티 히로인이 되는 게 아닐까?

구애됨을 버린 곳에서부터

버려도 좋을 '구애'와 버릴 수 없는 '구애'

『어쩐지 크리스탈』이 대베스트셀러가 되었다.

그러자 으레 그러하듯이 빈틈없는 매스컴은 '크리스탈족'이라는 신조어를 만들어 다양한 각도에서 그 '크리스탈족'이라는 것을 다루고 있다.

크리스탈족이 현실적으로 존재하는지 어떤지는 모르겠다. 적어도 나는 '나는 크리스탈족입니다' '난 크리스탈족이다' 라고 말하는 젊은이를 만난 일이 없다.

그렇지만 크리스탈족이란 구애됨이 없이 기분으로 사는 젊은이를 말하는 것이라고 한다.

한마디로 '구애됨'이라 하더라도 각양각색일 것이다. 사회적인 지위나 명예, 권위나 권력에 '구애감'을 가진 사람도 있을 것이다.

반면 물질적인 것이나 금전에 '구애감'을 느끼고 있는 사람도 있을 것이다.

결혼에 '구애감'을 느끼는 사람도 있다.

결혼 따위는 절대로 하지 않는다는 말에 '구애되고' 있는 사람도 있을 것이다.

세상 체면에 신경과민의 '구애감'을 느끼는 사람도 있다.

정치에 구애되는 사람도, 내 자식의 교육에 구애되는 사람도 자기 용모에 구애되는 사람도 있을 것이다.

'구애받는 일 따위는 아무 것도 없다'고 말하는 사람도 있을지 모른다.

그러나 그 사람은 무의식 중에 '구애되지 않는 것'에 구애되고 있다고도 말할 수 있겠다.

누가 무엇에 대하여 '구애감'을 갖는가. 그것은 사람에 따라 다르고 외야석이 이러쿵저러쿵 할 문제가 아니다. 하지만 당신이 정말로 자유롭고, 구애되지 않고, 함부로 단정하지 않고 '당신 자신'을 살고 싶다고 생각한다면......

버려도 좋을 '구애'와 결코 버려서는 안될 '구애'가 있는 것은 아닐까.

욕심을 부리며 산다는 것은 탐욕스럽게 사는 것이 아니다. 오히려 자기에게 필요한 구애와 불필요한 구애를 선별하는 것이기도 하다. 그리고 필요한 '구애'──즉 당신이 보다 당신답게 사는 것에의──에는 진지하게, 동시에 뜨거운 정열을 가지고 달려드는 것이다.

타인이, 세상이 뭐라고 하든 개의치 않는 강인성을 가져야 한다. 그리고 불필요한 '구애'에서는 될수록 빨리 자기를 해방시킬 것이다. 무엇인가에 구애되는 것은, 그 무엇인가 이외의, 그다지 필요하다고 생각되지 않은 것을 버려나가는 작업인 것이므로.

예를 들면 나는 자기의 주의주장, 자기가 하는 일의 방식에는 몹시 구애되는 편이다. 아무리 달콤한 조건이 제시되어도 주의주장에 반대되는 일은 하지 않는다.

한편 세상체면 따위에는 전혀 구애되지 않고, 옷이라든가 장신구 따위에는 구애감을 전혀 느끼고 있지 않다. 그것이 좋으냐 나쁘냐가 아니라, 나는 자기 인생에 그러한 구애 방식을 취하고 있는 것이다.

당신도 다시 한번 자기자신을 차분히 총점검해보자.

중요한 일에 구애감을 버리고 있지는 않을까. 어떻게 되든 상관없는 일에 구애되고 있지 않은가. 세상체면이라든가, 남들의 기준에 필요 이상으로 신경을 곤두세우고 있지는 않은가.

불필요한 구애를 버렸을 때, 사람은 자기에게 있어서 무엇이 소중한 것인지 눈앞에 보이게 되는 법이다. 또한 자기에게 있어서 무엇이 소중한가를 알았을 때, 사람은 어떻게 되어도 상관없는 일에 구애되지 않게 되는 것이고, 외야석의 눈 따위는 전혀 신경 쓰지 않게 되는 것이다.

자유롭게 상쾌하게

타인에게 넘겨줄 수 없는 인생의 테마

제4장에서 썼듯이 10대에서 20대 전반의 나에게 있어서는 "제 몸 하나 정도는 스스로 책임질 수 있는 인간이 되자"는 것이 그 시대의 테마였다.

"상관없잖아. 어차피 여자는 누군가의 부양가족이 되는 것이니까."

"남편에게 떠맡기면 되는 거야. 대신 마누라는 성적 서비스를 겸한 가사노동자인데 뭐."

"일단은 조건 좋은 남자를 찾아내는 것이 선결문제야."

그렇게 말하는 여자친구들도 확실히 있었다.

그러나 나에게 있어서 공평한 남녀관계란 한쪽이 다른 한쪽에 의존하거나 털썩 기대는——경제적으로도 정신적으로도 생활면으로도——것이라고는 도저히 생각할 수 없었다.

오히려 경제적, 정신적, 생활적으로 자기 문제는 스스로 짊어질 수 있는 동지끼리 서로 사랑하는 것이 내가 생각하는 사랑이었다. 과거, 현재, 미래에도 나에게 있어서의 사랑은 그러해야만 하는 것이다.

그것이 나에게는 이상적인 남자와 여자의 기본자세이다.

그래서 나는 '내 몸 하나는 스스로 짊어질 수 있는 나 자신'이라는 목표에 계속 구애되었다. 누가 뭐라 하더라도 그것이 나의 테마였던 것이다.

어릴 때부터의 소망이었던 작가가 되려는 꿈에도 몹시 구애되었다. 그것이 나에게는 누구에게도 넘겨줄 수 없는 테마였기 때문이었다.

한편 적령기니 뭐니 하는 말에는 전혀 구애되지 않았다. 동기 입사의 두 여성이 연달아 회사를 그만두었을 때, 농담조로 "이제 은근히 당신도 초조해질 거야" 라고 말한 사람도 있으나 나는, 왜 내가 초조해져야 하는지 알 수 없었다. 호오, 세상에는 그러한 관점도 있는가 하고 놀랐을 정도였다.

너무나도 당연한 일이라 말하기도 쑥스럽지만, 적령기란 남들이 결정하는 것이 아니라 본인이 정하는 것이다.

그렇게 본다면 이 세상에 살고있는 사람의 수와 같은 숫자만큼, 다른 말로 바꾸면 커플의 수와 동일하게 적령기는 있어도 좋을 것이다.

물론 이 경우의 적령기란 제도로서의 결혼을 하는 시기라는 의미뿐만 아니라, 자기 인생의 파트너를 결정한다는 의미도 포함되어 있다.

행운의 씨앗을 고사(枯死)시키는 여자

어쨌든 자기가 자기 뜻대로 살고 있다고 실감하는 것은 멋있는 일이다. 자기가 틀림없이 자기라고 하는 인간의 주인이라고 느끼는 것은 다른 무엇보다도 자유롭고 상쾌한 일이다.

"하지만, 그렇게 말은 하지만, 세상의 많은 사람들은 자기 뜻대로 살 수는 없다"고 말하는 사람도 있을 것이다.

확실히 그것은 일면의 진리라고 할 수 있다.

많은 사람들이 갖가지 족쇄와 수갑에 얽매여 있는 것은 확실하
다. 이 빠듯한 관리사회에서 생을 영위하는 것 자체가 커다란 형
구(刑具)를 처음부터 몸에 차고 있다고도 할 수 있을 것이다.

그러니까 말이다. 그러니까 우리는 좀더 자기를 자유롭게 해방
해도 좋지 않겠는가. 적어도 스스로 자신에게 채워져 있는 형구
정도는 풀어버려야 하지 않겠는가.

예를 들어 세상체면이라는 형구가 있었다고 하자.

"남들에게 잘 보이고 싶다."

"남들에게 손가락질 받고 싶지 않다."

"누구에게나 좋은 사람이라는 말을 듣고 싶다."

그와 같은 욕망은 많든 적든 누구에게나 있는 법이다. 그렇기
때문에 세상체면을 신경 쓰고 자기를 억압하고 있는 사람도 많이
있다.

그러나 잘 생각해 보자. 세상체면이라는 수갑, 족쇄를 당신에게
채우고 있는 것은 도대체 누구일까.

세상이, 싫다고 하는 당신을 뒤쫓아와서 억지로 끼워놓은 것일
까?

그렇지는 않다. 오히려 당신이 세상 체면을 신경 쓰면서 그렇
게 하고 있을 뿐이다.

이 세상에 '세상체면'이라는 실체 따위는 없다. 당신 자신이 세
상이라는 이름의 실체가 없는 몬스터, 환상을 지나치게 의식하고
있을 뿐이 아닌가.

"하지만 세상에는 귀찮은 사람이 많이 있다. 회사에도 친구들
중에도 이웃에도 뜬소문을 좋아하는 사람은 우글거리고 있다."

당신은 이렇게 반론할지도 모른다.

확실히 세상에는 친절과 보살핌의 구별도 제대로 못하는, 아무
리 나이를 먹어도 유아성을 벗어 던지지 못하는 사람은 있다. 그

와 같은 부류의 인간은 무시하면 된다.

타인의 통속적인 호기심을 만족시켜 주기 위하여 당신이 살고 있는 것은 아닐 것이다. 남의 뜬소문을 좋아하는 인간은, 당신이 어떤 식으로 살아가든 반드시 마음에 안 드는 점을 찾아내서 이러쿵저러쿵 부풀려 떠들어내는 법이다. 설령 당신이 그들의 뜻대로 인생을 보내고 있다 하더라도, 거기서도 또한 소문거리를 찾아내 이런저런 헛소문을 만들어낼 게 뻔하다.

어느 쪽으로 굴러가든 소문거리가 된다면 자기 뜻대로 사는 편이 좋지 않겠는가.

"확실히 체면이란 건 이래저래 귀찮은 것이지만, 체면이 나를 먹여주진 않는다"고 할 정도의 굳은 마음을 갖자.

"그것은 오치아이 씨가 혜택받은 입장에 있으니까 그렇게 말할 수 있는 것이겠지."

이러한 반론이 다시 나올 것 같다.

하기야 나는 지금 확실히 혜택받은 입장에 있음을 인정한다. "아니 나는 그렇지 못하다"고 말하는 편이 공감을 얻을지도 모르겠다. 그렇지만 나는 거짓말을 하고 싶지는 않고 앞에서도 썼지만, 지나친 겸손은 우월감을 뒤집어놓은 것 같아 불쾌감을 준다. 그래서 나는 자신이 운이 좋았다는 점, 혜택받고 있다는 점을 인정하겠다.

그러나 나는 태어났을 때부터 은 스푼을 입에 문 아이였을까.

나는 전전(戰前)이라면 '사생아'라는 차별어로 불리는 비적출자로 태어났다. 그 사실에 대하여 열등감을 품은 일은 없고 물론 비뚤어진 우월감을 품은 일도 나는 없다.

그렇지만 20대 전반까지 내가 자기 출생에 대하여 일종의 '구애감'을 가지고 있었던 것은 분명하다. 당시 나는 친한 친구 이외에는 내가 사생아라는 것을 밝히지 않았다.

하기야 20대 전반의 어느 날, 출생에 대한 '구애감'을 버리지 않는 한, 나는 다시는 자유롭게 될 수 없다고 깨닫고 버리는데 성공했지만.

즉 태생 하나만 보더라도 나는 오히려 불우한 입장에 있었다고 할 수 있는 게 아닐까. 하기야 '태생'은 나 자신이 노력한 결과가 아니라 우연의 것이기는 하지만.

어느 프리랜서 여성 아나운서의 인터뷰를 받았을 때, 이런 말을 들은 일이 있었다.

"오치아이 씨는 운 좋은 사람이군요. 작가가 되고 싶다고 생각하면 그렇게 되고, 주위 사람들에게 꽤나 혜택을 받고 있는 셈이로군요."

그렇게 말하고 그녀는 자기 주위의 사람들이 얼마나 그녀에 대하여 몰이해한지를 누누이 설명해 주었다.

그러나 그것이 어떤 사회이든, 어느 직장에서든 인간관계는 그다지 다를 바가 없다. 눈물이 나올 정도로 선의로 뭉쳐진 사람이 있는가 하면 악의에 찬 사람도 있다. 그것을 자기만이 몰이해한 사람들에게 둘러싸여 있다고 생각하는 것은 그야말로 상황에 대하여 몰이해한 것이 아닐까.

"오치아이 씨는 운이 좋았다"고 모든 것을 행운으로 돌리는 사람에 대하여 "나 역시 그 나름의 노력은 했던 셈입니다. 예를 들면......" 하고 고생담을 따분하게 들려주고 싶은 취미는 내게는 없다. 고생담이라는 것은 어쩐지 정신적으로 불결한 느낌이 들고 중압감을 주어 나는 싫어한다.

그래서 나는 간단히 "그래, 나는 운이 좋았어. 그 한마디면 충분해." 하고 웃어버리지만, 마음속에서 또 하나의 내가 행운만으로 세상을 헤쳐나갈 수 있는 사람은 없다고 외치고 있었던 것도 사실이다.

집안 이야기를 필요 이상으로 등장시키는 것은 아무래도 쑥스러운 일이지만, 예컨대 나의 어머니는 일찍이 아버님(나에게는 외조부)을 잃으셨다. 네 자매의 큰 언니였던 그녀는 여자의 힘으로 아이 넷을 키우기 위해 열심히 일하고 있는 조모의 부담을 조금이라도 덜고자 고등소학교를 졸업하고 곧 사회로 나섰다. 지금 나이로 보면 13세이다.

그리고 백화점에 근무하면서 완전히 독학으로 부기와 영어공부를 하고 자격을 취득, 22세에 나를 출산할 무렵에는 전문직에 종사하고 있었다. 3명의 동생들을 사범학교에 진학시키는 비용은 조모와 장녀인 어머니가 반부담했던 것이다. 나를 출산하고 나서도 여하튼 모녀가정이었으므로 그녀는 일에 쫓기는 나날을 보냈다.

그래도 그녀는 "나는 내 뜻대로의 인생을 보낼 수 있어서 행복하다"고 말한다.

아마도 사람은 특별한 예외를 제하고는 모두가 비슷한 양의 행운의 씨앗과 불운의 씨앗을 가지고 태어날지도 모른다. 그 행운의 씨앗을 부지런히 키우고 행복의 꽃을 피우느냐, 불운의 씨앗을 열거해 나가며 행운의 씨앗을 아깝게도 고사시켜 버리느냐는, 결국 그 사람의 노력과 감각에 달려있는 것이 아닐까?

무엇을 소중하게 여기고 무엇을 소중히 여기지 않았느냐가 행과 불행의 갈림길일지도 모른다. 다른 말로 바꾸면, 무엇을 '구애하고' 무엇을 '버렸느냐'에 따라 명암이 갈린다고 할 수 있을 것이다.

여기서 다시 한번 당신에게 있어서 구애할 가치가 있는 것과 가치가 없는 것을 판별해 보자.

꿈을 쫓아서 열중하며 산다

치미의 이야기를 해보자. 그녀는 금년 39세. 치미가 9년간 근무했던 광고대리점을 그만둔 것은 31세 때의 3월이었다. 그리고 2년 후 메이 스톰이라고 불러야 딱 어울릴 비바람이 거세게 몰아치는 밤 그녀는 파리로 출발했던 것이다.

치미가 광고대리점을 그만둔 이유는 "써보면 좋다고 생각되지도 않을 물건을, 이렇게 좋은 것이다, 라고 뻔뻔스러운 얼굴로 소비자에게 팔아치우는 일에 싫증이 났기 때문"이었다고 한다.

"나는 오랫동안, 내 나름에는 유행의 첨단을 걷는 일을 하고 있다고, 꽤나 우월감에 찬 나날을 보내고 있었다. 솔직히 보통 OL과는 다르다고 뽐내고 있던 때도 있었다. 하지만 문득 깨닫고 보니, 내가 하고 있는 일이 길거리 약장수와 무엇이 다를 게 있을까 하는 생각이 들었어. 광고란 그러한 면이 전혀 없는 것도 아니거든. 물론 소비자에게 보다 좋은 상품을 알리고, 생활을 좀더 향상시킨다는 면도 있어. 하지만 자기가 마셔보고, 이건 형편없다고 느낀 주스를, 이거야말로 혁명적인 상품! 따위로 말할 수 있겠어? 아직 덜 익었다는 말을 듣더라도 나는 할 수가 없어."

치미는 그렇게 말했다. 그렇지만 치미가 광고업계를 그만둔 직접적 이유는 보다 강렬했다.

치미 자신, 프로젝트팀의 일원으로서 CM제작에 참가하여 캠페인에 성공한 어느 일용품이, 오랫동안 사용하다 보니 몸에 해롭다는 결과가 증명되었던 것이다. 그 상품이 발암물질을 함유하고 있다는 것이었다. 물론 광고대리점이 취급하는 모든 상품이 그런 식으로 악질의 것이라는 뜻은 아니다. 치미가 퇴직하는 직접 동기가 된 상품으로 보더라도, 발매 당시는 발암물질이 첨가되어 있으리라고는 아무도 생각지 않았을 것이다. 그러한 의미에서는 불가항력의 사건이었다고 말할 수 있다.

하지만 광고업무가 좋아서 카피제작에 자기 캐리어를 걸고 있던 치미에게 있어서 그 사건은 너무나도 강렬하고 견딜 수 없는 것이었다고 추측된다.

때문에 치미는 자기가 이상으로 여기는 광고의 기본자세와 그 현실의 갭에 구애되었던 것이다. 아버지를 암으로 잃었다는 것도 치미에게 퇴직을 결의하게 만든 원인이었을 것이다.

"퇴직했을 때 나는 도대체 앞으로 무엇을 하면 좋을지 불안했어. 먹는 것을 좋아하니까 먹는 것에 관한 일은 하고 싶다고 생각했지만, 우선은 자기가 먹어야만 하지 않겠어? 서른을 넘긴 여자가 재취직을 하기란 실로 어려운 일이고. 어쨌든 나에게는 카피제작 외에는 캐리어가 없고, 그렇다고 다른 대리점에 들어가 봤자 똑같은 고민에 빠지리라는 것은 보지 않아도 뻔한 일이 아니겠어. 그러다가 어느 날, 신문의 구인란을 봤더니 제과점의 점원을 모집하고 있더군."

하룻밤에 술 반병 정도는 전혀 겁내지 않는 그녀는 케이크도 괜찮다는 생각에 즉시 응모했다. 자가제품의 케이크를 판매하고 있는 가게였다.

"케이크를 만드는 곳과 가게가 인접해 있어서, 나는 매일 아침 문을 열기 두 시간 전에 나가 케이크 만드는 모습을 견습했지. 케이크를 만드는 사람은 그 가게의 2대로 프랑스에서 기술을 배운 사람이더군. 색상도 색조를 억제한 세련된 것이었고, 첫째 방부제를 전혀 사용하지 않는 점이 마음에 들었어. 점원생활이 한 달쯤 계속되자, 나는 맹렬하게 스스로 케이크를 만들어보고 싶은 생각이 들었어. 제과점 점원은 다음 번 일을 찾을 때까지의 임시직이라고 생각했던 내가 말이야. 그래서 주인과 의논했더니, 선뜻 파리로 간다면, 하고 어드바이스를 해주는 거야. 그 자신이 수업한 제과점을 소개해 주겠다, 다만 놀이 삼아 할 생각이라면 일부러 값비싼 비행기 삯까지 들이며 갈 필요는 없다고도 조언하더군."

다음날부터 그녀는 밤 9시에 가게문이 닫히면 또 다른 가게로 출근했다. 파리로의 케이크 유학 비용을 마련하기 위해 그녀는 긴자에 있는 클럽에 나갔던 것이다.

"물론 부모님께는 비밀로 하고."

주야로 쉴새없이 일하여 치미는 부지런히 돈을 모았다. 2년 후, 그녀는 파리로 떠났다. 그로부터 2년, 파리 오페라 기리의 뒷골목에 있는 제과점에서 수업을 끝낸 그녀는 귀국했다. 그리고 이전에 근무했던 케이크점에서 분점을 내어 달라고 부탁하여, 부모의 집 일부를 개조하고 2평 정도의 조그만 수제품 케이크가게를 지난해 시작했다. 물론 인공감미료나 방부제 따위는 전혀 쓰지 않은 케이크점이다.

그리고 이번 가을, 그녀는 자기와 마찬가지로 파리에 프랑스 요리를 배우러 가갔던 남성과 결혼한다.

"그 친구는 7년 연하이지만, 나이 차이는 별게 아니야."

치미는 그렇게 말하며 익살스럽게 웃어 보인다. 치미와 그의 꿈은 호남의 바다에 면한 전망 좋은 스페이스에 수제품 케이크점과 프랑스의 가정요리 포토프(pot-au-feu ; 고기와 야채를 많이 섞어 오래 삶은 진한 수프) 전문점을 차리는 것이라고 한다.

"그것을 위해 일주일을 8일로 쪼개는 나날이지. 만성 수면부족으로 몹시 졸립지만, 이상하게도 기분은 매우 상쾌하더라구."

가게가 쉬는 월요일에는 가끔 "팔다 남은 것이라 좋지 않겠지만," 하고 손수 만든 케이크를 들고 놀러온다. 그리고는 막차로 귀가한다.

왜 막차인가? 시내의 케이크점을 하나하나 돌면서 맛을 보고는 "좋은 점을 참고로 삼기 위해서야," 라는 것이다.

"열 개 이상 맛을 본 밤에는 케이크에 짓눌리는 듯한 꿈을 꾸

기도 하지. 한번은 대문짝 만한 거대한 케이크가 뒤쫓아오는 꿈
을 꾸다가 놀라서 깼다,"고 말하고 치미는 입을 벌린 채 헤프게
웃는다. 자기 꿈에 구애되어, 그녀는 꿈을 꿈으로 끝나게 하지 않
았던 것이다.

280

사람과 사람은 두 개의 볼

맞닿는 부분은 한 점으로 좋다

친구들 앞에 굳이 남자니 여자니 하고 성별을 붙이는 것 자체가 성을 지나치게 의식한 일인지도 모른다.

상대방이 동성이냐 이성이냐 하는 것은 우연한 차이에 불과하다.

저 사람이 좋다, 저 사람의 가치관에 공감이 간다. 저 사람이 살아가는 자세에 마음이 끌린다, etc......

서로가 그런 식으로 응시할 수 있는 (설령 만나서 이야기를 나누는 일이 일년에 두세 번이라 하더라도) 친구들이 한 사람이라도 많은 편이——하기야 많다고 좋은 것은 아니지만——인생의 경치도 풍요해진다.

연인 사이이든 친구 사이이든 인간관계는 두 개의 볼과 비슷하다고 생각한다.

두 개의 볼은 맞대면 접점은 물론 하나밖에 없다.

둥근 볼은 두 장의 판자처럼 겹쳐지는 일은 없다.

한 점밖에 맞닿지 않는다.

사람과 사람의 관계도 나는 그것으로 좋다고 생각한다.

아무리 닮은 사람이라도, 인간은 각기 독립된 인격을 지녔으며 천차만별의 가치관이 있다.

 혈연으로 이어진 형제라 하더라도 무엇이든 똑같은 일은 없다.

 부부라 하더라도 연인이라 하더라도 20년 지기의 친구라 하더라도 두 개의 볼 관계는 변함이 없다.

 한곳의 접점으로 보다 강하게 맺어진다면 다른 접점에서——그나 그녀가 물론 사람으로서의 룰을 벗어나지 않는 범위 내에서 말이다——어떤 생활을 하든 상관이 없을 것이다.

 그것을 '애정'이나 '우정'이라는 이름 아래 원래 하나밖에 없는 접점을 두 장의 판자처럼 찰싹 겹치려고 하는데서 '독점'이나 '속박' '과도한 질투'나 속되게 말하는 '사랑이 지나쳐 미움이 백배'라는 그 꺼림칙한 감정이 끓어오르는 것은 아닐까.

 상대방이 남편이나 생활의 파트너가 되면 각각의 일상생활 요소가 복잡히 얽혀서 '한 점만으로 깊이 접한다'는 관계로는 해결되지 않는 일도 있으나 기본은 마찬가지일 것이다.

 연인이 생기면 친구와 소원해지기 쉬운 여성이 적지 않다.

 아무래도 연인과의 약속이나 연인과 함께 지내는 시간을 우선해 버리기 때문이다.

 친구와 약속이 있더라도 데이트 신청이 들어오면 여자친구와의 약속을 캔슬해 버린다는 여성도 적지 않다.

 안드레아 B 이건은 이렇게 말했다.

 "연인과의 사이가 잘 진척되어갈 때는 감감무소식인 여자들이 있다. 그러나 그와의 사이가 암초에 걸리면 그 순간 연락을 취해온다. 불평을 들어달라, 위로해달라, 어드바이스 해달라는 심정도 이해할 수 없는 건 아니지만 이래서야 너무 뻔뻔하지 않은가?

 연인과 사이가 좋을 때는 3개월에 한번도 전화가 없는데 두 사람 사이에 검은 구름이 낮게 드리워지면 그야말로 매일 밤처럼 "제발 내 말 좀 들어봐!" 자기 형편에 따라 친구를 뿌리치고는,

막상 갈 곳이 없어지면 옛집으로 찾아오겠다니, 마치 플레이보이 기질의 어리석은 남자가 흔히 쓰는 수법과 무엇이 다른가." 라고. 맞는 말이다.

다시 이건은 말한다.

"연인이 없더라도 친구나 동료가 있을 때와, 연인은 있어도 친구가 한 사람도 없을 때와, 당신이라면 어느 쪽을 선택할 것인가."

나라면 주저 없이 전자를 선택한다.

물론 훌륭한 동료와 리버럴한 연인, 양자를 모두 얻을 때가 말할 필요도 없이 가장 좋겠지만.

남자 친구들

여기서는 남자친구에 대하여 생각해 보자. 물론 앞에서 언급했듯이 친구를 남자냐 여자냐에 따라 구분하는 것 자체가 의식이 지나친 것이고, 좋아하는 친구가 거기에 있고 그 친구의 성별이 우연히 남자냐 여자냐 하는 인식의 정도로 충분할 것이다.

적어도 내가 친구를 대하는 생각은 그 정도의 성의 차이밖에 느끼지 않는다.

그래도 어떤 계제에

"그 친구, 어떻게 되었을까?"

하고 이상하게 그리운 남자친구가 있다.

과거에 연인이었던 일도, 현재 그러한 관계도, 아마 장래에도 그렇게 되지는 않을 친구이지만.

그래서 더욱 다정하고 그립게 생각나는 사람이다.

예를 들면 작은 방에서 단둘이서 하룻밤을 지새는 처지가 되었다 해도——그리고 서로 인간으로서는 강하게 매료되었다 해도——아무 일도 일어날 것 같지 않은, 그런 관계.

최근에 갑자기 그런 류의 남자친구들이 매우 사치스럽고 마음 넉넉한 존재로 생각된다.

이러한 관계는 버리기가 어렵고, 세월과 함께 더욱 소중한 것으로 느껴진다.

그것은 마치 즐겁고 스릴이 있기는 하지만, 몹시 빡빡한 스케줄의 여행을 끝내고 자기 동네의 불빛을 보았을 때와 같은 마음 놓이는 기분과도 어딘가 비슷하다.

"피가 흐르는 남자와 여자 사이에 그런 관계는 오래 지속되는 것이 아닐 거야. 만일 있었다 하더라도 어느 한쪽이 자기를 억제하고 꽤나 무리하는 것이 아닐까?"

이렇게 말하는 사람도 있다.

그렇지만 인간의 내면에 있는 생동감이나 욕망의 깊이를 지켜울 정도로 알고 있는 성숙한 어른끼리이니까 오히려 그런 델리킷한 관계를 참아낼 수 있다고도 할 수 있는 것이 아닐까.

일시의 환상, 착각이라 하더라도 그것은 그것대로 좋다.

환상이라면 환상, 착각이라면 착각을 크게 즐기는 것도 좋지 않을까 하는 기분도 든다.

물론 밉지 않게 생각하고 있는 상대이고, 상대는 틀림없이 이성이므로 0.1퍼센트 정도는 어쩌다가 연애로까지 발전할 가능성은 잠재하고 있을지도 모른다.

그 조금은 위험한 미묘함도 포함하여, 얼마나 감칠맛 나는 관계이겠는가.

연인과 함께 나누는 마음이 푸득푸득 홰를 치는 듯한 때도 물론 즐겁지만 인생의 양지뿐만 아니라 그늘도 보고 난 어른끼리의 성을 초월한 관계도 역시 좋은 것이다.

여자친구

반가운 일이지만 멋있는 여자친구들이 꽤 많이 있다.

보이프렌드가 많은 것도, 그야 좋은 일일지 모르나 고상한 걸 프렌드가 많다는 것도 전자에 뒤지지 않게, 아니 그 이상으로 즐거운 일이다.

이성에는 인기가 있지만 동성에게는 '전혀'라면 그건 너무 쓸쓸하다.

나는 이성에게 인기가 있기보다(별로 인기가 없지만) 동성에게 인기가 있는 것이 즐겁다. 인기 없는 자의 에두른 변명이 아니고 이건 솔직한 마음이다.

자기가 아무런 매력도 느끼지 않는 남자에게 인기가 있어봤자 ――하기야 이것은 인기가 있다고는 할 수 없겠지만――조금도 명예롭지가 못하다.

행인지 불행인지 나에게는 그런 류의 체험은 거의 없으나, 철두철미 남성 우위론자인 남자나, '여자는 별게 아니다'라고 생각하는, 여자를 성적 대상물로밖에 보지 못하는 남자에게 인기가 있었다고 하면, 나는 "값싸게 보였다" "업신여겨졌다"는 굴욕감으로 죽고싶은 심정에 빠질 것이다.

동시에 자기는 그런 남자에게 말을 걸게 할 틈을 무의식중에 보이고 있었던가 하고 스스로 자기를 내차고 싶어질 것이다.

그건 그렇고 내 여자친구들을 대별하면, 아무래도 4개의 그룹으로 나눌 수 있겠다.

하나는 학창시절부터의 친구들.

가장 오래된 것은 초등학교 시절의 걸프렌드로 25년 이상을 사귀어온 관계이다.

이 그룹의 여자친구는 거의가 지금 자녀양육의 제1기를 졸업하고 재취직을 하거나 취미 삼아 시작한 아트 플라워나 세공, 또는 사회사업활동을 단순한 취미활동으로 끝내고 싶지는 않다고 그 일에 열중하거나 한다.

제2그룹은 일을 통하여 알게 된 여자친구들이다.

편집자나 화가, 작가, 저널리스트, 디자이너, 스낵바의 마담이나 호스테스 등도 있다.

제3의 그룹은 5년 전부터 시작한 그림책 전문점 활동을 통하여 친구가 된 걸프렌드로 교사, 차별철폐운동의 추진자, 반전운동의 투사, 어머니, 보모 등이다.

마지막 그룹은 책을 읽고 편지를 보내주어, 그것을 계기로 친구가 된 여성들이다.

이들, 나에게 있어서는 더없이 소중한 걸프렌드들에게 공통되어 있는 점이라고 한다면......

모두가 한결같이 현대사회와 자기에 대하여 일종의 문제의식을 품고 있는 점.

문제의식의 내용은 사람에 따라 다르지만, 현상에 대하여 "이대로 좋은가?" 하는 의문을 품고 그것을 자기인생의 테마로서 품고 있는 여성들이다.

그리고 어찌된 셈인지(유유상종이라고 할까?) 도무지 응석을 부리거나 교태를 떨거나 하는 일과는 거리가 먼, 처세술이 서툰 타입의 여자들이다.

대단히 냉정하고 이성적인 여자들뿐이지만, 한 껍질 벗기면 정에 무르고 사소한 일에 실수를 저지르기도 한다.

고집을 부리고 어쩔 도리가 없는 문제에 뻗대어 굽히지 않고, 자기에게 의리는 지켰지만, 그 덕에 모난 여자로 몰리고, 나중에 혼자서 "또 저질렀군," 하고 쓴웃음을 짓고 있는 여자들이다.

자기의 생활방식을 유행으로 일컫는 것을 몹시 싫어하고 '자립한 여자' '캐리어우먼' '좋은 여자' '여자의 한창때' '날으는 여자'

따위의 레테르를 무엇보다 싫어하여 '나는 나'로 살고 있는 여자들이다.

어쨌든 연인 사이이든 여자친구 사이이든 우정의 기본은 같은 높이로 응시하는 것이다.

어느 쪽이 리더십을 잡고 다른 쪽이 거기에 따른다는 관계에서는, 병렬의 우정은 맺어질 수 없다.

따르고 있는 측이——아무리 그녀가 온순하더라도 ——욕구불만에 빠지는 것은 확실하다.

다행히 우리는 대개의 경우 남자들처럼 명함의 직함을 중시하는 일이 없이——그것은 그것대로 기업이나 사회에서 우리들 여자가 놓여있는 남자보다 한수 아래라는 방정식을 시인하는 것 같아 우습기 짝이 없으나——여자들끼리 사귈 수 있다.

어쨌든 당신이 만일 멋있는 걸프렌드를 갖고 싶다고 생각하면......

"여자들간에 우정 따위는 없다."

"오래 지속되지 않는다. 길어봐야 기껏 결혼 전까지."

라는 과학적 근거 제로의 미신에서 우선 당신이 해방될 필요가 있다.

동시에 인생 최대의 테마는 '좋은 조건의 남자'를 붙잡는 것이라는 환상을 버리는 것에서 시작해야 할 것이다.

기다리고 있어서는 사랑도 우정도 싹트지 않는다

'남자'를 붙잡는 일이 여자에게 있어서 최대의 '일'이라면, 한 여자에게 있어서 자기 이외의 여자는 적이 되어버린다.

그러나 자기와 똑같은 생리기능을 가진 동성의 존재를 마음 깊이 고맙게 느낀 일은 누구에게나 있을 것이다.

남자가,

"이건 남자들끼리가 아니면 이해할 수 없지."

하고 말하듯이——아니, 나는 그건 착각이라고 생각한다. 이해할 수 있는 여자를 만나지 못했거나 또는 처음부터 여자는 이해할 리 없다고 체념하고 있을 뿐이다. 그래서 이런 부류의 말을 긍정하지는 않으나 굳이 예로 든다면—— 여자에게도,

"여자들끼리라야 더욱 이해하기 쉬운" 테마도 있다.

여자들의 친구관계는 어차피 푸념의 휴지통에 불과한 비밀 털어놓기 게임이라고 심술궂은 말을 하는 사람도 있다.

마음속의 모든 것을 털어놓지 않으면 우정은 성립되지 않는다는 것은 강박관념이 아닐까.

여자들끼리의 우정은 있을 수 없다고 생각하는 여자에게……

다른 여자는 모두 자기의 경쟁상대라고 생각하는 여자에게……

어떻게 진심으로 마주볼 수 있는 여자친구가 생길 수 있겠는가.

우정은 캐치볼과 비슷하다.

자기가 볼을 던지지 않고서는 시작될 수 없다.

누군가 던져주기를 기다리기만 해서는(연애도 마찬가지이지만) 커뮤니케이션은 성립되지 않는다.

같은 성을 가진 여자들끼리 공감하지 않을 리는 없다.

어느 만큼 깊이 공감할 수 있는 친구를 가졌는가…? 그것이 사람에게 있어서—— 남자에게도 여자에게도—— 최고의 재산이고 인생의 훈장이라고 말할 수 있는 것이 아닐까?

자기 주위에 벽을 만들어버리는 여자

J양은 23세. 가전제품 메이커의 인사부에 근무하고 있다.

어느 날 놀러 온 J는 직장에서 여자친구를 사귈 수가 없다, 친

구로 삼을만한 사람이 없다고 불평했다.

"모두가 타인의 스캔들이나 패션 얘기, 예능인의 가십밖에 화제로 삼지 않아요. 나로선 좀더 다양한 이야기를 하고 싶은데."

J는 우울한 표정으로 말한다.

그녀의 이야기를 듣다가 나는 마타 티카넨의 소설 중 한 구절이 생각났다.

티카넨의 소설 『강간당한 남자』에서는 어주인공 토바로 하여금 직장의 동료에 대하여 이렇게 말하게 하고 있다.

......동료인 여자들의 화제가 되는 것은, 그 주일에는 어디서 커피를 싸게 판다는 따위의 이야기였다. 그녀들은 바겐세일의 광고를 눈여겨보고 급료를 최대한 효과적으로 쓰기 위해 어디서 물건을 사면 좋을지 환히 알고있는 것이다 (중략). 그리고 이야기라고 해봐야 남들의 뜬소문이라든가, 누가 이혼했다느니 팝가수가 임신을 했다느니, 어느 공주가 결혼을 한다느니, 함께 있으면 모두가 하나같이 그런 이야기를 했다. 어떤 계제에 1대 1로 이야기를 할 때는 훨씬 좋았다. 그때 토바는 그 소문이 사실은 자기가 생각하고 있었던 것과는 전혀 다른 것임을 알게 되는 것이다.......

티카넨은 이렇게 썼다.

그녀들이 왜 타인의 소문이나 스타의 스캔들을 즐기는가? 그 이유는,

"그런 류의 이야기가 그녀들을 숨겨주는 벽이니까," 라고.

개인적인 문제, 돈 문제, 자녀나 남성문제, 내일이나 내년에의 불안이나 두려움을 숨겨주는 것이 그 벽이라고 티카넨은 말한다.

분명 맞는 말이다.

티카넨의 해석이 J의 동료들에게도 적용되는 것은 아닐까?

좀더 개인적인, 혹은 좀더 사회적인 이야기를 하고 싶다고 생각하면서 그 계기를 갖지 못한 채 예의 '벽' 이쪽의 화제로 얼버

무려 버린다.

이러한 경향은 여자에게도 남자에게도 있다.

당신이 결국 친구는 그 정도의 것이므로 그래도 좋다고 생각한다면, 아무 것도 할 말은 없다.

하지만 좀더 생기 있는 사람으로서의 우정을 갖고 싶다고 생각한다면, 당신이 우선 자기를 감추는 벽을 헐어내야 할 것이다.

그렇게 하면 많은 J양이 모두 벽을 허무는 상쾌함, 여자들끼리의 커뮤니케이션의 근사함을 깨달을 것이다.

타인과 자기를 비교하여 무슨 소용인가

왜 타인의 생활방식을 인정하지 않는가

며칠전 모신문사가 주최한 논문 콘테스트의 심사를 의뢰 받았다.

테마는,

① 결혼이란 무엇인가?

② 나의 취미

③ 나의 보람

이라는 세 가지 파트로 나뉘어 있었다.

10대로부터 70대까지, 북쪽으로는 홋카이도에서 남쪽은 오키나와까지 직업도 생활환경도 각양각색의 사람들이 응모해 주었다.

그 작품들을 평론가와 작가, 대학교수 등 7명의 심사위원이 심사를 했다.

특히 ①의 '결혼이란 무엇인가'는 응모자수가 많고 역작이 많이 있었다.

한편 한편을 읽으면서 나는 문득 한 가지 사실에 주목했다.

그것은 자기가 지금 있는 환경, 자기가 선택해버린 길을 정당화하기 위해, 자기와 다른 환경에 살고 있는 사람들을 일단 부정하고 나서 '나의 경우는' 하고 글을 이끌어 나간다는 사실이었다.

모든 작품이 그러했던 것은 아니지만 약 절반 가까이가 그 방식을 취하고 있었다.

예를 들면, 결혼이나 출산을 하나의 계기로 가정에 들어간 여성은, 우선 가정에 들어가지 않은 여자——미혼의 여자나 아이가 있어도 계속 일하는 여자——를 부정한다.

"날으는 여자라고 하는 말에 눈이 어두워서……"

"어머니가 직업을 가지고 있는 집의 자녀는 어딘가 예절이 좋지 않다."

"직업을 가진 어머니는 확실히 젊어 보이지만 집안은 엉망이다."

"남편이나 자식에게 희생을 강요하면서까지 일을 해봐야 무슨 소용인가?"

등등의 표현을 만났다.

한편 미혼으로 일하고 있는 여자나 결혼 출산 후에도 일을 계속하고 있는 여자도 또한, 주부에 대하여 이런 식으로 말하고 있다.

"결국은 남편에게 의존하고 있는 게 아닌가?"

"하루 세끼에 낮잠까지 곁들여 무료감을 주체하지 못하고……"

"하찮은 쑥덕공론으로 하루에 두 시간씩이나 허비하고……"

"남편에게 실망하면, 이번에는 자기가 이루지 못한 꿈을 자식에게 걸고 일류학교에 진학시키려고 엉덩이에 채찍질을 하면서……"

이러한 논문과 만날 때마다 나는 암담한 생각에 빠졌다.

자기 생활이 자신에게 있어서 최선을 다한 것이라고 주장하는 것은 물론 좋다. 그것이 테마이므로.

하지만 자기생활을 정당화하기 위하여 어째서, 왜(정말로 나는 슬프다) 자기와 다른 생활가치관을 가지고 있는 자의 발을 잡아 끌거나 중상을 해야만 하는 것일까?

자기생활을 드러내놓고 극구 칭찬하더라도 상관이 없다. 아무도 이의를 달지 않는다.

"나는 이렇게 해서 현재의 충실감을 손에 넣었다"고 좀더 자랑스럽게 쓰면 충분하다.

그러나 자기를 정당화하기 위하여 직업여성이 주부의, 주부가 직업여성의 발을 잡아끌어야 무슨 소용인가.

진짜 어른이란 자기와 다른 가치관의 생활을 하고 있는 사람에 대하여, 상상력을 동원하여 이해하고 인정할 수 있는 사람을 말하는 것이 아닐까.

타인을 잘라버리지 말라

이러한 대립관계는 저명한 사람들이 쓴 인생론이나 여성론을 읽어보더라도 눈에 띄는 일이 있다.

어떤 사람의 인생론에 이런 식의 문장이 있다.

"결혼하지 않는 여성은 할 수 없는 여성입니다."

그렇게 쓰고 있는 사람은 분명히 결혼을 했고 자식도 있다.

그러나 이 얼마나 거친 표현일까. 그 사람의 공격의 화살은 '하지 않은 여자는 할 수 없는 여자'라고 말하면서 분명히 '할 수 있지만 하지 않은 여자'에게 돌리고 있다.

질병이나 갖가지 사정으로 결혼할 수 없는 상황에 있는 여자를 '당신은 할 수 없는 여자'라고 누가 감히 잘라버릴 수 있겠는가.

예를 들어 현재 50대 후반에서 60대 초반의 여자들 중에는 평생 미혼을 관철한 여성이 있다.

그녀들의 대다수는 제2차대전으로 파트너가 될 남성을 빼앗긴 전쟁의 피해자인 것이다.

그러한 여성을 앞에 놓고, 예의 인물은 아무런 아픔도 느끼지 않고, "결혼하지 않은 여자는 할 수 없는 여자"라고 잘라 말할 수 있을까?

인생의 파트너가 되어야 했을 상대를 전쟁으로 빼앗긴 그녀들. 그녀들이 전쟁을 일으켰다고 말하려는 셈일까?

완전히 정반대의 예로서는 이런 일이 있었다.

단행본을 출판하기 위하여 협의 차 만났던 모 출판사의 여성편집자가 이렇게 말한 일이 있다.

"전업주부란 건 의식이 낮아서 곤란해요."

나는 전업주부——자기 신변의 일은 스스로 한다는 의미에서는 나도 주부이긴 하지만——는 아니지만 이런 류의 표현에도 발끈 화가 난다.

전업주부의 어디가, 무엇이, 어떤 점이 의식이 낮은 것일까? 직업을 가진 여자만이 의식이 높다고 하는 것은 부끄러워해야 할 환상이다.

첫째로 타인을 의식이 낮다고 매도하는 것만큼, 다른 말로 표현하여 의식이 낮은 것은 없을 것이다. 차별 당하는 측보다 차별하는 측이 사람으로서 부끄러운 존재이다.

나로서는 어째서 여자가 같은 성을 가진——본디 가장 가까운 곳에서 인정해야 할——다른 여자를 차별하거나 중상하는지 알수가 없다.

자기를 정당화하기 위하여 자기와 다른 인생을 살고 있는 자에 대하여 너저분하게 트집을 잡아 무슨 소용이 있겠는가.

백퍼센트 스스로 선택한 인생을 보내고 있는 사람은——그런 친구가 많이 있는데——타인의 생활은 신경 쓰지 않는 법이다. 왜냐하면 그 사람은 자기에게 열중하고 있으므로. 그리고 자기가 자기에게 열중하는 만큼 타인의 인생에 대해서도 관대하기 때문이다.

5월초에 나는 인터뷰 기사를 쓰기 위해 제인 폰다를 만났다.

반전(反戰), 반핵(反核), 페미니즘 등 제인과 나의 주의주장이 완전히 일치하여 정말 기분 만점의 한시간 반을 보냈지만, 내가 기분이 좋았던 것은 주의주장이 동일하다는 이유뿐만이 아니었다.

그녀의 입에서 결코 타인의 중상을 담은 말을 듣지 못했기 때문이다.

이전에도 나는 몇 사람의 외국 여배우와 만난 일이 있는데, 그 중에는 같은 영화의 세계에서 활약하고 있으면서도 다른 여배우의 연기나 생활방식에 대하여 노골적으로 중상하는 사람도 없지는 않다.

그러한 발언은 결국 자기 그릇의 크기를 드러내는 것이며 누워서 침뱉는 꼴일 뿐이다.

여하간 자기를 정당화하기 위해 자기와 다른 생활방식을 취하고 있는 사람을 나쁘게 말하거나 무시하는 언동은 지양하자.

직업여성은 하우스 키핑의 번거로움을 보다 많이 이해하고, 주부들과 코뮤니케이트하자. 주부도 직업전선의 여성의 고뇌를 보다 깊이 이해하고 직업여성과 코뮤니케이트하자.

여자들끼리 묘한 형태로 대립하고 서로 다리를 잡아끌수록,

"저것 보라구. 여자는 저 정도가 고작이야."

하고 조소하고 여자를 업신여기는 남자들의 목소리가 들리지 않겠는가.

자기의 생활방식에 자신이 없는 사람일수록 타인과 자기를 비교하고, 그리고 비방하는 법이라고 깨닫기 바란다.

논리정연한 비판과 악의에 찬 잘라버리기는 전혀 다른 것이다. 잘 아는 꼬치구이집 아저씨가,

"일본이란 나라는 논쟁이 없는 나라야. 그 대신 덜 떨어진 언쟁

꾼의 욕설잡담이 판을 치고 있지. 타인과 자기를 하찮은 점에서 비교하니까 그렇게 되는 것이야."

하고 컵에 담긴 술을 단숨에 들이키며 한숨을 지었다. 그 아저씨의 한숨 섞인 말은 분명 정답이다!

어제로는 돌아가지 않는다

어제의 자기를 벗어 던지자

제인 폰다와 만났을 때 그녀는 이렇게 말했다.

"나는 10대, 20대, 30대 등 인생의 각 전환기에 나를 바꿔왔다. 나를 바꿈으로써 나는 보다 자유로운 나를 만들어왔다.

20대 시절의 나는 여배우로서 확실히 이름도 있었고 돈도 있었지만, 사회와의 접점을 갖지 않은 단순한 핀업 걸이었다. 프로듀서로부터 일의 제안이 들어오기를 기다릴 뿐인 여배우였다. 그러나 30대에 반전운동에 눈을 뜨고 나는 체인지했다. 자기를 보다 좋은 방향으로 바꾼다고 의식하는 것은 매우 기분 좋은 것이며 살아있다는 실감을 맛본다. 나는 현재의 나를 20대의 나와 바꾸겠다고는 생각지 않는다."

나 자신에 대해서도 같은 말을 할 수 있다.

20대 시절의 나는 한 기업 속에서 어쨌든 '자기'답게 살고 싶다고, 그 문제에만 열중했다. 솔직히 주위의 상황을 분석하거나 성차별 등을 정면에 나서서 큰소리로 고발하기보다는 우선 "그래서 여자는 틀렸어,"라는 말을 듣고 싶지 않다고 거기에만 집착하여 사회적으로 고발할 여유는 없었다.

그 점에 대하여 나는 매우 부끄럽게 생각하고 있다. 당시의 나에게는, 어딘가 1퍼센트 정도는 '자기만 좋다면'이라는 생각이 있었는지도 모른다.

지난해부터 가필하여 새롭게 문고본으로 출판한 『스푼에 가득찬 행복』 시리즈 전6권 중 제1권 후기에서 나는 이렇게 썼다.

......나는 기업에 근무하고 있을 무렵, 어쨌든 여자는 틀렸다는 말을 듣고 싶지 않아 덮어놓고 일에 몰두했다. 노동기준법을 큰 폭으로 웃도는 일도 태연히 떠맡았다. 아침 아홉시에 출근하여 낮프로그램을 담당하고, 그대로 회사에 남아 다음날 아침 오전 3시부터의 생방송을 하는 등의 일도 있었다. 그러나 지금 조직을 떠나보니, 당시의 나의 일 방식은 확실히 "저 아이는 여자로서 보기 드물게 일을 잘한다"고 하는 한가지 특례는 만들었지만, 다른 여성에 대해서도 "그러니까 당신도 분발하라,"고 그 사람의 체력이나 경향에 상관없이 힘든 일을 강요하는 그 모델이 되지는 않았을까?

이런 반성이 지금 나에게 노동기본법의 개악(改惡) 반대, 당연히 차별 철폐를 외치게 하고, 쓰게 하는 기본이 되었다고도 말할 수 있다.

동시에 여자들끼리 보다 긴밀하게 대화를 갖고, 각 직장이나 직업여성에 대한 사회의 이유 없는 차별이나 격차를 고쳐나가고자 하는 내 주장의 밑바닥에 흐르는 것이다......

확실히 나는 변했다.

7년쯤 전이었을까, 나는 내가 담당하는 심야방송에서 정치(체제)비판을 하고 물의를 일으킨 일이 있다.

그보다 전에도 헌법기념일에 생방송 중에 헌법 제9조를 읽고 우익의 청취자로부터 협박편지를 받은 일이 있다.

제9조의 '전쟁포기'에 대하여 방송에서 읽는 일이 어째서 안 된다는 것인가? 하여간 7년 전 방송 중에 체제비판을 한 나는, 사내

298

의 상사(직속상사가 아니라)로부터 앞으로 방송 중에 그런 말을 하면 일을 주지 않겠다는 말을 들었다.

그때 나는 그 상사에게 "잘 알겠습니다," 라고 대답했다.

지금 생각하면 어째서 그렇게 대답했는지?......역시 나는 제 몸 하나만 소중히 여겼구나 하고 정말 구역질이 날 정도로 부끄럽다.

지금 만일 그런 말을 들으면, 나는 끝까지 싸울 것이다. 그런데 그 때는 "잘 알겠습니다" 라고 말해버렸던 것이다. 하기야 어차피 상사는 항상 방송을 듣고 있는 것은 아닐 테니까, 하고 방송 중에 비교적 하고 싶은 말을 하고는 있었지만.

그런데 그런 류의 체제비판을 할 때마다 "상사는 듣지 않았으면 좋을 텐데," 하고 생각한 것도 사실이다. 지금 나는 그런 생각을 한 자기에 대하여 분노를 느낀다.

현재 내가 누군가 읽을지도 모르는 활자의 세계에서 거리낌없이 정치비판을 하는 것도, 두 번 다시 그 무렵의 나로 돌아가고 싶지 않기 때문이다.

또한 남녀차별에 분노를 느끼고 그러한 원고를 쓰는 나에게, 꽤나 야유조로 "당신은 엘리트가 아니겠어. 당신은 차별 받고 있지 않다. 차별 받지 않는 당신이 어째서 차별철폐를 외치는가?" 하고 묻는 동업자 남성도 있다.

그러나 나는 설령 나 자신은 차별 당하지 않더라도 나와 같은 성을 가진 인간이, 여자라는 이유로 차별 당하는 것은 같은 여자인 나도 또한 차별 당하는 것이라고 인식하고 있다.

그래서 차별하지 말라고 외치는 것이다.

여자가 안고있는——안겨진——갖가지 문제를 비록 지금의 자기와는 관계가 없더라도 자기의 문제로서 함께 생각하고 함께 고민하고 함께 화를 내고 함께 시정해 나가고자 하는 '내'가 된 것은 아마도 조직을 떠나고 난 이후일 것이다.

확실히 조직 속에 있었던 때도 여자 아나운서의 2년계약제 철폐 등 그 나름의 운동은 한 일도 있었다.

하지만 그것은 자기가 바로 2년이면 목이 잘릴지도 모를 측의 한 사람이었기 때문이다. 지금 나는 프리랜서 작가로 계약 따위에는 얽매여 있지 않다.

그렇지만 지금 나는 불문율로서 몇몇 기업에는 남아있는 결혼 출산 퇴직제나 여자에게만 부과된 젊은 나이의 정년제에 분노를 느끼고 있고, 부탁을 받으면 시정을 위한 운동을 하는 그룹과 동조도 한다.

20대 시절의 나는, 매우 부끄러운 일이지만 그렇게 할 용기는 없었던 것 같다.

역시 나도 변했다. 또한 변한 것을 자랑으로 생각한다.

왜냐하면 변한 것에 의해 나의 정신은 백퍼센트——정말로 백퍼센트라고 해도 좋을 것이다——해방되었고, 어딘가에서 자기를 속이고 있는 것이 아닐까 하는, 뒤가 켕기는 고민에 빠지는 일도 없어졌다.

10년 전의 심야방송에서 '레몬양'이라고 불리고 있던 시절의 '나'를 좋아한 사람에게 지금의 나는 별로 탐탁하지 않은 사람일지도 모른다.

그래도 나는 자기에게 있어서 더없이 기분 좋게 변한 나를 바꾸겠다는 생각은 없다.

페미니스트 같은 건 딱 질색이라고 하는 사람이 많이 있다는 것도 알고 있다.

하기야 몹시 싫어하는 사람일수록, 페미니스트는 '남자든 여자든 보다 자유롭게 살자, 자기답게 살자,'고 하는 운동이라는 것을 모르고, 단순히 '히스테리 여자의 집단' 권리만 주장하고 의무도

300

다하지 못하는 여자 집단'이라는 그릇된 이미지로 페미니스트를
이해하고 있는 사람이 많은 것도 사실이지만.

언제나 사람으로서 필요한 개인의 존엄

20대 후반이었다. '당신은 리브입니까?'라는 질문을 자주 들었
다.

그런데 나는 '개인적인 리브입니다'라고 마치 그 리브와 나의
리브는 다르다는 듯이 대답한 일이 있다.

물론 그 대답이 잘못되었다고는 생각하지 않는다.

무엇인가 깨닫고 무엇인가를 바꾸고자 하는 여자는 모두가 제
각기 그녀 자신이 의식하든 의식하지 않든 개인적 리브이므로.
하지만 그렇게 대답한 중에 어딘가, 리브 이퀄 상냥함이나 남의
이야기를 경청할 줄도 모르는 여자들이라고 하는——사회의 그
릇된 레테르를 그대로 받아들인——내가 전혀 없었다고는 할 수
없다.

어딘가 모르게 세상을 두려워했는지도 모른다.

하지만 지금 나는 분명하게 말할 수 있다.

"나는 페미니스트입니다," 라고.

그리고 나에게 있어서의 페미니즘이란, 사람이 성별이나 태생,
인종이나 환경, 신체적 또는 정신적 결함으로 인해 차별 받지 않
는 세상을 목표로 삼는 운동이라고 정의한다. 『미즈』의 편집
주간인 미즈 글로리아 스타이넘이 말했던 "페미니즘이야말로 안
티내셔널리즘이다."라는 페미니즘에 찬동하고 실행하는 한 사람
의 페미니스트로서.

페미니즘은 남자와 적대하는 것이라고 생각하는 사람이 있다.

공적인 장소에서 자기의견을 공표하는 입장에 있는 사람들 중
에도 있다.

그나 그녀는 "그래서 페미니즘은 어리석다"고 말한다.

하지만 사람을 차별하지 않고 차별 당하지 않고 살자고 하는 주장이 어째서 남자와 적대하는 사상인가?

나는 페미니즘을 종래와 같이 여권확장운동이라고는 해석하고 있지 않다.

여권만이 힘을 가진 세상은, 남권만이 선행하는 지금의 세상과 마찬가지로 비뚤어진다. 남권 여권에 관계없이 한 사람 한 사람의 인권, 개인이 보다 활기차게 사는 권리(와 의무)가 충분히 살려지고 있는 사회가 바로 이상이다. 그러한 의미에서 나는 페미니즘을 인간성 회복운동의, 개인의, 인간으로서의 존엄을 회복하고 실현하는 운동이라고 생각하고 있다.

나는 변했다! 그리고 변한 나를 대단히 기쁘게 생각한다.

주) 이 작품은 1985년 1월 폐사에서 간행했던 것을 새롭게 개역하여 신장판으로 발행한 것임을 밝혀둡니다.

이 글을 마치고

며칠전 모 잡지의 앙케트에서 '지금까지 만나고 싶었던 사람은?'이라는 질문을 받았다.

지금까지 만나고 싶었던 사람......10대 20대의 내가 만나고 싶었던 것은 누구일까 생각하다가 문득 재미있는 일을 깨달았다.

결국 나는 '현재의 나를 가장 만나고 싶었던 게 아닐까' 하고 생각한 것이다. 그 이유는 약간 태깔스러워지지만, 현재 나는 무엇에도 구애받지 않고 정말로 자유롭게 자기를 살 수가 있기 때문이다.

자유롭다는 것, 즉 모든 것을 스스로 선택하여 사는 것이다.

물론 자유라는 것은 야성의 동물과도 같은 일면이 있고, 단단히 매니지 앤드 컨트롤하지 않으면 주인에게까지 사나운 이빨을 들이댄다.

그러나 매니지 앤드 컨트롤이 잘 되고 있으면 이토록 멋있는 인생의 단짝도 없다.

이 책은 그런 생각을 가지고 써 내려간 당신에의 메시지이다.

"자기로서 자기를 살자." 당신도 나도.

아울러 본문에 실명, 가명으로 등장하는 일에 쾌히 승낙해준 나의 친구들과 편집자에게 감사드린다.

저자 소개

1945년 출생. 메이지대학 영미문학과 졸업. 문화방송 아나운서를 거쳐서 현재 문필업에 종사. 일상생활에서 여성이 안고 있는 갖가지 문제를 테마로 한 작품이 많다.

소설로 『가만히 안녕』『사랑하지만 그래도 혼자』『여자가 이별을 고할 때』『러브 송』등이 있고, 에세이집에 『이브들의 私信』『스푼에 가득찬 행복』『여자와 남자의 아기보기』『자기를 사는 여자의 책』외에 미스터리물과 그림책, 아동도서 등이 있다.

사랑은 두 번째가 아름답다

2001년 2월 28일 改譯新裝版 제1쇄 인쇄
2001년 3월 05일 改譯新裝版 제1쇄 발행

저 자 오치아이 케이코
역 자 이 미 영
발행자 이 영 구
발행처 한 마 음 사
주소 : 서울 마포구 성산동 103-21
전화 02)3141-0361-4
Fax   02)3141-0365
등록 1978. 11. 16. 번호 1-509

※잘못된 책은 바꾸어 드립니다.
ISBN 89-7800-077-0 03830